I0641874

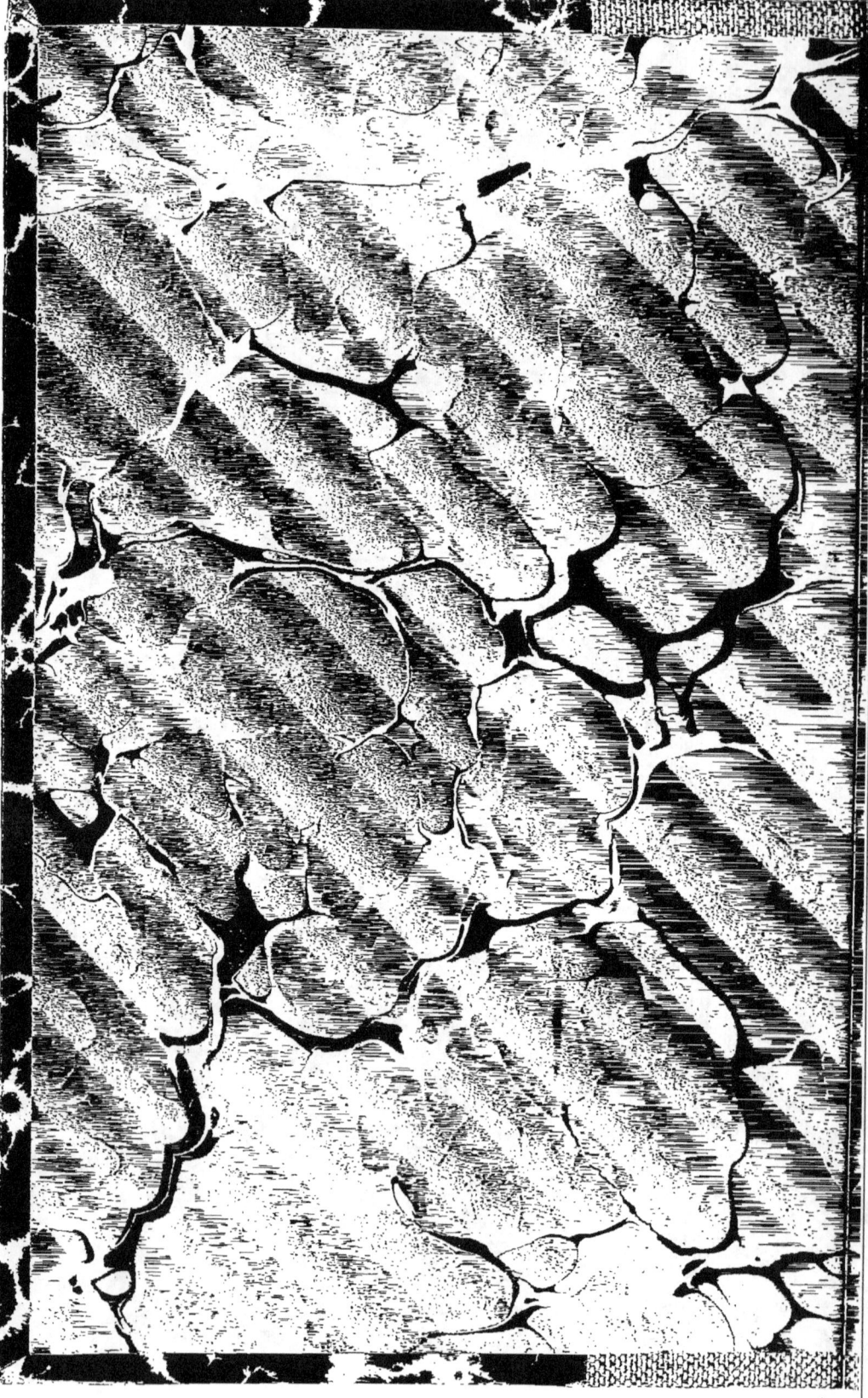

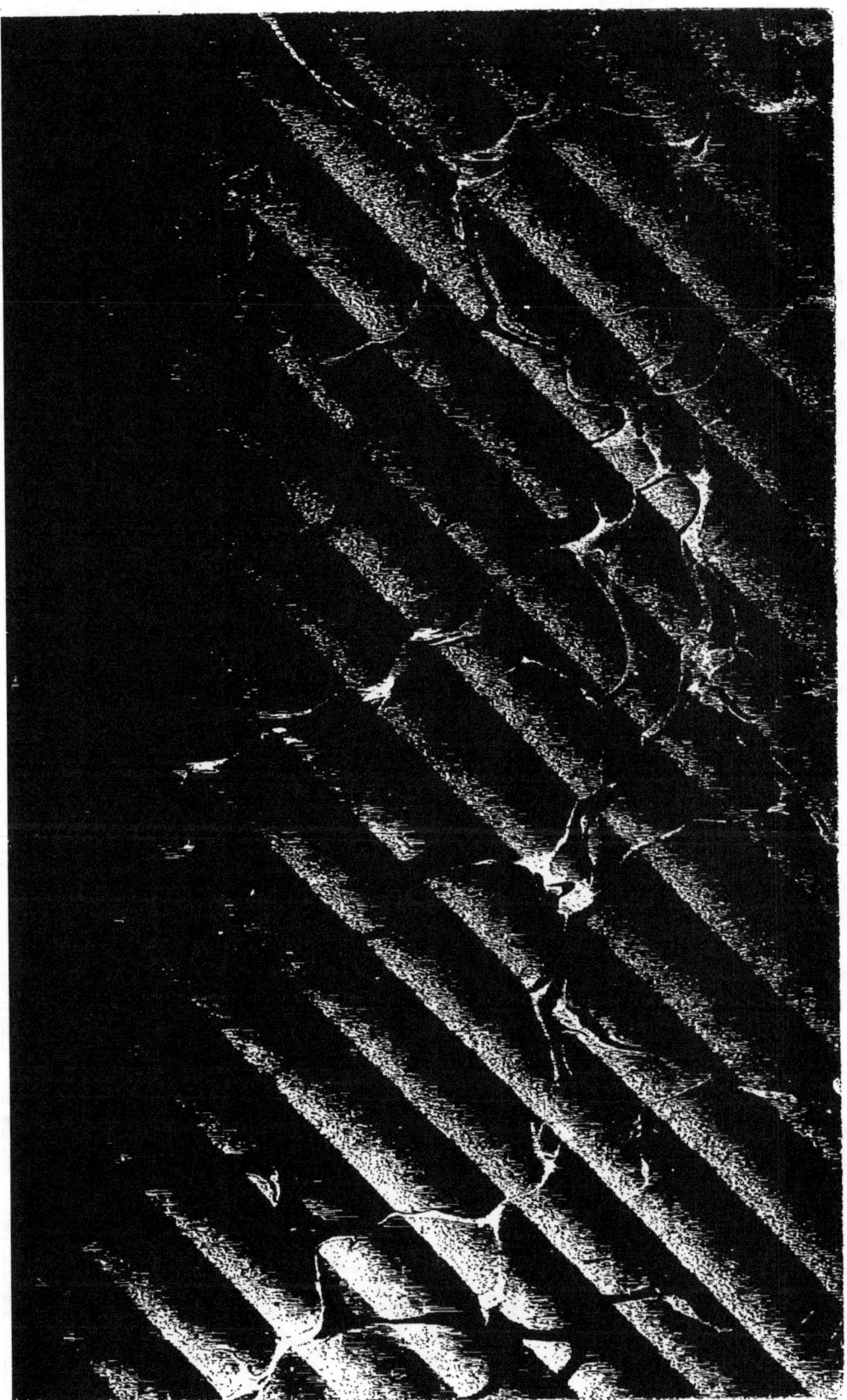

RENÉ BAZIN

DE L'ACADÉMIE FRANÇAISE

ujourd'hui

et

Demain

Pensées du Temps de la Guerre

PARIS

CALMANN-LÉVY, ÉDITEURS

3, RUE AUBER, 3

AUJOURD'HUI

ET

DEMAIN

DU MÊME AUTEUR

LIBRAIRIE CALMANN-LÉVY

UNE TACHE D'ENCRE. (*Ouvrage couronné par l'Académie française.*) . . . . 1 vol.
LES NOËLLET. . . . . 1 —
A L'AVENTURE (croquis italiens). . . . . 1 —
MA TANTE GIRON . . . . 1 —
LA SARCELLE BLEUE . . . . 1 —
SICILE. (*Ouvrage couronné par l'Académie française.*). 1 —
MADAME CORENTINE. . . . . 1 —
LES ITALIENS D'AUJOURD'HUI . . . . 1 —
TERRE D'ESPAGNE. . . . . 1 —
EN PROVINCE. . . . . 1 —
DE TOUTE SON AME. . . . . 1 —
LA TERRE QUI MEURT. . . . . 1 —
CROQUIS DE FRANCE ET D'ORIENT. . . . . 1 —
LES OBERLÉ . . . . 1 —
DONATIENNE.. . . . . 1 —
PAGES CHOISIES. . . . . 1 —
RÉCITS DE LA PLAINE ET DE LA MONTAGNE . 1 —
LE GUIDE DE L'EMPEREUR . . . . 1 —
CONTES DE BONNE PERRETTE . . . . 1 —
L'ISOLÉE.. 1 —
QUESTIONS LITTÉRAIRES ET SOCIALES. . . . . 1 —
MÉMOIRES D'UNE VIEILLE FILLE. . . . . 1 —
LE MARIAGE DE MADEMOISELLE GIMEL, DACTYLOGRAPHE . . . . 1 —
LA BARRIÈRE. . . . . 1 —
DAVIDÉE BIROT. . . . . 1 —
NORD-SUD . . . . 1 —
GINGOLPH L'ABANDONNÉ. . . . . 1 —
RÉCITS DU TEMPS DE LA GUERRE . . . . . . 1 —

LIBRAIRIE ALFRED MAME ET FILS

STÉPHANETTE . . . . 1 vol.
PAGES RELIGIEUSES. . . . . 1 —

LIBRAIRIE J. DE GIGORD

LA DOUCE FRANCE. . . . . 1 vol.

287-16. — Coulommiers. Imp. Paul BRODARD. — 7-16.

RENÉ BAZIN

DE L'ACADÉMIE FRANÇAISE

———

AUJOURD'HUI

ET

DEMAIN

Pensées du Temps de la Guerre

C · L

PARIS

CALMANN-LÉVY, ÉDITEURS

3, RUE AUBER, 3

AUJOURD'HUI
ET DEMAIN

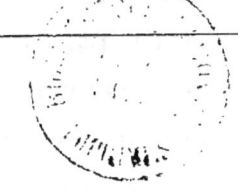

CHOSES DE LA MAISON

18 Novembre 1914[1].

Soldats qui vous battez pour la France, compagnons de mes fils, je vois les champs d'où plusieurs d'entre vous sont venus, et je puis vous donner des nouvelles de chez vous : car les familles se rassemblent aujourd'hui beaucoup plus que dans la paix.

D'abord, tous les travaux nécessaires ont été faits : la moisson, le battage du froment, de l'avoine et de l'orge, les vendanges aussi, qui viennent de finir. Vous me direz : « Comment donc ont-elles fait? » Vous avez raison de

1. *Bulletin des armées de la République.*

mettre le féminin : ce sont les mères, les
femmes, les sœurs qui ont commandé l'ouvrage.
Elles y ont pris leur grande part. Des voisins
ont aidé, de vieux domestiques aussi, dont on
se demandait si on ne diminuerait pas les
gages, au printemps dernier, et que les fermes
se disputent à prix d'or, maintenant que vous
êtes aux frontières, vous, les jeunes. En ce
moment, les labours sont en train. La terre est
suffisamment fraîche : ne vous inquiétez pas,
et vous retrouverez, quand vous reviendrez,
des blés déjà tout drus, des seigles, des avoines
que, contre l'habitude, vous n'aurez pas d'abord
tenus en semence dans votre main et répandus
à la volée.

La campagne entière, depuis que vous êtes
partis, est devenue silencieuse. C'est qu'il n'y
a pas que vous qui soyez à la guerre : les chevaux aussi ont été pris par la conscription.
Donc, plus de carrioles ni de charrettes sur les
routes, plus ce bruit de trot ou de galop qui
sonne si bien dans les journées d'automne;
plus de plainte des essieux dans les fondrières,
ou presque plus. Il semble qu'on ait cessé de
héler, par-dessus les haies, pour prévenir les

absents qu'il est temps de rentrer. La campagne,
à certaines heures, a l'air d'un désert. Elle
n'est pas ravagée cependant, pas maraudée, pas
inquiète : elle ne manque que de vous. Elle n'a
pas peur des Prussiens, parce que vous êtes en
avant. Elle voit moins de maraudeurs, croqueurs
de poules et de lapins, gauleurs de châtaignes,
arracheurs de pommes de terre, vendangeurs
de vin de lune, que dans les années de paix.

Le plus dur de la vie, à ce moment du
monde et de l'année, c'est le soir. On n'est pas
distrait par le travail. J'ai vu le père, les
sœurs, le journalier de hasard, rentrer dans la
salle commune de la ferme et s'asseoir des
deux côtés de la table où fume la soupe que
la mère a trempée. « Eh bien! a-t-il écrit? »
Les bons jours sont ceux où il a écrit. On
reprend la lettre que la mère a lue la première
et qui repose, en évidence, sur le coin du
buffet de noyer ciré; c'est la fille aînée qui fera
la lecture, et qui reste debout, le papier
tremblant un peu dans ses mains et approché
de la lampe, tandis que le père, attentif comme
à un marché, le visage soucieux, remuant
parfois les lèvres, écoute et tâche de surprendre

quelque détail, quelque expression de lassitude
après un combat ou une marche qui lui permette de se plaindre à son tour et de dire :
« Notre pauvre gars, tout de même? » Car la
plainte est dans notre nature et de notre condition. Mais on ne s'y arrête pas. On reprend les
termes de la lettre, où le troupier, bien
souvent, a mis un mot pour faire rire les
parents. Les souvenirs, les images, les paroles
qu'on se rappelle, la lettre qui est là, presque
vivante dans les mains, complètent la famille
et tiennent, en quelque façon, la place de
l'absent.

Vraiment, vous êtes enveloppés de la pensée
de tous, même des inconnus ; on prie beaucoup
pour vous ; on est fier de vous ; les journaux
sont remplis des traits admirables de nos
soldats ; une plus large sympathie entoure les
familles en deuil : chacun de vous est devenu
le parent, le protecteur, le vengeur, la gloire
de tous. On voudrait vous serrer la main, vous
remercier, vous acclamer. Cela viendra. Mais
savez-vous une pensée que je trouve aussi partout, même chez les mères les plus tendres,
même dans les maisons où vous manquez le

plus? « Monsieur, qu'ils ne reviennent pas avant d'avoir mis l'Allemagne à la raison! Ils font la guerre, qu'ils la fassent bien! S'ils ne les muselaient pas tout à fait, il faudrait recommencer dans cinq ans! »

Ainsi la plus vive tendresse s'unit à la vue très juste du devoir qui est le vôtre et celui de toute la France : mettre pour longtemps hors d'état de menacer, d'envahir, de massacrer et de piller, un peuple qui ne croit qu'à la force et qui va justement éprouver, grâce à vous, quelle est la force du droit.

UN DEVOIR MATERNEL

21 Janvier 1915[1].

Nous sommes dans une période de la guerre qui ressemble à la saison d'hiver que nous vivons, saison d'attente, où les brumes se succèdent, où le vent crie aux portes, où rien ne semble croître de ce qui sera le printemps. Cependant tout est né, bien qu'on ne le voie pas; la sève prête et cachée attend le signal divin; d'innombrables influences, dans les astres et dans le profond de la terre, acheminent vers nous ce qui est attendu. Demandons que le printemps se hâte. Il obéit comme le reste.

Dans cette demi-nuit et cette pauvreté de

1. Cet article et ceux qui suivent ont été publiés dans l'*Écho de Paris*.

joie, les mères continuent d'élever les enfants,
et ceux-ci grandissent qui seront la France
d'après-demain. Il n'y a pas d'interruption
dans ce long devoir d'éducation, et la guerre y
change peu de chose. Elle ne change pas les
enfants, ils rient, ils vivent par l'imagination,
ils questionnent, ils s'efforcent d'être grands,
comme si cela était enviable. Leur confiance
dans la vie est toujours la même. Je connais
un village à moitié détruit, toits défoncés,
murs traversés par les obus, église plus abîmée
encore que les maisons; les habitants se sont
réfugiés dans les caves; ils y passent plusieurs
heures tous les jours, les Allemands ne man-
quant presque jamais de jeter quelques bombes
sur ce bourg, qui n'a ni remparts ni soldats.
Eh bien! à peine le bombardement est-il sup-
posé fini, que les petites filles sortent de leurs
caches et se mettent à jouer au cerceau. Ce
n'est que par le chagrin de leur mère que les
enfants, ou presque tous, soupçonnent l'épreuve
à laquelle le monde est soumis. Et il faut bien
qu'il en soit ainsi. Il faut que la paix demeure
intacte quelque part. Quelle perte pour nous,
s'ils cessaient de rire tout à coup!

De secrets désirs les pénètrent pourtant, des
pensées de pitié, de dévouement, de courage
qu'ils n'auraient point eus si nombreux dans
un autre temps. Les enfants ne voient pas la
douleur de la guerre; mais ils en devinent la
noblesse. Ils entendent des récits. Ils s'enthou-
siasment vite. Nous ignorons le reste. Mais ils
ont dit déjà, ou bien ils diront un jour : « Moi,
je veux être religieuse et soigner les malades;
moi, je veux être religieux et prier pour ceux
qui ne prient jamais; moi, je veux être prêtre
et aumônier dans les armées; moi, je veux être
soldat et mourir pour la France. » Tous ces
mots-là sont des mots d'enfants. Ils ont été
prononcés depuis que la guerre a éclaté; ils
seront répétés après qu'elle aura pris fin.

Mères françaises, vous devez avoir du respect pour ces mots-là et vous réjouir à cause
d'eux. Ils ne sont point la preuve d'une vocation, pas plus qu'on ne peut dire : « Je sais une
langue difficile », lorsqu'on en balbutie à peine
une ou deux phrases. Mais ils peuvent l'annoncer, et ils sont farouches, et ils ne vous seront
peut-être plus jamais dits, si vous vous moquez,
ou si vous demeurez indifférentes à l'élan de

cette petite âme, qui découvrait le sacrifice et s'y sentait portée. Ce sont là des mystères que vous touchez chaque jour.

Or, pour ne parler que des vocations de vos fils, soyez bien assurées qu'ils ne se tromperont pas sur les besoins de notre temps, s'ils se font soldats ou prêtres.

Nous aurons besoin de soldats après la guerre, et les hommes qui prétendraient le contraire appartiendraient à la détestable espèce de ces politiciens, gens de la flatterie électorale, qui ont empêché la France d'être prête pour la guerre, et qui portent la responsabilité de beaucoup de morts, et de la ruine de plusieurs provinces. Supposez que nous ayons la pleine victoire que nous espérons tous, il sera nécessaire de maintenir une armée puissante, pour que l'adversaire ne soit pas tenté d'éluder les clauses de la paix, et qu'il ne reconstitue pas ce formidable appareil qu'il élevait contre nous et perfectionnait depuis quarante ans, tandis que les plus dangereux de nos concitoyens, endormeurs patentés, discouraient de la fraternité universelle et de l'abolition des frontières. Nous devrons veiller sur

1.

de nombreuses colonies; nous devrons, même
pour assurer la prospérité commerciale de la
France, montrer aux pays lointains nos navires
et le pavillon victorieux, et réhabituer aux
trois couleurs les yeux de tout étranger. Nous
avons fait, jusqu'à ces derniers temps, de si
fâcheuses économies! Voilà quinze ans, l'empereur Guillaume parcourait la Palestine et la
Syrie, cherchant à prendre la clientèle et les
amitiés de la France, si nombreuses dans cet
Orient des croisades et des missions. Je l'ai vu
passer; j'ai vu courir ses vaisseaux blancs. Et
je me souviendrai toujours de l'accent de
reproche avec lequel une femme syrienne me
disait : « Quand nous enverrez-vous les frégates
de France? » Désormais les frégates auront
d'autres nouvelles à donner au monde que
celle de la triste politique intérieure des dernières années : et elles devront aller partout.
Il faudra des marins.

Il faudra des prêtres aussi, car ils meurent.
Plus de vingt mille ont été mobilisés. Beaucoup
d'entre eux combattent. Les conseils de revi-
sion, les majors ont montré un empressement
extrême à déclarer « bons pour le service

actif », les séminaristes, les vicaires, les jeunes
curés. Je veux croire qu'ils n'obéissaient qu'à
une inspiration patriotique. Ils étaient certains
de donner ainsi à nos régiments des soldats
modèles, qui ne désobéiraient pas, qui relève-
raient le moral des troupes, s'il en était besoin,
et qui, au danger, seraient parmi les braves. Ils
ne se trompaient pas. Que de traits admirables
à l'honneur de nos prêtres! Les journaux de
France et ceux de l'étranger les ont célébrés
comme une des plus hautes leçons de cette
guerre. Que de préventions sont tombées!
Combien de paysans, d'ouvriers, d'employés
ont enfin connu celui qu'ils fuyaient, et qu'on
leur avait appris à soupçonner ou à détester!
Ils l'ont trouvé plein de cordialité, de loyauté,
de compassion et de courage. Ils ont senti
renaître en eux-mêmes la fraternité et bien souvent la foi. Bienfait immense et que ne pré-
voyaient pas, on l'a remarqué, ceux qui ont
voté « la loi des curés sac au dos »; vengeance
divine et qui se résout en bénédiction.

J'aperçois cette miséricorde. Cependant, j'ai
le cœur serré en lisant ces faits de guerre où
des prêtres sont mêlés. Je ne peux pas ne pas

me souvenir que la place naturelle et traditionnelle des prêtres peut être dans les armées
et peut être au danger, mais non pas sous les
armes. Je pense qu'ils meurent en grand
nombre. Hier, dans une liste que je parcourais,
j'ai vu six noms de prêtres à la file, un jésuite,
un oblat, quatre prêtres de paroisse. Le monde
perd ses élites, mais s'il comprenait celle-là, et
de quel bien nous lui sommes redevables, il
n'aurait pas assez de larmes pour la pleurer.
Tant d'âmes malades, et les médecins dimi-
nuent! Tant de mauvaises doctrines, et les
prédicateurs de la vérité tombent sur les
champs de bataille! Tant de péchés, et les
prêtres qui ont mission d'intercéder et pouvoir
de pardonner deviennent plus rares! Derrière
les armées, dans la France protégée par elles,
il y a des cantons où il ne reste que deux ou
trois prêtres. De nombreuses paroisses n'ont
plus d'offices le dimanche. Le clergé sera certainement très populaire, mais très diminué de
nombre quand la guerre cessera. Dieu enverra
sa grâce et appellera des âmes d'enfants. Que
les mères françaises comprennent alors la beauté
de leur devoir, et qu'elles laissent les vocations

nouvelles grandir dans la liberté et dans
l'amour! Elles ont souffert; elles seront asso-
ciées à la renaissance de l'Église de France,
comme elles le furent après la Révolution.
L'intelligence de ces choses ne manque point
parmi elles. C'est pour moi un sujet d'admiration et l'un des soutiens de mon espérance. Je
vois des pauvres qui ont de plus belles idées,
et mille fois, que beaucoup d'hommes puissants
et décorés. Et si vous voulez savoir à quoi je
fais allusion, je vous le dirai : c'est à deux
lettres qui m'ont été communiquées, et dont
j'ai là, sous la main, le papier tout modeste et
la grosse écriture. La femme qui les a écrites
ignorera toujours qu'elle est une admirable,
une sublime bonne femme de France. Elle a
un fils qui, de bonne heure, est entré à l'Institut des Frères de la Doctrine chrétienne, a
fait l'école aux enfants du peuple, et, à cause
de cela, naturellement, a été persécuté par des
bourgeois athées. Revenu de l'étranger, peu
après la déclaration de guerre, il était désigné
pour le service armé, et il l'apprenait à sa
mère, qui répondait : « J'ai promis au bon Dieu
d'être très brave, et de remettre tout à sa sainte

volonté. Quand je vois des pauvres pères de
famille qui laissent trois et quatre enfants, et
souvent sans ressources, je me dis : Mon Dieu!
que voulez-vous que je vous demande pour
mon enfant?... Si tu dois mourir, je ne demande pas que tu finisses glorieusement, mais
que tu meures utilement pour le pays, ton âme
en paix. » La même mère, dans les mêmes
jours, songeant à la vocation de son fils, écrivait à un ami de celui-ci : « Combien je suis
heureuse que Jean soit religieux, dans le
dévouement absolu, et de savoir qu'il ne
gagnera pas un sou dans sa vie! »

Voilà les mères qui, dans la tourmente, ont
étayé la France, et qui demain vont la refaire.

LES DEUX CAMPS

28 Janvier 1915.

De plus en plus, les hommes qui pensent aperçoivent ce qu'il y a d'exceptionnel dans cette guerre. Je ne parle pas seulement de son développement, des méthodes employées et qui nous reportent à plusieurs siècles en arrière, des changements immenses qu'elle causera et de l'empreinte nouvelle dont sera marquée la paix future : non, le plus étonnant de cette guerre, c'est qu'elle est, bien plus qu'une guerre de conquête, de rivalité ou de vengeance, une lutte entre la civilisation chrétienne et la barbarie matérialiste. Dans la *Revue hebdomadaire* du 2 janvier, M. Gabriel

Hanotaux, essayant de définir « le sens et la
portée de la guerre », observe qu'elle est
menée contre une sorte de religion de la force,
dégradante et menaçante. Contre elle, « les
grands peuples mystiques du monde se sont
levés. Les trois branches de la religion chrétienne, catholiques, orthodoxes, protestants,
se sont unis pour courir sus à cet adversaire
sanglant de la pensée méditerranéenne et de la
loi du Christ. Avec la paix politique, la paix
économique, il faudra faire une paix morale
et religieuse, c'est-à-dire refouler dans la
forêt et dans le cabanon de Nietzsche l'atroce
morale allemande. » Et M. Hanotaux ajoute,
et j'admire l'espèce de franchise noble qu'il
faut pour dire ces choses à une génération
trop éprise de bien-être : « Je ne doute pas
qu'une heure ne sonne, après de longues souffrances, où les peuples ne s'aperçoivent que la
raison du ventre est la pire de toutes, que la
prospérité économique n'est pas le dernier
mot du progrès humain, que la modération,
l'humilité, la pauvreté sont plus hautes, et plus
nobles, et plus fières, que la violence, l'orgueil
ou la richesse. Les grands saints du moyen

âge sont apparus après de longues années de malheurs publics, pour prêcher le retour à la loi du Christ. Peut-être l'avenir verra-t-il apparaître des hommes, chefs d'armées ou chefs de foule, qui enseigneront aussi aux peuples qu'ils se sont trompés, qu'on les a trompés, et que ni la loi humaine ni la loi divine n'ont la moindre conformité avec l'idéal allemand. »

Voici donc les deux camps délimités : d'un côté, la civilisation chrétienne, respectueuse de l'homme, attentive à toute justice, tendre pour les souffrants, nuancée à l'infini, ne rejetant aucun progrès matériel, mais soucieuse avant tout du progrès moral comme de la plus sûre garantie de bonheur, même en ce monde; et, de l'autre côté, un monstre d'orgueil et de dureté, dont la conquête n'est jamais que celle des armes, qui s'exalte à briser le droit des faibles, et prétend imposer au monde la loi de la force, laquelle est uniforme, cruelle et inintelligente. D'un côté, la conscience; de l'autre, une brutalité sans entrave, sans autre code que celui qu'elle se donne à elle-même et qu'elle appelle le droit. Nous ne calomnions pas nos

ennemis en affirmant cela. Nos témoins sont
pris dans leurs rangs, et parmi leurs grands
hommes. C'est le manifeste des 93 intellectuels
allemands qui admirent la barbarie de leur
nation. C'est Maximilien Harden, un de leurs
principaux journalistes, écrivant, le 22 novembre dernier, pour repousser d'un seul mot les
reproches faits à l'Allemagne : « Quel tribunal
pourra nous juger? Notre force créera une loi
nouvelle. » C'est le chancelier de l'empire
qui, pour justifier l'envahissement de la Belgique, retrouve, aux applaudissements du
Reichstag, l'argument allemand par excellence,
la négation de tout droit, et s'écrie : « Nécessité militaire ne connaît pas de loi. » C'est un
autre professeur, déclarant, à la fin d'une étude
sur le droit des gens, que « le fait crée le
droit », doctrine affreuse, qui mettrait désormais au nombre des droits l'incendie des villes
sans défense, l'assassinat des blessés, la violation des traités, l'habitude d'aller à l'ennemi en
poussant devant soi des boucliers vivants faits
de prisonniers civils, puisque ce sont là quelques-unes des pratiques allemandes. C'est un
poète exaltant la destruction de la cathédrale

de Reims, et se réjouissant que la ruine fût si grande : « Les cloches ne sonnent plus dans le dôme aux deux tours. Finie la bénédiction!... Nous avons fermé, ô Reims, avec du plomb, ta maison d'idolâtrie. »

Ces redoutables erreurs doctrinales, ces haines qui s'en échappent comme des petits, quelqu'un les avait condamnées, voilà plus de cinquante ans, Qui? le veilleur, le gardien, l'unique autorité qui prévoit tout le mal contenu dans les idées fausses, et qui le dénonce, pour le bien du monde, et qui est constamment assaillie, à cause de cela : le pape. Dans le *Syllabus*, Pie IX avait jeté l'anathème contre ceux qui prétendent que « le droit consiste dans le fait matériel » : que « tous les faits humains ont force de loi »; que « la violation des serments les plus sacrés, les actions les plus criminelles, les plus honteuses, les plus opposées à la loi éternelle, non seulement ne sont pas blâmables, mais, au contraire sont tout à fait licites, et dignes des plus grands éloges, quand elles sont inspirées par l'amour de la patrie ».

Aujourd'hui que l'Allemagne s'est prodi-

gieusement développée, et que les erreurs des
professeurs d'universités sont devenues géné-
ratrices de maux innombrables, la condamnation est sur toutes les lèvres. Le vieux président de Harvard exprime l'opinion de la plupart de ses compatriotes américains d'abord, et
celle de beaucoup d'habitants des pays neutres,
quand il dit : « Les sympathies américaines
vont au peuple allemand dans ses souffrances
et dans ses deuils, mais non pas à ceux qui le
gouvernent, ni à la caste militaire, ni aux
professeurs et aux lettrés qui ont enseigné,
depuis plus d'une génération, que la force
prime le droit. Cette courte phrase résume
l'erreur fondamentale qui, depuis cinquante
ans, a empoisonné les sources de la pensée
allemande et de la politique allemande. » Ce
n'est pas assez dire, si l'on veut juger non pas
seulement l'Allemagne qui fait la guerre, mais
la philosophie officielle de l'Allemagne et les
ruines qu'elle a semées dans le monde. Il faut
alors lui reconnaître son véritable caractère,
qui est matérialiste. Et je crois exacte cette
phrase d'un écrivain, M. Albert Richard, qui
a habité l'étranger, — condition favorable et

même indispensable pour comprendre le tout d'un système, — et qui écrivait récemment, dans un journal radical-socialiste d'Auxerre : « On sait parfaitement chez les neutres..., que c'est la science allemande qui a détruit, dans beaucoup d'esprits cultivés, non seulement la croyance en Dieu, mais toute sentimentalité, toute idéalité. »

L'Allemagne apparaît donc bien comme une nation opposée au christianisme, dans sa politique et dans les tendances de son enseignement, comme tout à fait éloignée, dans ces mêmes domaines, de la morale de ce Dieu qu'elle invoque extérieurement. Entre son titre subsistant de nation chrétienne, et sa manière de faire la guerre et de traiter le droit des gens, il y a une contradiction manifeste. C'est si vrai qu'un missionnaire de mes amis m'a écrit de sa mission chinoise, pour me dire l'horreur que ressentent les païens de la conduite des Allemands, et l'objection qu'ils en tirent contre le christianisme. « Vous prêchez, dites-vous, une religion de justice et de charité? Mais regardez donc les Allemands, qui invoquent le ciel dans leurs proclamations! »

Il est vrai qu'on peut répondre, et plus d'une chose, mais tout cela est long à expliquer à des auditoires de Shang-haï, de Canton ou de Pékin. Mon ami, qui est Belge, m'écrit : « Le plus grand crime de l'Allemagne est d'avoir le nom de nation chrétienne, et de promener la croix du Kaiser dans tant de fanges. Et maintenant, comment parler à nos païens? Pour nous, c'est bien clair, nous savons de quels chrétiens il s'agit, et que le nom n'est pas le tout d'une chose. Mais avant d'avoir expliqué les tenants et les aboutissants de ce drame de guerre, notre apologétique restera blessée. »

Comment les sujets catholiques de Guillaume II ont-ils pu accepter, sans protestation, des déclarations et des actes aussi opposés à la foi et à la morale qui sont les leurs? On ne peut s'empêcher d'y songer. Évidemment cette guerre et, d'une manière générale, la politique extérieure de l'Empire, est dirigée par l'élément non catholique, par une autorité qui utilise les concours et néglige les conseils. Mais il y a une autre raison, et il faut admettre que quelque chose s'est gâté, chez les catholiques allemands, au contact et sous la domination de

cette masse pénétrée d'innombrable erreurs.
Plusieurs d'entre eux ont signé le manifeste
des intellectuels. Ils subissent une contagion.
Autour d'eux, le luthéranisme se décompose.
Il aboutit à des négations presque totales. Et
la résistance au sophisme semble diminuer,
dans la minorité catholique, élevée dans les
mêmes gymnases et les mêmes Universités que
les industriels de la Saxe ou les junkers de la
Poméranie, et plus capable d'habileté en
affaires, même en affaires politiques, que de
fermeté doctrinale.

Et nous? Et la France? Par une suite de circonstances qu'il est permis d'admirer, elle est
demeurée la nation chrétienne. Elle se trouve,
en ce moment, l'âme même d'une ligue de
puissances chrétiennes. Rien n'a pu prévaloir
contre sa destinée. Les événements l'y ramènent.
Sous peine de mort, elle est obligée de se
défendre contre l'impiété insolente, et elle se
défend glorieusement, comme ceux qui vont
vaincre. Sans doute, si on voulait chercher,
dans un passé récent, pourrait-on lui reprocher quelques-unes des violences contre lesquelles nous protestons si justement aujour-

d'hui, parce qu'elles sont commises par nos ennemis. Elle a pu voir des droits nombreux néconnus, des faiblesses méprisées, des traités déchirés, des monuments sacrés abandonnés à la ruine ou stupidement détruits. Cependant jamais ces actes misérables n'ont reçu l'approbation de la nation ou simplement de ses savants et de ses intellectuels. Elle a été préservée de la corruption doctrinale dans ses foules religieuses. L'antique baptême de son sang, mille sacrifices cachés, la ferme défense des catholiques, la grâce inexplicable enfin, l'ont protégée. Si elle n'est pas toute religieuse, elle est, dans son ensemble et presque jusqu'aux extrêmes groupements politiques, fidèle aux idées les plus nobles sur l'obligation des traités, sur le droit de la guerre, sur le dévouement à la patrie, sur le devoir de charité, sur l'honneur national. Dans un vaste domaine, et qui peut s'agrandir, elle demeure unanime. Aussi n'a-t-elle pas été rejetée. Elle est réapparue tout à coup, dans cette très juste guerre, comme la représentante de la civilisation chrétienne menacée.

Elle a grandi aux yeux de l'Europe, à cause

de cette union inattendue de ses fils. L'Orient l'a reconnue, telle qu'il l'avait vue jadis. Elle peut revendiquer les droits de protection des chrétiens de là-bas. Il ne pourra plus dire qu'ils sont prescrits. La prescription est interrompue. La France se trouve située dans la guerre comme elle devait l'être, par son passé et par son cœur.

Elle peut avoir un rôle magnifique. Elle l'aura si elle a des hommes. On a coutume de dire, dans une certaine école de savants, que le besoin crée l'organe. Je ne crois pas que cela soit vrai dans la nature. Souhaitons que la formule se vérifie dans la conduite des affaires publiques. Demandons aux ministres qui nous gouvernent de voir que la grandeur de la France lui vient en ce moment de son profond passé, et d'y conformer leur action. Pour voir et pour agir ainsi, ne suffit-il pas d'être Français?

L'OFFICIER

12 Février 1915.

Les héros ne s'improvisent pas. Comme tous les chefs-d'œuvre, ils arrivent lentement et par un long travail à leur point de perfection. Un seul instant en décide, mais les causes sont anciennes. Je crois qu'on le verrait avec une grande évidence, si l'on prenait la peine de rechercher, dans la famille, dans les croyances, dans l'éducation, dans les habitudes d'esprit et les amitiés, la cause de ces morts généreuses dont on ne peut lire le récit sans enthousiasme et sans larmes. Rappelez-vous ceux de vos proches ou de vos amis dont la conduite a été digne d'être citée en exemple, dans cette armée

où il y a tant de braves; demandez-vous quels
signes, autrefois, pouvaient faire pressentir
cette audace, cette endurance, cette charité,
cette puissance de tout perdre pour une idée :
vous en trouverez toujours quelques-uns, si
petits qu'ils fussent, et mêlés, et voilés. Chez la
plupart des hommes, je le répète, cette préparation lointaine est éclatante.

Que de fois j'ai pensé, en rencontrant cet ami
qui vient de mourir dans les batailles du Nord :
« Celui-ci ne donnera sa mesure que dans le
grand danger! » Je ne pouvais le voir, en ces
années où la guerre pouvait paraître lointaine
encore, sans savoir, de science très certaine,
qu'il était un entraîneur d'hommes, un chef,
un héros qui n'aurait peut-être pas l'occasion.
Il l'a eue. Je ne dis pas son nom afin de pouvoir le mieux louer. En lui, beaucoup d'autres
pourront être reconnus. Mince, élégant, il avait
une sorte de charme viril, si ce mot peut exprimer, en même temps que l'énergie du visage,
cette finesse, cette ardeur, cette attention, et
parfois cet abandon et ce rêve qui n'étaient
point faiblesse, mais permission, repos mesuré
et volonté encore. Il était musicien, il dessinait

très bien, il causait à merveille. Et il n'y avait
aucune pose chez lui. Homme du monde,
homme de cœur, homme de foi et soldat. C'est
le pur type français. Un colonel, qui l'a eu sous
ses ordres a écrit, à son sujet, une lettre qui
achève le portrait et que je veux citer à cause
des mots heureux qui s'y trouvent, de la qualité d'âme qu'elle révèle, de l'honneur qu'elle
fait à l'armée. Quelle armée plus humaine? Et
quelle est, je le demande, l'administration civile
dont les chefs sauraient rendre, à un subor-
donné, une justice plus intelligente, plus cordiale, plus relevée par le sentiment des
ensembles et de la France elle-même? Il écrit
au père de mon ami :

« Ce qu'était l'homme que vous pleurez, je le
sais. Trois ans nous avons vécu côte à côte,
sympathisant dès le début, liés bientôt, je le
crois, par une sincère et réciproque amitié. Il
avait tout pour réussir et pour plaire : une vive
intelligence, toujours curieusement en éveil,
des sentiments de grande élévation, un cœur
ouvert à tous les enthousiasmes, une parfaite
dignité de vie, un charme personnel indéniable.
Comme soldat, c'était un amoureux du métier,

un chaud patriote, voyant dans la carrière militaire le moyen le plus complet de servir le pays.
Par sa grande valeur professionnelle, par son
ardeur au travail et sa haute culture intellectuelle, ce beau type de soldat latin cultivé et
vibrant s'était fait une place à part au régiment. Toutes ces belles qualités trouvaient leur
emploi dans le rôle d'éducateur d'hommes qui,
en temps de paix, est le principal de notre vie.
L'ascendant qu'il avait pris, dès sa prise de
possession de commandement d'escadron, combien davantage encore avait-il dû le développer
depuis le début de la campagne! Ses hommes
l'ont, j'en suis sûr, suivi là où il voulait les
mener. S'il est tombé, c'est après avoir largement payé sa dette à la patrie bien aimée.

« Des mots consolateurs! à quoi bon tenter
d'en trouver? Je n'en vois qu'un qui soit digne de
votre fils, celui de fierté. Toute sa vie, il avait
mérité la fierté des siens. En mourant héroï-
quement pour le pays, il l'a méritée plus encore.
Que son nom désormais n'évoque pour vous
que l'image rayonnante d'un être d'élite qui a
donné sa vie à la plus sainte, à la plus noble
des causes : celle qui sera bientôt victorieuse. »

2.

On ne peut mieux dire. Ce *beau type de soldat latin cultivé et vibrant*, c'est la définition même, non seulement d'un homme, mais de cette immense élite d'officiers que nos soldats comprennent bien à présent, auxquels ils rendent toute justice, en qui ils reconnaissent, dans le péril quotidien, l'autorité indispensable, l'exemple non moins nécessaire et beaucoup de vertus d'amitié. Le jeune et cher ami que j'ai pris ici pour modèle écrivait à son père, au mois de septembre dernier : « Demandez à Dieu qu'il m'inspire les gestes et les paroles capables de faire de mes hommes des héros! » Cela pourrait être une devise. Eh bien! si je l'étudie, lui qui a réussi, — sa fin l'a prouvé, — à élever jusqu'à son âme l'âme de tous ses soldats, je reconnais que pour faire des héros il faut d'abord en être un soi-même, non de parade, et de vanterie, et de mots qui sonnent, mais en simplicité, tous les jours, dans la résolution constamment affermie de se dévouer à une cause noble. Il faut aussi inspirer confiance et savoir le métier très difficile de la guerre. L'officier n'entraîne pas seulement, il protège. Ceux qui dépendent de lui ont vite le sentiment qu'il est un ménager de la force, qu'il veille, prévoit, abrite, et qu'on peut être protégé, grâce à lui, tandis que cette folie dont on entendait parler autrefois dans les réunions publiques, cette fameuse « levée en masse du peuple », ne serait qu'une sarabande destinée au massacre immédiat. Un second-maître de la marine, que je rencontrais hier, me disait : « Quand nous embarquons sur un submersible, nous regardons d'abord le commandant. S'il est calé, tranquille, à l'aise dans son réduit, où aboutissent toutes les puissances motrices du bateau, on plonge volontiers. » L'armée de terre aussi mesure le commandant. Et quand le chef est habile, vous voyez ce qu'elle fait. Mais il n'a toute puissance, pour le bien des troupes et du pays, qu'à une troisième condition : aimer les hommes, savoir le laisser transparaître toujours, avoir, à l'occasion, « les gestes et les paroles ». C'est une grande science, et qu'il faut apprendre jeune. On ignore ses voisins, trop souvent, et les préjugés accroissant l'ignorance, et l'envenimant, on peut voir, dans la société peu fraternelle où nous vivons, une réunion d'ouvriers ou de

paysans se défier d'un bourgeois et réciproque-
ment. Mais ceux qui ont vécu près du peuple,
dès leur jeunesse, et surtout ceux qui l'ont
abordé par les œuvres d'enseignement, de charité ou de mutualité, ceux qui, de bonne heure,
ont été mêlés à la vie d'une armée, surtout
d'une armée en guerre, sont tout de suite en
intelligence, sans aucun embarras, sans aucun
changement d'habitude avec tout honnête
homme. S'ils ont du cœur, ils découvrent mille
cœurs, trompés quelquefois, mais qui se
rendent vite à l'évidence; ils connaissent des
délicatesses populaires, des politesses, des
confidences aussi, et des misères, et des bonnes
volontés auxquelles on ne résiste point.
Grande joie, grande force pour l'action, grand
avantage pour l'État! Et l'école des héros n'a
point d'autre commencement.

J'imagine qu'après la guerre il y aura des
amitiés durables entre les bons chefs et les
bons soldats. Ce sera un grand bien, même
pour nous. O mon ami disparu, combien
d'amis vous auriez eus!

LA TRANCHÉE NÉCESSAIRE

25 Février 1915.

Avec raison, et soutenu par la France, un ministre a déclaré, l'autre jour, que l'Alsace-Lorraine rentrerait dans le domaine français, et que ce n'était là qu'une restitution. Ce n'est point une conquête. Chacun peut imaginer, au delà, les conditions souhaitables ou nécessaires de la paix future. Mais il semble bien que le vœu de tous les Français clairvoyants demandera, comme principale acquisition territoriale, la frontière du Rhin.

L'occasion est unique de nous mettre à l'abri.

D'abord, la ligne du Rhin est la frontière

naturelle. Ouvrez votre atlas et considérez une carte de l'Europe : le paysage même que vous avez sous les yeux explique et commande la politique française. La France est là, dessinée avec une netteté parfaite, limitée par le fleuve, par les Alpes et trois mers. Les provinces de la rive gauche nous sont toutes destinées. Si nous avons l'Alsace et la Lorraine dans notre lot naturel, nous avons au même titre le Palatinat qui en est la suite. On verrait très bien, après la guerre qui renouvellera la carte d'Europe, et sans qu'il y eût de contresens géographique, une France s'étendant au nord jusqu'à la Moselle, avec Landau, Spire, Mayence, Trèves et continuée, le long du Rhin, par la Belgique agrandie. Les géographes de l'antiquité n'ont pas manqué de noter cette leçon de choses. Strabon disait : « Il semble qu'une divinité tutélaire éleva ces chaînes de montagnes, rapprocha ces mers, traça et dirigea le cours de tant de fleuves, pour faire un jour de la Gaule le lieu le plus florissant de la terre. »

Et plus brièvement, plus nettement, un autre géographe, latin celui-là, formulait cette

même vérité avec toutes ses conséquences politiques : « Le Rhin est un fleuve qui sépare
deux mondes. »

C'est bien cela, en effet : la rive droite aux
tribus germaines, qui vivent dans les forêts et
y préparent tout le temps la guerre; la rive
gauche aux Gaulois. guerriers aussi, mais qui
défrichent volontiers les forêts et qui parlent
bien, et que les citoyens romains considèrent
déjà comme des cousins d'avenir et d'une assez
jolie civilisation. Les Romains, maîtres de la
Gaule, considérèrent toujours le Rhin comme
la grande barrière contre la barbarie. Tout le
monde sait que Trèves fut longtemps la capitale de la Préfecture des Gaules, et à tout
jamais, depuis lors, comme une idée juste,
comme une preuve acquise de raison politique,
l'expérience romaine demeure dans la mémoire
des hommes.

Elle fut renouvelée. Je ne veux pas faire un
manuel d'histoire. On ne peut, cependant, se
dispenser d'observer que ces régions rhénanes
ne sont pas neuves à la domination française.
Au ve siècle, les Francs défendent le Rhin
avec autant de vigueur que l'avaient fait

les Gaulois et les Romains; Clovis étend son
royaume au delà du fleuve; Charlemagne va
plus loin encore; au xe siècle, les expéditions
contre le roi de Germanie soulèvent le peuple
de France, non point à cause d'une haine, mais
parce que l'instinct populaire a reconnu les
limites nécessaires de la demeure française, et
tout le monde veut qu'elles soient là, sur le
fleuve. « L'armée était si nombreuse, dit un
chroniqueur, que, de loin, les piques droites
ressemblaient à une forêt mouvante. » Au temps
de Hugues Capet, on parlait le roman, et non
pas le tudesque, à Aix-la-Chapelle. Toute
l'histoire des rois de France, Capétiens, Valois,
Bourbons, à travers mille vicissitudes, montre
la persistance du même dessein; on garde, on
perd, on reprend un morceau de la frontière
du Rhin : on la voudrait toute. Henri IV ne
pensa point autrement. Richelieu écrivit que
« la France devait avoir les limites que lui
fixait la nature ». Mazarin projeta d' « étendre
nos frontières au Rhin de toutes parts ». Sous
la Révolution, les généraux, les Assemblées,
les soldats bientôt furent de cet avis. La rive
gauche fut conquise, organisée, divisée en

départements français. Bonaparte, puis l'Empereur, n'eut pas que des préfets : il eut des
admirateurs dans les départements de la Sarre,
du Mont-Tonnerre, du Rhin-et-Moselle. Et,
quand la France perdit, encore une fois, ces
territoires, les habitants de Bonn criaient : « Au
revoir ! » aux troupes françaises qui se reti-
raient.

Il y a donc beaucoup de choses à répondre
aux personnes qui feindraient ou éprouveraient
un grand éloignement pour toute conquête.
La conquête est légitime, lorsqu'elle est si
clairement désignée à notre ambition, lorsqu'elle doit rattacher à la France des provinces
qui ont été nôtres dans un passé récent, des
populations certainement capables de comprendre et d'aimer tout l'essentiel de la France.
Avec de la justice et de la liberté, on les atta-
cherait à la France, d'une manière indissoluble, comme nous furent soudées tant d'autres
pièces du pays, comme ces Alsaciens, par
exemple, en apparence grandement séparés
des Français et qui n'étaient pas depuis vingt-
cinq ans ménagés et choyés par Louis XIV, que
l'ambassadeur de Prusse écrivait à son maître :

« Ils sont plus Français que les Parisiens ».

On doit répondre aussi, et c'est toute
l'histoire qui fait cette réponse-là, que la frontière du Rhin est une nécessité. Deux fois, en
quarante-cinq ans seulement, nous avons vu
Paris investi, ou sur le point de l'être. Nous
sommes mal protégés contre l'invasion, et nous
le serons, tant que l'Allemagne nous guettera
derrière les limites trop artificielles et trop
rapprochées de la Lorraine et des Ardennes. Il
faut mettre de l'espace entre l'ennemi et nous,
et plus que de l'espace : un grand fleuve aisé à
défendre. Dumouriez disait, après tant d'autres,
exprimant la vraie idée de la France, qui fut
non de dominer, mais d'abriter son cœur :
« La France ne peut avoir de sécurité durable
qu'avec la barrière du Rhin ». Dans le vingt-
septième volume du bel ouvrage publié par le
Touring-Club, *Sites et monuments*, Onésime
Reclus disait la même chose, il y a quelques
années, et il le disait avec un sens bien curieux
de l'avenir d'alors, que nous vivons aujourd'hui.
« Il n'y a guère plus de quarante lieues, à vol
d'oiseau, de la frontière à la cité maîtresse;
toutes les vallées, même celle de la Somme,

concourent vers notre capitale... Il ne faut qu'un jour de défaite, et les trois ou quatre lendemains de déroute, pour que les armées contraires marchent sans contrainte vers Paris, le long de l'Oise, de l'Aisne et de la Marne. » Nous venons de le voir. Après une guerre comme celle-ci, terrible, à la vie et à la mort, nous ne pouvons accepter, comme fruit de la victoire, d'être replacés dans les conditions d'insécurité qui nous ont valu ou qui ont permis toutes les grandes invasions de la France. Et vraiment, de quelque prétexte que se couvrent ceux qui prétendraient nous ramener simplement aux frontières d'avant 1870, ils seront écartés, comme d'imprudents conseillers, par les souvenirs de la guerre de 1870 et de la guerre de 1914. On leur dira : « Nous avons trop souffert; nous avons failli mourir du défaut de nos frontières; nous voulons maintenant vivre à l'abri, et nous l'avons gagné! »

LA FRANCE DU LEVANT

23 Mai 1915.

Les Alliés progressent dans les Dardanelles et sur les rives du détroit. Vous faites comme moi, assurément : vous regardez, sur la carte, les noms des forts attaqués; nous épelons du turc et du grec; nous nous disons qu'après Kilid-Bahr, mais surtout après la pointe de Nagara-Kalessi, le coude de fer étant franchi, la navigation sera moins périlleuse, et qu'à Gallipoli s'ouvre la mer où renaît, chaque matin, sur les eaux calmes, l'image de Constantinople. Nos yeux errent sur le mufle carré de l'Asie aboyant à l'Europe, et sur les terres qui descendent, en arrière, et qui ressemblent à des pattes, dans le dessin des géographes, serrées qu'elles sont entre le désert pierreux et la Méditerranée.

C'est cette bande de terre qui nous intéresse particulièrement. Si les prédictions redoutées par les sultans de Constantinople doivent s'accomplir, si l'empire turc doit être partagé, comme tant de signes le font croire, l'histoire la plus ancienne et d'autres bonnes raisons désignent la Syrie comme la part d'héritage qui revient à la France.

Je voudrais simplement rappeler cette histoire et quelques-unes de ces raisons, afin que notre intérêt, non moins que notre droit fussent clairs à tous les yeux.

Nos témoins, dans le passé, on ne saurait les compter, car ce sont les rois avec tout le peuple de France, le peuple se reconnaissant dans la pensée royale, ratifiant ce qu'avait fait le roi, comprenant l'honneur et le profit des expéditions, des traités et des ambassades, content d'avoir des cousins d'Orient et fier de les avouer devant la chrétienté. C'est Charlemagne, recevant l'investiture du protectorat des Lieux-Saints, et accueillant l'envoyé du

calife, qui lui apporte l'étendard de Jérusalem ;
c'est saint Louis, auquel les populations de la
Syrie offrirent trente mille combattants et qui
voulait qu'elles fussent traitées comme enfants
de la France ; plus tard, c'est François Ier, en
faveur de qui les Capitulations furent con-
senties, puis chacun de ses successeurs, qui
défendirent et accrurent les privilèges accordés
à la France, politique d'honneur et d'humanité,
où l'intérêt trouvait son compte, comme je l'ai
dit : si bien qu'il y eut une époque où aucun
bateau n'était admis dans les ports de Syrie s'il
ne battait pavillon français. Dans des temps
plus proches de nous, l'expédition de Syrie n'a
été que l'affirmation par nous-mêmes et la
reconnaissance par l'Europe de notre rôle his-
torique. Les traités internationaux mentionnent
nos droits comme un bien légitime et indiscuté.
Tout concourt à la preuve : l'envie elle-même.

On peut dire que la Syrie est une colonie
morale de la France. Pour elle, sous tous les
régimes, nous avons donné notre or, nos soldats, nos missionnaires ; nous avons fait son
éducation française, lui apprenant notre langue,
lui racontant notre histoire, l'initiant à nos

idées. Les dissensions intérieures ont à peine
influé sur notre politique dans l'Orient des
Croisades. C'est à propos de la Syrie que Gam-
betta a dit son mot fameux : « L'anticléricalisme
n'est pas un article d'exportation. »
Lorsque la foi ne guidait plus nos ministres,
une sorte d'instinct les prémunissait contre
l'abandon de la tradition, et les empêchait de
perdre ou de laisser s'affaiblir une conquête
de la foi.

On peut dire, en effet, que la Syrie n'est pas
à conquérir; qu'elle est à nous, habituée à
prononcer le nom de la France comme le plus
beau qui soit, étonnée de ne pas nous voir
plus souvent, persuadée qu'un jour prochain
la puissance attendue, souveraine déjà, viendra
sur ses frégates, comme une reine pacifique,
pour prendre possession de ses États, et qu'elle
laissera un chef, pour gouverner enfin selon la
justice. Elle parle le français, ou elle le comprend, bien que l'arabe soit sa langue maternelle. Sa jeunesse fait ses études dans des
écoles françaises, écoles primaires, secondaires, supérieures. Nos journaux sont lus
dans toutes les villes. La population chré-

tienne, et surtout celle du Liban, se réjouirait de notre venue. Les Musulmans, sans avoir une affection particulière pour la France, éprouvent à son endroit une estime tenace, héritée de leurs pères, et ils savent que la France les délivrera de la tyrannie des Jeunes-Turcs. Ils ne se révolteront pas; ils accepteront notre domination plus volontiers qu'une autre; ils peuvent même nous servir grandement, voici de quelle manière.

La France est la première puissance arabe du monde. Or, la Syrie, en même temps qu'elle est plus pénétrée de christianisme qu'aucune autre contrée du Levant, renferme les plus célèbres écoles et les plus vivantee sociétés coraniques. Damas surtout est un centre rayonnant, une ville sainte pour les musulmans du monde entier. Ce qui vient de Damas est réputé préférable, les hommes, les idées, les choses. C'est de là que part la grande caravane pour la Mecque, et de là que s'acheminent, vers l'Afrique ou l'intérieur de l'Asie, les prédicants de la doctrine. Damas est une force. En l'administrant avec équité, avec douceur, et en parfaite connaissance des choses orientales, nous consoliderons notre empire arabe tout entier.

Devant de si grands avantages, et je ne les ai pas tous énumérés, les objections ne tiennent guère. La plupart ne sont que des apparences, que la timidité appelle à son secours. J'ai entendu des gens, qui n'avaient jamais quitté la France, parler avec un sourire dédaigneux de la pauvreté légendaire de la Syrie. La Syrie que nous devons revendiquer est celle que l'histoire et la géographie ont ensemble dessinée. Or, une partie tout au moins de cette Syrie, le vilayet d'Adana, n'est pas une des provinces les moins fertiles de l'Empire turc; la plaine d'Alep, la Transjordanie et d'autres régions n'ont besoin que d'être cultivées et irriguées pour valoir autant que les bonnes terres de l'Algérie et de la Tunisie. Sans doute, j'ai présents dans mon esprit, bien nets et désolés, les paysages de pierre que traverse le chemin de fer de Jaffa à Jérusalem. Je me rappelle des promenades à travers des espaces dénués d'arbres et de moissons, abandonnés à des troupeaux de chèvres, et les collines successives, semblables à des ruines de villes très anciennes, rompues elles-mêmes par le temps

3.

et réduites en débris. La lumière seule en jaillit en gerbes, à toute heure, le soir surtout. Mais je revois également des feuillages qui retombent par-dessus les murs blancs, des jardins d'une tiédeur printanière sous le soleil le plus chaud, et tout vivants de fruits et de fleurs, ceux de Jaffa, de Caïffa, de Beyrouth et cette oasis de Damas, où l'on entre à travers une forêt d'abricotiers, plus vaste, m'a-t-il semblé, que la forêt de Fontainebleau.

Il ne faut pas s'inquiéter non plus, outre mesure, du manque de main-d'œuvre pour la culture du sol. L'état de dévastation est l'état normal des possessions turques. Les Syriens émigrent en Amérique, en Égypte, au Transvaal, parce que personne n'est assuré, sous le régime des Jeunes-Turcs, de récolter le produit de son travail et de le conserver. Dès que nous aurions rendu la paix à ces populations molestées et pillées, elles cesseraient d'émigrer.

On peut prévoir d'autres objections, mais ce n'est pas nous qui les ferons. Elles concernent a Palestine. Plus que partout ailleurs, la France a des droits acquis en Palestine. Le tombeau du Christ, Bethléem, les plus grands souvenirs de l'histoire du monde, ont attaché tant de cœurs à cette terre sacrée qu'il y aura sans doute des compétitions, et tout aussi ardentes que celles qui animèrent jadis les chefs des Croisés. On pourrait croire, de loin, que les nations chrétiennes veillent moins jalousement qu'autrefois sur le trésor de leurs origines. Il n'en est rien, et tous ceux qui ont visité les Lieux-Saints se souviennent, au contraire, des rivalités d'influence, des luttes publiques ou secrètes entre les différentes confessions chrétiennes, d'une foule d'incidents qui seraient mesquins et méprisables s'ils ne se rattachaient à la cause la plus sainte, s'ils ne prenaient au contact, comme les clous de fer de la Croix, une valeur inestimable, et s'ils n'étaient une preuve indirecte, médiocre dans sa forme, d'une vénération qui n'aura pas de fin.

Nulle nation n'a guerroyé, peiné, dépensé autant que la France pour les Lieux-Saints. Elle peut invoquer, comme titres de son ambition, onze siècles d'histoire, et le protectorat qui ne lui a jamais été enlevé par la papauté,

et qui n'est suspendu, en fait, que par la
guerre. Elle ne saurait renoncer sans amoin-
drissement, ni sans froisser des millions d'âmes,
chez elle d'abord, dans tout l'univers ensuite,
témoin de ce qu'elle fut et de ce qu'elle est
toujours, à posséder la relique vers laquelle
les regards de tant de peuples sont tournés.
D'ailleurs, elle ne l'aurait pas pour elle seule,
mais pour tous. Administrant comme un bien
personnel la Syrie, et par conséquent la Palestine qui en dépend, elle reconnaîtrait volontiers les droits et les établissements des orthodoxes et des protestants; elle s'engagerait à
respecter les situations acquises et à en permettre le développement légitime. Une con-
vention préalable pourrait régler, entre nations
chrétiennes, les droits de toutes dans le sanc-
tuaire unique. Et l'on sait très bien que nous
tiendrons parole.

Si, contrairement à l'équité, il n'était pas
possible de faire prévaloir cette solution, il n'y
aurait qu'une formule acceptable : la Palestine
à la France comme une dépendance de la
Syrie; les Lieux-Saints internationalisés, sous
le patronage d'un prince catholique. Et pour-

quoi pas le roi de Belgique? Pourquoi pas le successeur de Baudoin de Flandre, roi de Jérusalem?

Nous devons tous penser un peu, et beaucoup s'il nous plaît, à cette question de la Syrie, de la France du Levant, où l'honneur est engagé, et aussi le très positif intérêt de la patrie. Elle est aussi importante qu'aucune question européenne, et c'est peut-être la pièce maîtresse sur laquelle nous serons jugés par le monde attentif. Je crois qu'on l'a compris; j'espère qu'on s'en souvient. Nous vivons en des temps prodigieux.

L'ENFANT DE PATRONAGE

3 Juin 1915.

Combien il en est mort, de ces jeunes hommes, ou de ces territoriaux qui ont passé leurs dimanches, pendant des années, dans les patronages chrétiens de la France, qui pourrait le dire, sinon les camarades trop petits ou trop vieux pour être mobilisés, les parents, les vicaires souvent séparés de leur œuvre, mais attentifs à encourager, à consoler, à aider, comme on le peut faire de loin, la famille dispersée parmi les régiments?

Je connais une paroisse rurale, en cela pareille à beaucoup d'autres, où le vicaire n'était pas riche, et dépensait, pour les enfants

et les jeunes gens de son patronage, bien plus
qu'il ne recevait de la caisse diocésaine. Car il
faut acheter des échasses, des agrès de gym-
nastique, des boules, des quilles; organiser
des promenades et emporter le goûter; louer
des costumes pour les pièces de théâtre; entretenir la bibliothèque, et subvenir à mille
détresses que l'habitude du revoir et bientôt
l'amitié amènent aux confidences. L'abbé
avait plus de quarante ans; il n'avait pas fait
de service militaire; il était myope extrêmement : c'est dire que les premières levées
d'hommes le laissèrent à son poste, et qu'il vit
partir ses premiers enfants, les grands. Depuis
un peu de temps, il a lui-même quitté le
village : eh bien! sous les drapeaux, il reste
le directeur et l'ami des jeunes soldats de X...,
auxquels il envoie, chaque mois, un petit
mandat de 1 franc, — tout ce qu'on peut faire,
— un bout de lettre, et une feuille imprimée,
large comme les deux mains, sur laquelle sont
marquées les nouvelles des camarades, celles
de la paroisse, et quelques réflexions et exhor-
tations pour le temps de la guerre. Cela est
d'un grand réconfort, plus grand que vous ne

pensez peut-être. Et c'est ce que je voudrais
montrer.

Je voudrais que plusieurs de ceux qui connaissent peu la vie catholique, séparés d'elle
par l'éducation, les préjugés, les ignorances,
le fracas du monde et la poussière du jour,
pussent apercevoir ce qu'il y a de magnifique
dans ces pauvres petites œuvres de la ville et
de la campagne, et quel service elles rendent
en ce moment à la France tout entière.

Prenez un modeste patronage de campagne,
et voyez comment il est composé. Tout le
monde, je veux dire tout le petit monde des
enfants peut venir dans ce jardin du presby-
tère, dans cette maison transformée, à laquelle
un pré sans récolte de foin est attenant; ou
dans cette autre qui a été bâtie, tout exprès
pour le peuple, par quelque riche intelligent
et dédaigné. Les formalités d'entrée sont
nulles. Vous venez? Tant mieux; allez jouer
aux barres. Les fils des artisans et des commerçants du bourg se rencontrent là avec les
fils des fermiers, deux éléments assez dissem-
blables, assez difficiles à bien accorder l'un
avec l'autre, mais qui finissent par s'entendre.

On joue, on plaisante, on parle haut, on
s'exerce au tir de la carabine ; les aînés boivent
un coup de vin ou de cidre. A la tombée du
jour, la famille est reconstituée, père, mère,
enfants, dans la maison du bourg, ou dans les
fermes éparpillées, et distantes l'une de l'autre
de la portée de la voix, jusqu'au bout de la
paroisse.

Cinq ans, huit ans, dix ans se passent.
Les jeunes gens ont grandi. Un bon nombre
ont été préservés de l'ivrognerie et de la
débauche : et c'est déjà un grand bien, je
ne dis pas seulement pour eux, mais pour la
France. Elle ne s'est pas assez défendue contre
la corruption, et dix mille patronages de plus,
dans les années encore voisines de nous, lui
eussent été plus précieux qu'une récolte abon-
dante, ou qu'une colonie nouvelle augmentant
son empire. Mais il y a un autre bien qui
dépasse celui-là. Ces jeunes gens ne resteront
pas tous où ils sont ni ce qu'ils sont. Plusieurs,
après le service militaire, émigreront dans les
villes. Un plus grand nombre oublieront à peu
près, ou même tout à fait, le peu de religion
qu'ils auront appris. Ces réunions du passé

plus ou moins lointain, où l'on causait avec le
vicaire; ces offices auxquels on assistait; ces
camarades qu'on n'a pas revus; et plus d'un
sentiment, et plus d'une pensée qu'on avait en
ce temps-là : tout cela semblera effacé. Mais
vienne une grande douleur; vienne la guerre
qui est faite de tant de douleurs assemblées, et
tous ils se souviendront. Devant l'épreuve ils
ne se révolteront pas : ils se réveilleront de la
vie ordinaire, et seront prêts. L'explication
religieuse de la souffrance leur apparaîtra de
nouveau telle qu'elle est : mystérieuse, raisonnable et tendre. Ils seront transfigurés, — non
pas eux seulement, car je ne limite pas à eux
seuls la compréhension de l'épreuve, — mais
eux surtout, eux presque nécessairement.
Toutes les puissances de l'âme seront immen-
sifiées, et la patrie profitera de cette acceptation réfléchie de la discipline et de la mort
possible.

J'admirais, ces jours derniers, la beauté du
langage qu'on peut tenir à ces jeunes hommes.
J'avais reçu, parmi d'autres journaux et bro-
chures, un exemplaire d'un Bulletin de patronage, d'un des plus anciens patronages de

France, fondé à Angers sous le vocable de
Notre-Dame-des-Champs. Beaucoup d'hommes
qui furent les pupilles et qui demeurent les
sociétaires de l'œuvre combattent pour la
France ; beaucoup d'autres sont morts, dans
ces régiments de l'Ouest, que les Allemands
connaissent bien, pour les avoir vus de près, et
souvent ; des jeunes attendent l'heure de partir.
Le Bulletin était donc plein de noms propres,
de nouvelles des soldats, de citations à l'ordre
du jour, de souhaits et de plaisanteries, et de
lignes plus courtes, fréquentes comme un
refrain, mêlées à toute cette vie, et qui se ter-
minaient de même : « Mort au champ d'honneur ». A la première page était une lettre du
directeur, adressée à son petit peuple dans
l'épreuve, et il m'apparaissait qu'elle faisait
grand honneur à celui qui l'avait écrite, et à
ceux qui étaient jugés dignes de la comprendre.
Et je songeais que, sans doute, elle s'adressait
à des hommes et à des jeunes gens nés et élevés
dans une ville, mais que le même langage
serait entendu des enfants du moindre groupe
ouvrier ou rural : car la doctrine est une et les
moindres ont leur part.

Que disait ce directeur? Il devait être absent, si j'ai bien compris et sans doute aux armées, lui aussi. Et il disait : « Nos mérites ne se mesurent ni aux talents, ni aux succès, mais aux efforts et aux sacrifices... Il y a des crises d'où on sort un lâche ou un héros, un réprouvé ou un saint. Lorsque la volonté triomphe de l'épreuve, la présence de Dieu se fait plus intime ou plus agissante, et l'âme est couronnée d'une dignité nouvelle... Mais sommes-nous prêts? Je ne parle pas seulement de la grande revue finale. Sommes-nous prêts à la visite de Dieu dans la douleur, celle du labeur professionnel, celle du foyer ou de la vie des camps?... Le service de Dieu comprend le service de la famille et celui de la Patrie. La France pourra donc compter sur nous, si chaque jour nous nous entraînons à sacrifier à Dieu nos volontés. Mais, en toute sincérité, que valons-nous? Pensons-nous à préparer nos âmes, pour qu'elles soient fortes, à assouplir nos volontés pour que la répugnance ne les paralyse pas?... Sommes-nous des hommes résignés, qui se contentent de ne pas reculer, ou bien des braves, prêts à marcher de l'avant,

à s'offrir aux sacrifices? Combien je voudrais
que la vie à la société fût une école du sacrifice!... Je vous parle un langage austère, mais
vous êtes assez courageux pour le comprendre,
et vous savez du reste que la fermeté n'exclut
pas la joie. Dans tout ce que j'ai dit, rien ne
peut contredire la gaieté de votre jeunesse.
Restons joyeux en devenant forts... » Paroles
pleines de sens, qui supposent une éducation
chez ceux qui les reçoivent, et auxquelles semble répondre, comme un écho parfait où
résonne chaque syllabe, ce passage d'une lettre
d'un jeune homme, sociétaire de l'œuvre, sémi-
nariste parti pour les tranchées, et qui écrit à
son père : « Le champ de bataille n'inter-
rompra pas mon séminaire; il en sera la continuation, et ce sera tout à la fois la pratique de
mon christianisme et sa méditation. »

Comment des jeunes gens élevés de la sorte
ne seraient-ils pas de merveilleux soldats? Et
ces patronages, trop souvent incompris ou
combattus dans le passé, comment ne pas voir
aujourd'hui, à l'heure du danger, qu'ils étaient
et qu'ils sont des œuvres d'utilité nationale? Je
dis ces choses parce que la justice veut qu'elles

soient dites, et que les honnêtes gens de toute
opinion politique peuvent juger, en ce moment,
plus d'un procès que de mauvaises plaidoiries
avaient pu embrouiller, mais que la comparu-
tion personnelle a rendus clairs et éclatants.

J'ai connu toute ma vie ces jeunes gens des
patronages chrétiens, un peu partout, sur la
terre de France. Avec eux j'ai causé, joué aux
cartes et aux boules, et fait des promenades, et
passé bien des heures. Je ne les aime pas seuls
dans la jeunesse française, il s'en faut, et j'ai
d'autres raisons d'aimer leurs compagnons
qui furent moins protégés. Mais j'aime ces
jeunes gens de patronage, parce que, tout
petits, quand je les rencontrais, ils me disaient
bonjour, l'œil brillant et droit, et vite détourné
vers le jeu.

Je les aime, parce qu'ils ont, à cet âge même,
et quand les lâchetés se préparent et s'annon-
cent, résisté aux moqueries et quelquefois aux
taloches, et fait preuve de fidélité.

Je les aime parce qu'on a pu les appeler,
avec une nuance d'absurde dédain, « le bon
jeune homme », mais qu'en réalité, lorsqu'on
les nommait ainsi, ils étaient déjà des hommes,

et de l'espèce haute et rare, de ceux qui sont capables de se commander eux-mêmes.

Je les aime, parce qu'ils ont un cœur prompt, sensible au moindre mot, et une politesse populaire, exacte et délicate.

Je les aime, parce qu'il n'ont rien ajouté, dans leur droite jeunesse, aux misères de la France, et qu'ils sont aujourd'hui parmi ses très bons soldats.

Je les aime, à cause de la parcelle de vérité éternelle confiée à leur faiblesse comme elle l'est à la nôtre, et qui ajoute encore à nos fraternités.

DISCOURS
AUX PUBLICISTES CHRÉTIENS

8 Juin 1915.

J'ai présidé dimanche dernier l'assemblée générale des Publicistes chrétiens et, à cette occasion, j'ai prononcé le discours suivant :

« Nous sommes entre écrivains : si nous parlions en toute simplicité, voulez-vous? Ce serait du temps de gagné pour vous, pour moi, et de la clarté, et peut-être de l'agrément.

» Vous êtes venus chercher, pour présider la *Corporation des Publicistes chrétiens*, un homme qui se trouvait déjà lourdement chargé de travail et de tracas, d'années, et quand même de projets. Comment ai-je accepté cette charge nouvelle, si honorable qu'elle soit? J'ai été touché de votre sympathie, et c'est d'elle, avant toute chose, que je vous remercie.

» Je succède à deux hommes qui furent, à des degrés divers, les créateurs de votre œuvre, le premier l'ayant fondée, le second lui ayant permis de vivre, tous deux l'ayant beaucoup aimée. Le premier s'appelait Quatresolz de Marolles : vieux nom par soi seul blasonné, que portait bien ce mince gentilhomme, qui avait l'âme apparente dans le sourire sans illusion, et dans les yeux pleins d'amitié, des yeux que la prière habituelle, m'a-t-il semblé, comme une eau pure, rendait plus clairs. Il a fondé cette corporation en esprit de foi, et cette marque doit demeurer à jamais la nôtre.

» Après lui vint M. Victor Taunay, il faut dire aujourd'hui le capitaine du génie Taunay, qui collabore en ce moment à la défense du camp retranché de Paris, homme énergique, dont la fidélité et l'expérience furent précieuses pour la sauvegarde de vos traditions et l'accroissement de votre fortune professionnelle. C'est grâce à lui et à notre cher Joseph Mollet, que le *Syndicat des Journalistes français* a eu sa

4

part, il y a quelques années, dans les fonds de
la Loterie de la Presse, et que vous avez pu établir votre caisse des retraites, si nécessaire aux
volontaires de cette profession qui n'enrichit pas
les honnêtes gens... du moins jusqu'à présent.

» De même que je vous ai prévenus que je
serais tout simple dans mes paroles, je vous
demande la permission de ne pas abonder en
compliments et bienvenues. Je pourrais citer
parmi vous beaucoup d'hommes très notables,
en les remerciant du concours qu'ils ont apporté
soit au *Syndicat des Journalistes*, soit au *Syndicat des Ecrivains français*, double institution
que relie, d'un lien tout spirituel, la *Corporation des Publicistes chrétiens*. Je ne le ferai pas.
Nous avons d'autres besognes, et la grande
politesse, et la vraie amitié, consiste à dire
aux gens comment ils doivent servir.

» Cependant, je ne puis omettre de prononcer
trois noms, parce qu'ils sont pour nous des
symboles.

» Je dois saluer le R. P. Janvier, le grand
conférencier de Notre-Dame, en qui sont accor-
dées l'éloquence et la doctrine, et plus encore,
puisqu'il veut bien être l'aumônier de la Corpo-

ration, assister à nos réunions, nous parler
comme à des amis, et toujours des questions
mêmes qui sollicitent le plus notre esprit, et
que, par là, il accomplit un des préceptes qu'il
étudie : la Charité; je dois saluer M. l'abbé
Collin, ancien directeur du *Lorrain* de Metz,
un de ceux qui ont combattu pour la France,
longtemps avant que la guerre ne fût déclarée,
un de ceux qui ont conservé nôtre la terre où
nous rentrerons; et vous enfin, mon cher
Bourget, qui avez été élu, hier soir, à l'unanimité, président de notre syndicat des écrivains,
et qui lui apportez, avec votre nom glorieux,
le conseil et l'appui d'un des esprits les plus
solides, les plus universels et les plus braves
de notre temps.

» Messieurs, il faut que cette journée soit la
première d'une période de grand accroissement
pour les deux syndicats, et que les jeunes écrivains catholiques qui se battent aujourd'hui
pour la chère France, dans les tranchées, sur
nos vaisseaux et jusque sur les rivages de
l'Empire turc, puissent venir à nous, en grand
nombre. Tous ne savent pas qu'ils trouveront
ici des groupements professionnels importants,

déjà anciens, ayant leur organisation, leurs
caisses corporatives, et cette force, précieuse et
joyeuse, qu'est l'unité de la foi. Ils auront
appris, là-bas, la nécessité de la discipline ; ils
viendront, ayant compris que tout ne sera pas
fini avec la guerre, qu'il y aura des fautes à
empêcher, des malheurs à prévenir, une France
nouvelle à préparer, de vieilles discordes à
laisser mourir de faim, et qui seront les dernières victimes de la guerre, les seules non
regrettées. Il suffit de s'être occupé, même un
peu, de la propagande française en pays neutre,
pour comprendre le mal immense que la politique anti-religieuse a fait à la France, non
seulement chez nous, et nous le savions bien,
mais parmi les nations, et parmi celles-là
même qui ne sont pas catholiques. Tous, avec
fermeté, avec générosité aussi, nous travaille-
rons pour la grande paix intérieure.

» Nous demanderons qu'il n'y ait plus de
Français malheureux par la faute d'autres
Français ; que les forces du pays, toutes
ensemble, soient employées à réparer les ruines,
à soulager les misères, à faire une merveilleuse
patrie pour nos enfants. Nous dirons, et les

jeunes, revenus de la frontière, diront avec nous, que tant d'hommes ne sont pas morts pour nous rendre une patrie qui continuerait d'être affaiblie par ses divisions, partagée en oppresseurs et en opprimés. Et croyez bien que nous serons soutenus par des alliés, nous aussi, pour la liberté.

» Pensez à ces lendemains, ne vous en effrayez pas. Non seulement nous aurons pour nous la justice de notre cause et les alliés qu'elle nous amènera, mais les hommes ne sont guère les maîtres dans de tels bouleversements, et ceux que vous pourriez redouter n'ont qu'une puissance bien subordonnée. A quoi? A des hasards qui sont la Providence. Le monde entier sait, de science très sûre, que la carte de l'Europe sera toute remaniée après la guerre, pourquoi penseriez-vous que la carte intérieure, celle des partis et des programmes, ne sera pas modifiée? Elle le sera profondément. Et déjà les signes de changement ne manquent point autour des vieilles coteries, comme on voit le printemps fleurir autour des bornes.

» Ne cessez pas de faire appel à l'équité, à la bonne foi, au sentiment de la justice. Traitez

4.

ceux que nous avons eus pour adversaires
comme des hommes de qui on peut attendre ce
qu'ils n'ont pas donné. Combien de ceux qui
avaient parlé contre la patrie se sont fait tuer
pour elle! Les épreuves communes sont de
grandes guérisseuses aussi. Il y aura des âmes
nobles, qui n'avaient pas compris, avant la
guerre, que nous pouvions les aider et que
nous pouvions nous aimer.

» Ne vous fiez pas aux petites habiletés.
Elles compromettent sans rien obtenir. Elles
sont indignes de la grandeur de notre temps et
de celle de notre cause. D'ailleurs, vous ne
vaincriez jamais l'impiété, même si vous le
vouliez, en hâblerie et finasserie. Affirmez notre
foi, en même temps que notre bonne volonté.
Ne craignez pas d'aller jusqu'au surnaturel,
sans insister, mais sans fléchir. Je crois que la
peur de passer pour dévots nous a fait bien du
mal. Nous le sommes, dans cette corporation.
Il faut le dire, sans sermonner, parce que
nous ne devons pas cacher notre recours, et la
force qui fait la faiblesse invincible.

» Et puis travaillons, aujourd'hui dans la
peine, et demain dans la joie. »

L'ESPRIT DE FERMETÉ

11 *Juillet 1915.*

J'ai dit ici, tout récemment, le grand service
que les patronages catholiques ont rendu à
la France, en préparant des hommes habitués
aux sports et, ce qui est mieux, au devoir.
Beaucoup de soldats m'ont écrit, de la tranchée,
pour me remercier d'avoir rendu justice au
« patro », comme disent plusieurs, ou au
« pat' », comme disent les enfants de Paris.
En vérité, je n'ai pas eu l'intention surtout
leur plaire, mais de montrer, aux esprits de
bonne foi, une institution populaire longtemps méconnue et suspectée par les pouvoirs
publics, et qui, au jour de l'épreuve nationale,

apparaît dans ses fils comme une magnifique
pépinière de Français patriotes, disciplinés et
débrouillards. Il importe que toutes les sources
d'énergie soient signalées et reconnues. Nous
devrons puiser à chacune d'elles, lorsque la
guerre sera finie, et qu'il faudra refaire le pays.
En ce temps-là, que Dieu fera prochain, je
l'espère, les hommes et les groupements
d'hommes seront considérés d'après le rôle
qu'ils auront eu et le dévouement dont ils
auront fait preuve dans le danger. C'est pourquoi les enfants des « patros », les vieux et les
jeunes, peuvent être fiers, et c'est pourquoi
les petits vicaires, revenus des tranchées et des
postes de secours, ne seront plus insultés sans
être défendus par quelqu'un du village ou de
la rue : « Eh ! dis-donc, toi ? Où étais-tu quand
celui-ci se battait avec nous, et portait nos
blessés sur l'épaule ? Assez causé ! File ! »

Je n'ai pas tout dit sur ce grand sujet, et je
me souviens d'avoir à peine indiqué un des
traits les plus heureux de ces groupements
d'âmes jeunes et venues de partout autour du
Crucifix. Les enfants n'y trouvent pas seulement des camarades, et un directeur qui est le

plus souvent un prêtre, quelquefois un laïc
dévoué : non, dans tous les grands patronages,
à Paris et en province, ils rencontrent un certain nombre de jeunes hommes et d'hommes
mûrs, les uns sortis du patronage et devenus
ses conseillers naturels, les autres attirés du
dehors, étudiants, avocats, médecins, employés
de banque ou d'industrie, artistes, qu'un mouvement de sympathie, la douleur de deviner les
haines imméritées, et par-dessus tout l'idée
d'apostolat amènent vers ce jeune peuple
inconnu. Ah! quelles amitiés se forment là,
entre ceux qui s'ignoraient la veille les uns les
autres, que de préventions tombent, et comme
la fraternité cesse vite d'être un discours, pour
devenir une joie intime, difficile à acquérir,
difficile à conserver, mais précieuse et qui rend
acceptable même un long sacrifice ! Un enfant
de faubourg n'a pas joué une heure avec un
de ces riches, ou de ces prétendus riches, que
déjà la défiance, avec la phraséologie qui
l'exprime (exploiteurs, ennemis du peuple,
luttes de classes, etc.), lui paraît singulière; le
deuxième dimanche, elle lui paraît ridicule;
un peu plus tard, elle lui paraît criminelle. De

son côté, cet étudiant ou cet employé, qui s'est promis de diminuer la souffrance, l'ignorance et la haine, et, je dirais volontiers d'amener le monde au royaume de Dieu, découvre chez ses amis pauvres des cœurs bien aisés à gagner avec de la noblesse, une intelligence souvent vive, un goût de la justice, un élan vers l'idée généreuse, toute une humanité française, et des difficultés de famille et de travail, et des vertus, et des lacunes, et des luttes, et un sentiment de solitude, parfois à faire pleurer. Il devient un ami, une sorte de frère aîné, qui a le droit d'avertir, et de reprendre, et qu'on écoute parce qu'on le voit vivre et parce qu'on l'aime.

Je viens de lire une lettre, adressée par un de ces jeunes conseillers ou confrères de patronages, comme vous voudrez, aux « petits » du patronage des Malmaisons, et j'en suis tout pénétré, à cause de la beauté et de la fermeté de la lettre, et aussi à cause de la destinée qui a consacré ces deux pages. Celui qui les a écrites, André Bognier, est mort pour la patrie, le 25 avril.

C'était un riche, et un riche admirable, — le nombre de ceux-ci est bien plus grand qu'on

ne veut le dire. Orphelin avant même l'adoles-
cence, puis légalement émancipé à dix-
huit ans, maître de sa fortune, à l'âge où l'on
dépense pour soi, lui, il donnait aux pauvres.
Il faisait mieux : il les recherchait, il les aimait
et les soutenait de cet encouragement et de cet
exemple dont, bien plus que d'argent, ils ont
besoin. Car la plus grande pauvreté est de ne
pas savoir vivre. Ce grand jeune homme aux
yeux bleus, rougissant vite aux battements de
son cœur, aisément triste, aisément gai, épris
de tous les arts, voyageur enthousiaste et
songeur, avait, sous l'apparente mobilité de
la jeunesse, une foi solide, directrice et nourrie.
Comment fut-il amené à s'occuper du patronage de cette paroisse de Saint-Hippolyte,
l'une des plus pauvres et, par conséquent,
l'une des plus attachantes de Paris ? Je l'ignore.
Il y passa bien des heures ; il y devint promptement un homme. En 1913, il s'engageait. La
guerre le trouva caporal. Blessé au cours de la
retraite sur la Marne, puis, dès octobre, revenu
au corps, nommé aspirant, il ne cessa de combattre aux endroits les plus périlleux. Le
25 avril, étant allé reconnaître, avant d'engager

ses hommes, une tranchée ennemie, il fut
frappé mortellement. Le matin même de sa
mort, il recevait son brevet de sous-lieutenant.
Voilà l'histoire de son rapide passage, que
résume cette belle citation à l'ordre du jour de
l'armée : « André Bognier, sous-lieutenant au
72ᵉ d'infanterie : a montré dans toutes les circonstances dangereuses une force de caractère
et une bravoure à toute épreuve. Alors que le
commandant de la compagnie venait d'être
tué, est allé, seul, faire une reconnaissance
d'une tranchée occupée par l'ennemi, avant
d'engager le peloton qu'il avait sous ses ordres.
A été tué. »

Et voici, maintenant, la lettre, l'espèce de
testament que, deux jours avant de mourir, il
adressait aux apprentis de l'École de mécanique
du patronage, à ceux dont il avait conquis
l'affection et, autant que cela se peut, pris les
âmes en charge.

J'emprunte le texte à un journal tout local,
qui porte en manchette : « Abonnement *minimum* un franc par an » et qui s'appelle l'*Ami
des Malmaisons* :

Retour des Éparges, 23 avril 1915.

« Il est donc vrai, jeunes gens mes chers amis, — puisque le journal de Saint-Hippolyte s'en plaint si fort, — que vous êtes légers et négligents, et que les événements qui pèsent sur le monde ne vous troublent pas?

» Je n'en suis pas surpris : ceux qui se battent sont parfois étonnés d'être au feu depuis si longtemps ; il est normal que les mois ne vous semblent pas plus longs qu'à eux-mêmes et que la guerre soit, pour vous qui ne la faites pas, un état de choses auquel on s'habitue et qu'on supporte aisément... Et puis les illustrés sont pour beaucoup dans votre insouciance; vous en parcourez des piles tous les jours; ils vous représentent la guerre comme la « petite guerre ». Le « poilu dans sa tranchée » n'est pas très différent, sur les images, d'un « copain » en promenade, le dimanche, à Nogent...

» Eh bien! croyez-m'en, ce n'est pas tout à fait ça, ce n'est même pas ça du tout. La guerre est dure, âpre, souvent horrible. C'est ce qu'il

5

faut que vous sachiez... et pourquoi elle continue.

» En somme, nous avons fait notre devoir, et
nous sommes vainqueurs. Les Allemands ont
envahi le Nord de la France, c'est vrai ; mais
ils ont été refoulés à la Marne ; Paris leur a
échappé ; ils n'ont pas pris Calais ; leurs efforts
sur l'Yser sont de gros échecs. Et, depuis deux
mois nous marquons des points : dans le
Nord, en Champagne, en Meuse, ils encaissent
sans répondre.

» Alors, pourquoi ne pas cesser la guerre ?
Pourquoi vouloir affirmer notre offensive ?
Pourquoi tendre vers les résultats décisifs si
lointains peut-être, et qui seront si coûteux ?
Pourquoi de nouveaux sacrifices, ou mieux :
pour qui ?

» Eh bien ! jeunes gens, c'est pour vous que
nous luttons. Lorsqu'un homme s'écroule à
mon côté, je ne salue plus seulement en lui
un défenseur de la Patrie, mais un sacrifié pour
les enfants de France. Je répète que nous avons
fait notre devoir. Pères de famille ou jeunes
hommes nous ne voulons pas que d'ici vingt
ans la puissance allemande renouvelée et

maniée par une main plus habile vous humilie sous sa botte, et vous écrase sous sa ferraille.

» C'est pour vous que nous vivons au milieu de cadavres, dans une atmosphère empestée; pour vous que nous creusons la terre et que nous veillons jour et nuit, pour vous que nous avons soif, pour vous que meurent nos vieux et nos meilleurs camarades, et que, peut-être, nous allons mourir.

» Que nous devez-vous en retour? Est-ce un banal devoir de reconnaissance? Est-ce un merci que beaucoup n'entendront jamais? Non! vous nous devez un pays meilleur que celui que nous avons laissé; vous nous devez votre vie de travailleurs, d'honnêtes gens et de chrétiens.

» Nous luttons pour que vous ayez la paix, mais non pas cette paix de l'égoïste qui jouit et qui a peur! Sans cela, malheur sur vous!

» Ce n'est ni notre rôle ni notre heure de vous indiquer la voie. Des prêtres sont restés près de vous, Dieu soit loué! pour vous ouvrir l'Évangile, et pour vous le lire. Écoutez donc, et « que celui qui a des oreilles pour entendre, » entende! »

» ANDRÉ BOGNIER. »

Remarquez la fermeté de la leçon. L'homme
qui parle ainsi est mû par l'amitié; il veut
être utile; la grandeur du sujet, qui est la
France même, la conscience de dire la vérité
et de ne parler que de ce qu'il voit, le voisinage deviné de la mort, qui affranchit des timi-
dités vaines, lui donnent l'autorité. Il en use
sans même l'avoir voulu. Il est ce qu'il doit
être, à ce moment de l'histoire de France, et
de son histoire, à lui. Il est un des témoins qui
peuvent dire impérieusement à des jeunes gens
non exposés au feu : « Taisez-vous! La France
qui se bat est magnifique! Elle vous sauve!
Tâchez de comprendre! »

Cette fermeté-là, nous la retrouverons bientôt
ou dans quelques mois, mais nous la retrouverons chez les Français vainqueurs du Boche.
Elle est dans la race, comme tant d'autres qualités avariées par la politique intérieure. Elle
appartenait à nos pères, qui avaient la réputation de parler vertement quand il en était
besoin. Les fils vont s'y remettre. On les en-
tendra penser tout haut, et défendre ce qu'ils
aiment. La guerre aura refait leur éducation.
Ils auront la fierté des victorieux et, pour avoir

souvent et longtemps bravé la mort, le mépris
de petites incommodités de la vie, qui parais-
sent à d'autres des dangers. Un sacrifice qu'on
accepte, c'est du courage qu'on amasse. Ils
seront des forts, et nous verrons enfin, dans
les villes et les villages, ce qui se faisait trop
rare avant la guerre, ce qui est l'honneur d'un
pays, la promesse de son avenir, la condition
de toute liberté : des hommes qui n'ont pas
peur des hommes.

LES PERMISSIONNAIRES

22 Juillet 1915.

On les voit, depuis quelques jours, dans les rues de la ville, chef-lieu de département ou chef-lieu d'arrondissement. Dans les bourgs, ils ne se promènent pas, et la campagne immense les égaille et les cache : mais en ville on les voit passer, accompagnés de la femme, qui a fait un brin de toilette, autant qu'on en peut faire avant la fin des hostilités, et qui est contente, et qui regarde de côté, comme au temps des fiançailles. C'est une joie tendre, mêlée de fierté, et dont on sait bien que les voisins et même les passants prennent leur petite part. Comment voulez-vous qu'ils ne soient pas

reconnus, ceux qui reviennent de la tranchée?
« Ils ont l'air du front, monsieur », me disait
une maman qui suivait, traînant la jambe, son
fils médaillé et hardi. Souvent des sœurs, des
frères tout jeunes, des amis, font escorte à ce
Français qui était cultivateur, il y a un an, ou
employé, ou commerçant, qui revient homme
de guerre, qui a défendu la France, couru de
grands dangers, souffert, et dont la conversation est pleine de choses nouvelles. A eux cinq
ou six ils barrent la chaussée, et les plus petits,
qui sont aux deux ailes, quand ils veulent
parler et interroger le soldat, se penchent en
avant et se font une voix pointue. Dans les
boutiques bien achalandées, chez l'épicier, le
boucher, le boulanger, il se forme des groupes
animés et de peu de durée.

— Il est donc revenu, vot' gendre, madame
Clérambourg?

— Pour quatre jours, sans compter la
navette. Il est arrivé ce matin.

— Doit-elle être contente, la pauv' petit'
dame!

— Et lui, donc! Et puis, un homme qui a
bonne mine, vous savez! Il n'a maigri que de

ce qu'il fallait; il est bronzé comme un vieux
cuir; il parle de la guerre comme s'il n'avait
jamais fait que ça. Et un moral, madame Lambert! Une confiance! Moi, je l'ai toujours dit,
que ces hommes-là gagneraient la victoire. On
l'a nommé adjudant pour les coups qu'il a reçus :
mais ça n'est pas à dire qu'il n'en ait pas donné!

— Sans doute, madame; et moi je dis que
ces sortes de gens-là sont bons à entendre.

Elle dit bien madame Lambert : ils sont
bons à entendre. Pour cette raison, et sans
parler de plusieurs autres qui sont excellentes,
le commandement a sagement fait en permettant aux combattants de revoir la femme,
la maison, la famille, et le voisinage qui, lui
aussi, a besoin d'eux. De divers côtés, je tiens
la preuve que ces visites sont, pour tout le
monde, réconfortantes. Certains craignaient le
contraire. D'autres, parmi les plus intéressés,
maris ou femmes, redoutaient l'épreuve de la
seconde séparation. Quand on a eu le courage
de laisser son mari partir pour la guerre, on
peut l'avoir encore, mais la douleur de la séparation nouvelle n'efface-t-elle pas toute la joie
d'un moment?

J'ai rencontré, dans un train de l'Est, une petite femme qui racontait à sa voisine, d'âge moyen, maternelle et attendrie, l'équipée qu'elle avait faite.

— Je reviens du front, moi aussi! J'ai été voir mon mari!

— Mais, madame, répondit la voisine, intéressée et effarouchée par les manquements à la légalité, ça ne se peut pas! Il y a les ordres les plus sévères. J'ai vu, à la gare de Châlons, plus de vingt jeunes femmes interrogées, et obligées de faire demi-tour, et de rentrer à Paris. Vous aviez donc une autorisation?

— Pas la plus petite. Mais j'avais une supériorité sur ces dames : je ne savais pas que c'était si difficile de retrouver son militaire. J'étais partie, pour le point le plus rapproché du village détruit où Jules habitait une cave, et n'avais emporté qu'un permis du commissaire de police de mon quartier de Paris. Car je suis de Paris.

— Ça se voit bien : Madame a un très joli chapeau. Elle a aussi une manière de dire... Mais ça ne suffit pas.

— Je l'ai compris. La guerre, c'est terrible.

5.

Un peu avant la gare de Z... où je devais m'arrêter, je commençais à m'inquiéter de mon
personnage, et la preuve c'est que je ne disais
plus rien. Une vieille dame, qui m'avait regardée
plusieurs fois avec une espèce d'indulgence de
grand'mère, me demanda : « Vous allez voir
votre mari, ma petite dame, il n'y a pas de
doute ; mais avez-vous de la parenté à Z..., une
amie, quelqu'un qui réponde de vous ? Non ?
Alors je serai votre tante, Madame Demiremont (je ne sais pas si elle coupait son nom,
je ne l'ai pas vu écrit) ; n'oubliez pas l'adresse :
17, rue du Tertre-Vert. Vous pourrez l'oublier
aussitôt après ; je ne prétends qu'à vous obliger. » Le train s'arrête ; je descends, mon petit
paquet à la main, — et j'avais mis du tabac
dedans ! — un gendarme me fait signe d'aller
au bureau militaire, à l'autre bout de la gare.
Nous étions trois, mais les deux autres étaient
du pays. Quand ce fut mon tour, le lieutenant,
qui n'était plus jeune et qui me faisait peur à
cause de cela... — Vous aviez tort, ce sont les
jeunes, quand ils ne sont pas amoureux, qui
ont le scrupule des consignes... — le lieutenant me considéra un court moment, sans

même paraître y prendre plaisir, et me dit :
« Vous avez votre domicile à Z...? — Non,
monsieur le lieutenant, je n'ai pas cet honneur,
j'habite les Batignolles, mais j'ai une tante,
une femme excellente, Madame Demiremont,
17, rue du Tertre-Vert. — Bien. Gendarme, ça
existe, Demiremont, à Z...? Oui?... Très bien.
Et quelle raison avez-vous, madame, d'aller
voir votre tante, pendant la guerre? — La
même, monsieur le lieutenant, que pendant la
paix : songez que c'est une tante à héritage! »
Il me considéra, une seconde fois, leva légèrement les épaules, et me laissa passer. Je n'étais
pas encore au bout de mes peines. Mais le
reste était affaire de finesse et de gentillesse.
Un soldat m'a aidé. J'ai prévenu Jules, et je
l'ai vu!

Quand la petite dame eut achevé son récit
qui n'alla pas sans quelques détails amusants,
je me crus autorisé à lui demander :

— Eh bien! madame, puisque vous avez
réussi, contre toute espérance, vous pouvez me
dire qui a raison, de ceux qui prétendent qu'il
vaut mieux ne pas se revoir, ou de ceux qui
prétendent le contraire?

— Ah! monsieur, je pleure encore de l'avoir quitté, mais il n'y a pas de doute!

Et, sauf qu'elle ne pleurait point, je crois que l'avis était sincère.

SENTENCE PONTIFICALE

25 Juillet 1915.

Le pape Benoît XV, dans une lettre que le cardinal secrétaire d'État a écrite par son ordre, et adressée au ministre de Belgique près le Saint-Siège, blâme et condamne, ou plutôt déclare expressément qu'il a déjà blâmé et condamné la violation, par l'Allemagne, de la neutralité de la Belgique. Il rappelle l'aveu du chancelier de Bethmann-Hollweg, et l'excuse proposée dans la séance du Reichstag, le 4 août 1914. Le chancelier avait dit : « Nous sommes dans la nécessité, et la nécessité ne connaît point de loi. Nos troupes ont occupé le Luxembourg et ont peut-être déjà foulé le

territoire belge. » Le pape déclare, pour que
désormais il ne subsiste aucun doute, qu'il
avait précisément en vue cette violation lorsque, dans l'allocution consistoriale du 22 janvier 1915, « il réprouvait hautement toute injustice... pour quelque motif qu'elle pût avoir été
commise ».

C'est là un événement considérable, soit par
ses conséquences immédiates, soit par celles
qu'il produira sans nul doute, lorsque les puissances traiteront de la paix et des réparations
nécessaires.

C'est une réponse aux calomniateurs qui
auraient voulu faire croire que le pape demeurait indifférent et neutre devant l'injustice, et
qu'il hésitait à réprouver les abus de la force
érigés par l'Allemagne en doctrine d'État.

C'est aussi un fait magnifiquement isolé. Car,
comme l'a dit le président de l'Institut de philosophie de Louvain, Mgr Deploige : « Citez-
moi le chef d'État neutre qui ait osé protester
contre ces doctrines ? »

Benoit XV l'a fait, selon la tradition de ses
prédécesseurs, et, s'il l'a fait explicitement dans
la lettre que je viens de citer, la condamnation

implicite et certaine n'en a pas moins été for-
mulée six mois plus tôt, et dès qu'il a jugé que
les autres excuses invoquées par la diplomatie
allemande n'étaient que des sophismes comme
celle-là, ou que des apparences sans réalité. Le
coupable, c'est-à-dire l'Allemagne, ne s'y est
pas trompé un seul instant, ainsi que je l'ai
fait observer, ici même, dans un article daté
de Rome. Tout de suite elle a protesté, vivement et inutilement, par ses ambassadeurs
auprès du Souverain Pontife, et il est certain
que la sentence renouvelée et solennelle, quand
elle sera connue en Allemagne, troublera toutes
les consciences que le *Deutschland über alles*
n'a pas éteintes. Jusqu'à présent, l'agresseur
sauvage de la Belgique avait pu dissimuler,
n'étant pas nommé : il ne le peut plus. Le doute
sur l'existence de la condamnation n'était pas
très intelligent : il est désormais impossible.

Ainsi, le premier acte de guerre de l'Allemagne, son premier pas, son premier crime, est
condamné. D'autres le seront. Il y a plus. La
sympathie de Benoît XV pour la France est
certaine, déclarée, prouvée abondamment. Tous
ceux qui l'ont connu, lorsque, sous le Ponti-

ficat de Léon XIII, il était mêlé aux affaires
politiques, se souviennent de la bienveillance
que témoignait aux Français, et du goût qu'expri-
mait librement, pour l'histoire et la civilisation de la France, le collaborateur du cardinal
Rampolla. Depuis qu'il est devenu pape, et
dans la tourmente où nous vivons, il n'a cessé
de montrer par ses paroles, — celles qu'il a
dites, — et par ses libéralités, la grande part
qu'il prend aux souffrances que la guerre
a causées chez nous. Il y a quelques semaines,
il envoyait un don magnifique, lui pauvre
cependant, au *Secours National*. Peu après, une
aumône modeste, mais accompagnée des plus
affectueuses paroles, était remise en son nom
à l'évêque de Versailles, qui a fondé une œuvre
pour venir en aide aux soldats et aux familles
des soldats mobilisés. Plus récemment encore,
le pape faisait remettre cinq mille francs à
l'œuvre fondée pour venir en aide aux églises
dévastées.

Les hommes que je connais le mieux, que
j'estime pour leur esprit sûr et désintéressé,
ont rapporté de Rome, et de leurs entretiens
avec le Souverain Pontife, la même impression,

la même certitude que j'ai eue moi-même, le
20 mars dernier, lorsque j'ai eu l'honneur d'être
reçu par Benoît XV. Un de mes amis a pu
s'entretenir longuement avec le pape, dans
deux audiences, à quelques semaines d'inter-
valle ; un autre habite Rome et le voit fréquemment ; un autre l'a vu voilà quelques jours à
peine : tous m'ont redit les paroles les plus
consolantes, les plus nettes, les plus semblables
à celles que j'ai entendues, et qui montrent
chez le pape non seulement la pitié pour les
douleurs imposées à la France, mais l'intelligence de la mission de la France, le désir de
prouver par des actes qu'il a gardé pour la
France la prédilection traditionnelle des papes,
et d'augmenter, dès qu'elle le souhaitera, les
prérogatives qu'elle a tenues jadis de leur confiance. Il semble, lorsqu'on cause avec le Souverain Pontife, que les erreurs d'un passé récent
n'ont pu diminuer l'affection que nous avions
méritée au cours de notre histoire. M. Fernand
Laudet le constatait, dans le récit d'une visite
qui date de quelques jours, et d'où il rappor-
tait des réponses d'un tour heureux, comme
celle-ci : « J'aime la France catholique sans

doute, mais je dis plus : j'aime la France tout court. »

Il est permis, je crois, sans audace et sans irrespect, d'affirmer que la sympathie du pape pour la France, dans ce bouleversement et cet inconnu des destinées, est fondée sur d'autres raisons encore que l'affinité de l'esprit et que le mouvement d'un cœur tout noble. Le devoir de rester en relations avec les catholiques de toutes les nations belligérantes, la volonté de ménager le plus possible les catholiques aveuglés ou contraints d'Allemagne ou d'Autriche, n'ont pu empêcher le pape de juger le caractère de cette guerre formidable, son objet secret et lointain, le danger que ferait courir au monde le triomphe du pangermanisme. Ici, je ne fais plus que supposer, mais d'après les plus grandes vraisemblances et non selon mon seul désir. Comment s'imaginer qu'un pape instruit, qu'un pape politique, qu'un pape italien ignore les conflits du moyen âge, et quels tyrans furent les empereurs germaniques pour l'Italie d'autrefois? Le danger se renouvelle. L'ambition de dominer Rome et par elle le monde n'a pas varié. L'entreprise de domination universelle

qui s'appelait le saint-empire romain, bien
qu'il ne fût, comme on l'a dit, ni saint, ni
empire, ni romain, a simplement changé de
raison sociale et se nomme aujourd'hui l'empire
d'Allemagne-Autriche. Ce sont les mêmes
instincts qui arment le même sang contre la
civilisation chrétienne et d'esprit clair. Un
écrivain bien peu favorable à la papauté,
l'auteur de l'*Essai sur l'Histoire générale*, a dit
de ces longues violences contre l'Italie ancienne :
« Ces princes tranchaient tout par le glaive...
Les Italiens n'obéissaient jamais que malgré
eux au sang germanique... Si cette autorité des
empereurs avait duré, les papes n'eussent été
que leurs chapelains, et l'Italie eût été esclave. »
Pensez-vous que de tels souvenirs s'effacent?
qu'ils ne reviennent pas d'eux-mêmes, quand
on voit les intrigues allemandes en Italie, et
l'Allemagne déjà établie, comme elle l'était à
la veille de la guerre, dans les pays qu'elle
voulait envahir?

Le passé ne donne cependant qu'une idée
incomplète de la lutte engagée entre dix
nations. Il y a dix nations qui se battent, mais
il n'y a que deux causes qui se heurtent. On

n'a pas toujours bien défini ce combat sans
précédent. Les apparences peuvent tromper.
Les devises ne sont pas toutes écrites sur les
étendards; mais un instinct profond avertit la
jeunesse qui se sacrifie, qu'elle meurt ou
s'expose à la mort pour une idée sublime. Nos
soldats, même peu lettrés, disent souvent :
« Nous combattons pour la liberté du monde. »
Et cela est entièrement vrai. La France a conscience que, dans cette guerre, et malgré ses
fautes, et malgré l'incrédulité de plusieurs de
ceux qui la conduisent, elle représente et
défend avec ses alliés la cause de la chrétienté.
Elle se sent enveloppée de traits d'héroïsme
tels qu'aucun moment de son histoire n'en a vu
de plus nombreux ni de plus beaux; elle pense
qu'elle est très voisine, par sa manière de
combattre et de se sacrifier, et par les mots
qu'elle retrouve, de ce qu'elle fut à l'époque
des croisades. Devant elle, les forces ennemies
rappellent aussi, par la cruauté et par la haine
du nom chrétien, ce que furent les Sarrasins du
moyen âge. Haine secrète, bien entendu, mais
certaine, dans toutes les puissances de direction,
soit de l'empire d'Allemagne, soit de la poli-

tique autrichienne. On suit la procession du
Saint Sacrement, mais on livre son empire à
des ministres non catholiques, et ceux-ci l'inféo-
dent à l'Allemagne. Or, celle-ci est toute
pénétrée, en même temps que d'orgueil, d'un
mépris systématique du droit, et d'un respect
sacrilège de la force. Elle n'est plus une nation
protestante dans sa politique et dans ses principes : elle est païenne ; elle est le paganisme
renaissant et menaçant la civilisation chrétienne. Son droit public, enseigné par ses
professeurs, ses hommes d'État, ses écrivains
militaires, et suivi par ses généraux à la guerre,
est aussi barbare que celui des peuples contre
qui Rome a lutté, avant Jésus-Christ.

Ne doutez pas que celui qui régit le monde
des âmes n'ait aperçu, avant nous, le sens de
cette guerre universelle. Toute l'agitation
provoquée par la presse irréligieuse tombera.
De nouvelles calomnies seront lancées contre
le Souverain Pontife, elles tomberont encore.
Pour le présent, retenons ceci : qu'un pape,
une fois de plus dans l'histoire, a condamné
une grande injustice que pas une puissance
humaine n'a réprouvée parce qu'elle n'offen-

sait que le droit. Le pape continuera d'être le
pape, et l'Église de prier pour lui, « afin qu'il
ne soit pas abandonné aux mains de ses
ennemis ». Et il ne le sera pas.

L'IDÉE DE DURÉE

29 Juillet 1915.

Dans le même courrier, je trouve, trois fois exprimé, par trois soldats, le même sentiment.

Le premier soldat a répondu à son officier, qui lui demandait : « Vous avez eu du mal à quitter femme et enfants? — Oui, mon capitaine, mais c'est pour eux que je me bats. »

Le second, blessé, a résumé ses vœux dans une phrase que reproduit le *Bulletin de la Jeunesse catholique* : « Repartir, et faire quelque chose de chic pour la France ».

Le troisième, un enfant de Paris, un apprenti d'hier, écrit à un vieil ami : « Nous

repasserons peut-être un second hiver sous
les drapeaux. Ce ne sera pas payer trop cher
la paix future et la liberté des générations qui
viendront après nous. Je fais d'avance le
sacrifice de ma vie pour une France plus belle,
et plus grande, et aussi plus chrétienne : elle
devra bien ça à Dieu, après la victoire. »

Remarquez-le : ils se battent pour ce qui
doit survivre, les enfants, la France, les générations à venir. Ils ont l'idée de la durée.

C'est une de celles qu'il faudra réenseigner,
démontrer, remettre en honneur dans les
esprits et dans les lois, lorsque la guerre sera
finie et que ses leçons seront encore présentes.
Elle a été chez nous combattue ou méconnue.

Elle l'a été dans l'enseignement de l'histoire.
On peut dire que de l'histoire de leur patrie
les enfants du peuple ont été instruits à la
manière pauvre. Ils n'ont pu connaître, et
l'instinct seulement le leur fait pressentir, la
beauté morale très ancienne de notre pays, le
rôle de la France dans le monde, l'aide évidente qu'elle a reçue de Dieu en plusieurs occasions, le patient amour avec lequel ses 'princes
ont acquis pièce à pièce le territoire, maintenu

les provinces, unifié les cœurs. Par haine stupide de la religion, des faits immenses comme
la conversion de la Gaule, les Croisades, les
institutions monastiques du moyen âge, la
mission de Jeanne d'Arc, ont été omis ou tra-
vestis ; la haine de la royauté en a dénaturé ou
supprimé d'autres. Interrogez des enfants : de
la plus belle histoire du monde, il est resté
dans leur esprit quelques dates, l'horreur de la
féodalité, quelques légendes sur la condition
ancienne du paysan, et des notions plus éten-
dues, mais toutes politiciennes et commandées
par l'intérêt électoral, sur la Révolution et le
temps présent.

La faute est beaucoup moins aux instituteurs, qui ont suivi les directions et les conseils, qu'aux inspirateurs successifs de l'enseignement public, hommes de parti plus
que de pédagogie. De même les enfants ne
savent rien de leur province, de leur ville, de
leur bourg. On l'a remarqué en haut lieu ; on
l'a déploré. Le défaut de respect et d'amour
pour le passé de la France a paru si grand, et
si fâcheux, que les principaux harangueurs de
l'État se sont mis, depuis plusieurs années, à

6

célébrer toutes nos gloires, même les royales,
même les impériales, et c'est un signe, dans
les temps ordinaires, qu'il se pourrait qu'il y
eût un certain changement de méthode, et une
meilleure justice, après une décade ou deux.
Mais la guerre aura abrégé les délais. C'est
tout de suite qu'il faut redonner leurs aïeux
véritables à ces enfants dont les pères se battent,
et souffrent, et parlent en héros. Ils comprendront ce qui doit étonner le plus intelligent
parmi eux, comment nous ne sommes jamais
seuls dans le bien, mais précédés, entourés,
soufflés par d'autres de la même race, qui
disent tout bas : « Fais comme nous! » Ils
aimeront encore mieux la France, quand ils
sauront, au lieu de le deviner, que la France
est aimée depuis des siècles. Ils auront des
libertés publiques une plus juste idée. Ils
auront constaté qu'elles existaient chez nous
longtemps avant d'avoir ce nom-là, et qu'il fût
peint sur les murs.

L'idée de durée n'a pas été moins attaquée
dans la famille et dans les traditions familiales.
Elle l'est par le divorce qui est un grand mal
et, particulièrement, un grand mal ouvrier.

Elle l'est par les lois qui divisent fatalement l'héritage, et rendent si difficile la conservation des entreprises qui ont réussi, et obligent à remplacer le chef, le créateur de l'industrie ou du commerce, par un directeur de société anonyme. Elle l'est par toutes les influences qui détournent le fils du métier paternel. Influences presque innombrables, où l'orgueil, c'est-à-dire la sottise même, tient la place principale. Je lisais hier dans le bulletin d'une paroisse populaire de Paris, ces remarques très justes : « Voici l'enfant sorti de l'école. Ses parents se préoccupent de le « placer ». Où et comment ? Grave résolution d'où dépend l'avenir de toute une vie. Osons le dire : peu de résolutions sont prises plus légèrement que celle-là. L'important pour beaucoup de personnes est d'aboutir rapidement. On suivra les indications d'un parent, d'un ami, d'un fournisseur, de la concierge... L'essentiel est que l'enfant soit « casé » et qu'il « gagne ».

Trop souvent, presque toujours, l'idée de faire continuer le père par le fils sera tout à fait absente de ces délibérations. Je veux bien que l'intérêt de cette continuation soit à peu près

nul pour certaines professions rudimentaires,
auxquelles suffisent la force et la santé. Mais
les autres, toutes celles qui demandent une
habileté, un goût, une sorte d'amour, un peu
ou beaucoup d'art, quelle erreur pour l'individu et pour le pays, si c'est toujours une
famille nouvelle, un sang nouveau, un esprit
sans atmosphère professionnelle qui entre en
apprentissage! A chaque génération, un capital d'expérience, d'aptitude physique, de
recettes de travail, de compagnonnage et de
relations, se trouve perdu. Et pourquoi? Pour
que l'enfant aille grossir l'armée des porte-
plume, devienne employé de quelque société,
habite la ville s'il ne l'habite déjà, et meure
avant d'avoir atteint la retraite. Le salaire du
travail manuel a beaucoup augmenté en
France; les lois qui favorisent la condition
matérielle de l'ouvrier sont nombreuses; on
peut dire que, relativement au paysan ou à
l'employé, l'ouvrier est un privilégié, et l'on
sait la grande part que les catholiques ont eue
dans la préparation de cette législation, qui
n'est incomplète, ou fautive en certains points,
que parce qu'ils n'ont pas été entièrement

écoutés. Mais enrichir n'est pas ennoblir.
Donner des retraites aux vieux travailleurs
manuels n'est pas honorer le travail. Ouvrir
des comptes n'est pas l'organiser. Il faut que
le maître ouvrier sente l'estime publique pour
le métier; il faut qu'il puisse prétendre à des
dignités corporatives, et que même il lui soit
permis, grâce au suffrage des compagnons et
des témoins, de représenter la corporation dans
l'État. Alors, le métier ne sera pas seulement
le gagne-pain, il sera aussi le gagne-honneur,
pour les plus braves et les plus persévérants.
La représentation des intérêts relèverait singulièrement chaque métier, et engagerait l'enfant à garder la tradition paternelle. Quel profit pour lui et pour toute la nation !

Il serait aisé de prouver que la continuité
n'a que trop manqué à la politique française,
et depuis longtemps. Je ne le ferai pas. J'ai
voulu simplement attirer, sur cette condition
de toute prospérité, individuelle ou nationale,
l'attention d'un grand nombre d'hommes qui,
en ce moment, réfléchissent au lendemain.
Dans un article que publie la *Semaine littéraire*, M. Camille Mauclair dit avec raison que

6.

de grands changements se préparent, et non
pas seulement dans la littérature, objet de cet
article intitulé : *Prévisions. littéraires.* « Il est
à croire, dit-il, que les milliers de jeunes
hommes, envers lesquels le pays contracte une
si belle et une si lourde dette d'honneur, exi-
geront, au retour, mieux que des galas, des
fleurs, des croix et des discours : une France
réformée... » Ils cherchent, ils interrogent, ils
voient ce qui nous manque. Eh bien ! qu'ils
songent à cette notion essentielle de la durée,
et que, plus tard, lorsque des réformes seront
proposées, ils veuillent bien défendre avec
préférence, et imposer celles qui fortifieront la
famille, le métier, l'entreprise, l'alliance, le
souvenir : ce qui n'est pas sans nous, mais ce
qui dure plus que nous.

THÉOPHILE BOUCHAUD
VENDÉEN

12 Août 1915.

J'ai reçu communication, par un ami de
Vendée, de plusieurs lettres qui honorent
grandement la famille de celui qui les a
écrites, et le voisinage le plus proche, et l'autre
qui va loin et qui est tout le peuple chrétien
de la France. Il a été publié de belles lettres
assurément, et nombreuses, depuis le commencement de la guerre, qui venaient de pauvres
gens, et montraient d'une manière éclatante
et délicieuse combien la beauté des âmes est
indépendante de l'inégalité des conditions.
Mais je ne crois pas avoir lu quelque chose

d'aussi parfait que les lignes que je vais citer.

Elles sont d'un domestique de Vendée, d'un enfant de famille très pauvre, et nos pères n'auraient pas manqué d'ajouter : elles sont d'un ami de Dieu. Je fais comme eux. Il vient de mourir. Il s'appelait Théophile Bouchaud, de la paroisse de Saint-Philbert-de-Bouaine. Tout jeune, et pour soulager les parents qui avaient du mal à vivre, et pour faire l'apprentissage, il avait été gardeur de vaches, petit valet de ferme dans une métairie, et, un peu plus tard, pour quelle raison, je l'ignore, il avait quitté la Vendée et trouvé une place chez un commerçant de Nantes.

Mais à la ville comme à la campagne, ce Vendéen de race pure était un chrétien déclaré, en paroles et en actions, sans peur aucune, prêt à souffrir s'il le fallait, et ne maudissant pas la souffrance, comme les âmes moins instruites, mais la comprenant, et voyant en elle l'épreuve suivie de récompense et la quête éternelle pour la bénédiction. Une des preuves qu'on m'en donne est que Théophile Bouchaud, pendant le temps qu'il servit à Nantes, et quelle que fût la fatigue du jour, ne manqua jamais à l'usage qu'il avait de veiller toute une nuit, chaque mois, devant le Saint Sacrement. Marié à une femme digne de lui, père de deux enfants, il avait acheté, de ses économies et de celles de sa femme, une maison et quelques hectares de terre au Calvaire de Saint-Philbert-de-Bouaine. Et le rêve était de revenir là, tous ensemble, reprendre le plus beau et le plus libre métier qui soit, celui de la terre, lorsque la guerre fut déclarée.

Théophile Bouchaud s'est battu onze mois. Il a été tué le 3 juillet, près de Bellacourt, dans le Pas-de-Calais. Et vous pensez bien qu'un être d'exception comme lui est mort par charité. Vous ne vous trompez pas. Il était de guet, dans la tranchée ; deux camarades s'avancent vers lui, et, quand ils sont tout près, ils entendent le sifflement d'un obus qui arrive sur la ligne. Il y a, dans la muraille de terre, un petit abri, tout juste pour deux hommes. Bouchaud y pousse ses deux camarades : « Cachez-vous vite, les gars! » Lui, il reste dehors, et l'obus, éclatant à ses pieds, le réduit en miettes.

J'ai là, entre les mains, plusieurs des lettres

qu'a écrites cet homme, qui n'est pas seulement bien mort, mais qui avait bien vécu. Je
n'ai pas la plus longue, et je ne la cite que
d'après copie.

Au mois de mars, il écrivait à son fils et à sa
fille : « J'ai espoir de vous envoyer un livre
qui m'a été donné (je suppose, d'après une
lettre, que c'est une *Vie de Jeanne d'Arc*).
Pour l'instant, il ne vous intéressera guère,
mais plus tard, quand vous serez grands, vous
verrez là ce que doit être le vrai chrétien,
comme on doit faire des sacrifices, même très
grands, plutôt que d'engager sa conscience. »

Un peu plus tôt, sa femme lui ayant demandé
ce qu'elle devrait faire s'il disparaissait, il
répond par ces mots admirables : « Tu me dis
que je ne t'ai pas dit mes dernières pensées
avant de partir. Mes désirs, pour votre avenir,
les voici, que je revienne ou non : que mes
enfants soient de parfaits chrétiens; que toute
leur vie, ils aient pour but la gloire de Dieu
et le salut des âmes; qu'ils dirigent leurs
affaires temporelles pour les mettre d'accord
avec les premières. Si je dois mourir à la
guerre, et que la Providence daigne m'admettre

dans le Ciel, je crois que je serai heureux si je les vois de la sorte. »

Dans une autre occasion, il insiste, il développe sa pensée, il écrit un véritable testament, et il l'adresse à la compagne de sa vie, à celle qui déjà est retournée à Saint-Philbert-de-Bouaine :

« Ma chère Marie,

» C'est à toi de veiller à ce que nos enfants soient plus tard des personnes fortes dans la foi. Ne leur parle pas de leur père de façon qu'ils n'en gardent le souvenir qu'avec des larmes dans les yeux. Fais-leur comprendre, bien qu'ils soient jeunes encore, qu'il y a ici-bas deux causes devant qui tout s'efface : le devoir du chrétien envers son Dieu, et du Français envers sa patrie. C'est pour remplir ce dernier que je suis là, et si un jour je suis obligé de verser mon sang pour la France, c'est comme si je le versais pour Dieu.

» Tu me dis que tu offres tes larmes au bon Dieu. Oh! je ne doute pas qu'elles ne lui soient très agréables; mais il me semble qu'il serait plus content de te voir porter la croix

de séparation, par amour pour Lui, que de te
voir la traîner dans les larmes. Sache qu'il est
nécessaire d'avoir des croix pour aller dans le
paradis.

» Si je meurs à la guerre, qu'en souvenir
de leur papa, Marie prenne mon Christ de la
bonne mort, et Joseph la médaille des Hommes
de France au Sacré-Cœur.

» Aujourd'hui, premier vendredi du mois,
je vais me transporter en pensée dans l'église
de Bouaine, pour assister à la messe avec
vous. Que Joseph et Marie ne s'étonnent pas
de ne m'avoir pas vu : je serai caché derrière
un pilier. Qu'ils prient : toutes ces prières ne
peuvent pas rester sans résultat, et, quand
bien même croirait-on tout perdu, il faudrait
espérer encore. »

Remarquez, dans cette lettre étonnante,
l'ordre, le calme et la plus tendre bonté réunis.
Le précepte et le conseil évangéliques sont au
cœur de cet homme. Au moment le plus grave
de sa vie, loin de sa maison, menacé par la
mort, il ne se trouble point ; il ne se trompe
ni sur l'essentiel ni sur la perfection ; ni sur le
mérite du sacrifice, ni sur le devoir de suppli-

cation, ni sur l'espérance qui doit naître de tant de prières envolées, et qui sera le dernier mot de son testament.

Placez cet homme devant les difficultés quotidiennes du travail, de l'obéissance, de la charité, de la patience : ne voyez-vous pas qu'à plus forte raison, il saura se décider avec une entière sûreté?

Il est une conscience formée et claire, à qui rien n'échappe de ses obligations de chrétien et de ses obligations de Français. Il a étudié son catéchisme et il l'a vécu, et voilà une âme de toute grandeur.

Ce qu'il dit, dans cette page écrite pour sa Marie, surpasse en sagesse, en pouvoir de consolation, en bienfaisance sociale, tout ce qu'il aurait appris, en vingt années, dans les livres qui forment la lecture ordinaire de la majorité des hommes, et encore je suppose qu'il eût été guidé.

Que peut demander un pays pour être victorieux, puis paisible et heureux, si ce n'est des hommes pareils à celui qui vient de nous parler?

Tous ces morts réconcilient les vivants. C'est une des récompenses visibles de leur

7

sacrifice. Il faut que les entrepreneurs de
haines nationales ou locales tiennent compte
de ce fait : à l'exception d'eux-mêmes et de
leur personnel entraîné, le monde a changé et
va changer plus encore. Une foule de Français
aperçoivent la nécessité de s'entendre pour se
défendre et pour fonder. Dans la tranchée,
ils voient clairement que les anciens adversaires, du temps de la paix, sont souvent de
bons camarades au temps de la guerre, et
bien utiles; à l'arrière, les plus anciens, qui
ne se saluaient pas toujours les uns les autres,
réunis aujourd'hui dans les ambulances, les
comités, les œuvres de toute sorte, éprouvent,
à se rencontrer, une certaine douceur encore
mêlée d'étonnement, et ils pensent : « Que la
France eût été plus forte, si nous avions travaillé ensemble depuis quarante ans! Il y a eu
de grandes fautes et quelques préjugés. Que
la guerre nous en délivre, et qu'entre nous
aussi elle établisse la paix ! » Mais la grande
cause de l'estime réciproque et de la réconciliation commencée, ce sont les grandes victimes tombées pour la cause commune. Les
paroles sont peu de chose, mais l'exemple est

d'un grand pouvoir : il nous attire; il nous émeut; il est vivant à tout jamais.

Aucun être doué de raison et capable de noblesse ne peut refuser son admiration, ni un peu de son amitié à des héros de France, comme ce Théophile Bouchaud et comme tant d'autres qui l'ont précédé dans le sacrifice. Lorsque la paix intérieure sera rétablie, chancelante et menacée pour longtemps, mais rétablie cependant par la volonté des Français éprouvés, nous qui croyons, nous placerons l'unité nationale sous la protection de ces saintes victimes, paysans, domestiques, ouvriers, bourgeois, nobles, prêtres tombés pour chacun de nous, et nous leur dirons :

« Vous qui avez, dans la longue épreuve, estimé des camarades qui ne vous ressemblaient pas en toute chose, mais qui étaient braves et qui aimaient la France, nous ferons comme vous, et avec amitié.

» Vous qui avez été des héros et des saints, et qui avez soulevé l'admiration du monde, soyez les patrons de cette France réconciliée en vous! Veillez sur l'union de la famille, et qu'elle ne meure plus ! »

FAMILLES FRANÇAISES

22 Août 1915.

La méconnaissance de la France, par quelques-uns des neutres, vient de trois causes : premièrement de ce que nous avons été vaincus en 1870, et de ce que la victoire, qui remettra beaucoup de justice dans le monde, n'est pas encore un fait accompli ; secondement, de fautes politiques indéniables, que l'étranger considère comme voulues ou acceptées par le pays, tandis qu'elles sont subies par lui ; et, enfin, de ce que la meilleure partie du peuple de France fait moins de bruit que l'autre, et demeure ignorée.

Si vous parlez de la famille française à un étranger, même bienveillant, vous vous aper-

cevrez, à ses paroles, à son sourire ou à son
silence, qu'il croit à la famille allemande, à la
famille anglaise, peut-être même à la famille
américaine, mais qu'il ne croit pas qu'il existe
encore une famille française. Cette pensée-là,
je la devine dans la formule plus ample dont
se servait, ces jours derniers, un journal
catholique espagnol, *El Universo*, expliquant
dans quelle mesure et pour quelles raisons il
est germanophile. Il l'est avec restrictions, et
de bonne foi; il l'est par ignorance de l'Allemagne et de la France, qu'il prétend juger.
« Notre germanophilie, dit-il, consiste dans
la crainte que la défaite de l'Allemagne n'entraîne une éclipse des idées d'organisation et
de discipline sociales, qui sont la base de tout
progrès fécond, et dont la disparition, selon
toute probabilité, favoriserait la révolution. »

Pas d'organisation, pas de discipline sociale,
et, si l'on pressait un peu les termes, plus de
famille : voilà ce qu'on reproche à la France,
et pourquoi d'honnêtes gens redouteraient sa
victoire.

Je ne veux retenir de la réponse que ce qui
concerne la famille. Il s'y trouve une petite

part de vérité. Oui, la famille a été attaquée
chez nous et blessée : elle souffre du divorce,
des mauvais conseils de l'égoïsme, de toutes
les tentatives qui sont faites pour substituer
la tutelle politique à l'autorité légitime des
parents, et pour administrer la jeunesse comme
un capital flottant de société anonyme; de
l'effritement du respect; de la négligence de
l'État qui doit combattre l'ivrognerie et la
débauche, et dont le zèle est court et sans cesse
entravé par les préoccupations électorales.
Mais sommes-nous le seul peuple à souffrir de
pareils maux? Une étude, même superficielle,
de n'importe quel pays étranger, ne permet-
elle pas de voir que les mêmes puissances de
corruption du droit travaillent par toute la
terre, avec un succès plus ou moins grand,
partout sensible, pour le malheur des races et
des individus?

En France, comme partout, les premières
victimes, les plus nombreuses, des lois et des
menées antifamiliales, ce sont les pauvres,
parce qu'ils ont moins de défense. Ils devraient
être protégés, ils ne savent pas se protéger. On
leur fait prendre pour une liberté l'état de fai-

blesse morale où on les abandonne. Ou bien
on les menace, et souvent ils cèdent. Assurément les familles saines, conservées, armées
même, sont nombreuses dans les villes et dans
les campagnes. J'en connais partout d'admirables. Cependant, parmi les ouvriers surtout,
que de fois j'ai souffert de rencontrer des
familles désorganisées et défaites par les causes
que j'ai dites et par l'éloignement, tout le jour,
de la mère qui travaille, elle aussi, dans les
usines! Quelle imprévoyance ou quelle nécessité cruelle! Que de braves gens qui ont perdu
le souci de leurs premiers intérêts et du
bonheur même, parce qu'ils n'ont plus l'idée
des âmes, d'un avenir autre que l'humain, et
qu'ils sont comme enfermés dans la misère!
S'ils savaient, comme ils briseraient le complot
qui tend à désorganiser la famille ; à faire d'eux-
mêmes, de leur femme, de leurs enfants, des
poussières séparées ; à détruire, chez eux, avec
la notion de leurs devoirs, la meilleure joie et
la meilleure dignité, et comme ils obligeraient
leurs délégués politiques à inscrire la famille
parmi les droits de l'homme!

Mais ce mal est bien loin d'être général. Ce

n'est qu'au théâtre et dans l'opinion des étrangers mal informés que la famille française est corrompue. Dans l'ensemble, je la crois supérieure à toute autre. Nulle part elle n'est naturellement plus tendre et plus serrée. Nulle part l'intimité ne se prolonge aussi longtemps. Une des preuves les plus nettes pourrait être fournie par l'administration des postes. L'énorme correspondance échangée entre nos soldats et la famille demeurée au village ou dans la ville montrerait, aux plus sceptiques des neutres, la solidité du lien qu'ils croient si ténu et si relâché. Je pourrais citer des cultivateurs, des menuisiers, des ouvriers mineurs, qui ne sont plus de la première jeunesse, dont les doigts n'avaient guère l'habitude du porte-plume, et qui écrivent tous les jours à leur femme ou à l'un des enfants; des jeunes gens qui n'ont pas manqué, depuis treize mois bientôt, d'écrire deux fois par semaine au père ou à la mère. Demandez aux facteurs si la boîte n'est pas devenue pesante, et s'il y a beaucoup d'oubliés? Lisez les lettres publiées dans les journaux, et voyez le soin que prennent ces soldats de mettre bout à bout les petites nouvelles de la

tranchée, un mot de bonne humeur, une affirmation qu'on ne sait pas quand ça finira, mais
qu'on tiendra tant qu'il faudra, et, pour finir,
la formule de courtoisie : « Je me porte bien,
et j'espère que la présente vous trouvera de
même. »

En mainte circonstance, au nord ou au midi,
à l'est ou à l'ouest, nous avons tous observé et
admiré la famille modèle, le chef-d'œuvre le
plus émouvant que puissent bâtir les hommes
avec beaucoup de patience et d'amour. Où que
nous soyons, en arrivant dans un coin du
domaine français, nous pouvons affirmer qu'elle
est aisée à découvrir. Tout s'y rencontre en
harmonie, la liberté et l'autorité, le respect et
l'abandon. C'est la grande fabrique d'honneur
où la France puise en ce moment, et que la
guerre n'épuisera pas. C'est aussi, très souvent,
la grande source de sainteté. Celui qui a réussi
ce chef-d'œuvre n'a pas manqué sa vie, ni pour
lui-même, ni pour la patrie, et celui qui en a
seulement approché est encore un homme infiniment précieux et digne de toute estime.

J'ai toujours tenu comme une sottise et
comme une injustice cette manie, devenue

7.

moins fréquente, des romanciers, feuilleto-
nistes, auteurs dramatiques, qui ne pouvaient
rencontrer, sur leur route, un château, sans
y placer une famille inutile, toujours semblable ou à peu près, copie de copies anciennes,
et qu'on n'avait pas de peine à rendre déplai-
sante. C'est de la jalousie habillée de littérature, et proprement une mauvaise action.
Hobereaux tant qu'on voudra, le nom importe
peu; ils peuvent avoir leurs défauts, comme
vous avez les vôtres et comme j'ai les miens :
mais trois fois sur quatre, s'ils sont de race
ancienne et attachée au sol, ils sont une force
familiale, trop repliée sur elle-même, une école,
méconnue ou aimée, je ne dis pas de toutes
les vertus, ce qui est difficile, mais des plus
rares : l'honneur, le désintéressement, l'acceptation des charges lourdes et de la vie effacée,
le sentiment de la continuité, le goût des
armes et la passion de la France. Un homme
que j'aime bien, qui n'est pas châtelain, mais
sans qu'il y ait de sa faute, le comte de G...,
écrivait, ces jours-ci, d'une tranchée de l'Argonne ou de la Champagne, à l'un de mes
amis. Il venait d'être fait chevalier de la

Légion d'honneur, et de recevoir la Croix de guerre, après des actes répétés de bravoure, et il répondait à celui qui l'avait félicité : « Je suis heureux de ces deux témoignages officiels, qui diront à mes enfants que j'ai continué, modestement mais de mon mieux, les traditions de ma race. Cela les affermira, eux et ceux qui naîtront d'eux, si Dieu le veut, dans ces traditions de foi, de vaillance et d'honneur, qui sont à peu près l'unique héritage, — et bien suffisant, — qui me soit venu de mes pères. » Que je goûte cet « et bien suffisant » !

Gardons nos familles, défendons-les, mieux que nous ne l'avons fait jusqu'ici, contre leurs ennemis déclarés, qui sont les ennemis secrets de la patrie; soyons très fiers d'elles; et si, après la guerre, quelque neutre, de plus en plus bienveillant, nous honore de sa visite, nous le présenterons à nos meilleurs amis, nous lui ferons connaître notre propre famille : alors, de retour dans son pays, il nous rendra pleine justice, et il changera de ton, comme nous aurons changé de fortune.

LE MORAL DU « FRONT »

16 Octobre 1915.

Quand tout ce que nous voyons à présent
sera passé, et que la vie aura couvert les
ruines, les hommes se demanderont, admirant
la force de volonté de nos soldats : « Que
pensaient-ils, ceux qui se battaient en 1914, et
surtout en 1915? Où était le principe d'un courage si durable et si beau? » La réponse n'est
pas indifférente. L'expérience de chacun peut
contribuer à la former.

J'ai regardé défiler tant de permissionnaires
dans les gares, dans les rues, sur les routes,
j'ai causé avec un si grand nombre d'entre eux,
et, dans d'autres circonstances, j'ai rencontré

tant de combattants, plus près de la ligne de
bataille, que j'ai cru discerner, par moments,
les caractères généraux de l'espèce. J'ai regardé
surtout les vieux, ceux qui ont 14 mois,
18 mois de campagne, c'est-à-dire de la vie
exceptionnelle et la plus dangereuse. Dans
les villes et les villages de l'arrière, chez eux,
ils marchent un peu penchés en avant, les
reins tendus, les jambes écartées, comme s'ils
avaient encore le sac. Par petites escouades,
très souvent rapprochés dans ces jours où
ils pourraient être « égaillés », ils achètent
ensemble du tabac, du chocolat, du fil, des
brosses, du savon; ils s'asseyent autour des
tables des cabarets; ils s'arrêtent devant certains étalages. Les estampes, les cartes postales qui représentent des scènes de la guerre
les font rire, mais d'un rire bref. Ils ont peu
de curiosité, moins qu'avant le départ : on peut
se demander s'ils sont vraiment revenus. Le
goût du métier ne les a pas repris, en général;
les intérêts d'avenir ont cessé de les préoccuper
comme autrefois; ce n'est pas un contremaître,
un employé, un comptable, un marchand qui
repasse dans le quartier de l'usine, du bureau

ou du comptoir, c'est un fantassin, un artilleur, un cavalier en permission. On ne peut en dire tout à fait autant du cultivateur : c'est bien encore un paysan qui rentre à la ferme, mais il est autre chose que paysan, pour un temps indéterminé, et il le sent, et on s'aperçoit autour lui qu'il n'a pas rapporté toute son âme au pays. Pour tous, les images de la guerre demeurent présentes et dominantes; l'incertitude de vivre rend les projets comme étrangers, lointains et dérisoires. Ils sont devenus des soldats.

L'un d'eux, dans d'admirables lettres qu'a publiées André Chevrillon, dans la *Revue de Paris*, a écrit : « Je fais des vœux ardents pour mériter la grâce du retour, mais, à part des petites secondes d'impatience bien humaine, je peux dire que la plus grande partie de mon être s'est vouée à l'acceptation du moment présent. » Cette ténacité, que les étrangers admirent chez nos combattants et appellent une qualité acquise, voulant dire surtout qu'elle est empruntée aux voisins, n'est, en partie, qu'une qualité ancienne : l'application au métier. Nous connaissons moins bien la

constance dans les idées; beaucoup de petites
passions, improprement appelées opinions,
peuvent ne pas durer, et la perpétuité dans la
défiance nous est difficile : mais il a toujours
été vrai que le Français de bonne espèce,
celui qui n'a pas été contaminé par l'anar-
chisme, aime à bien faire ce qu'il fait, et considère la « bonne ouvrage ». Ils ont changé
d'état, pour un temps qu'on voudrait bien
abréger, mais qui ne peut être très court. Deux
permissionnaires à longue moustache gauloise,
qui s'en allaient devant moi, disaient : « Vois-
tu, mon vieux, notre métier, maintenant, c'est
d'être soldat. Quand il sera fini, on pensera à
en trouver un autre, mais à présent, il n'y en
a qu'un. — C'est vrai ; on est tous pareils ; le
faut, le faut bien. » Mots simples qui expriment
l'acceptation d'abord, et plusieurs autres
choses : il faut se battre parce que nous y
sommes obligés par la loi commune; parce
que nous avons été attaqués injustement, et
aussi parce que nous ne voulons pas que nos
enfants et nos frères jeunes soient soumis à
une épreuve semblable. Nous irons jusqu'au
bout; mais qu'ils ne souffrent pas ce que nous

souffrons! Que l'ennemi, ses menaces, ses
espions, son empereur ne troublent plus la
paix que nous achetons au prix du sang!

Ainsi résolution, acceptation de la guerre
comme d'un métier, d'une période qu'il faut
vivre et non pas seulement d'un accident et
d'un effort, compréhension plus ou moins nette,
mais générale parmi les combattants, — je ne
dirais pas cela des civils, — de l'immensité de
la partie engagée, assurance de la solidité de ce
mur d'hommes, à l'abri duquel tout ce qu'ils
aiment continue de vivre : voilà les éléments
premiers du « moral du front », qui est, en
vérité, une grande merveille, parce qu'il n'avait
pas été préparé, et que ce sont les assises
mêmes de la race, que le danger a mises
à nu.

Tout le reste est secondaire.

Mais dans ce peuple immense, qui est notre
frontière, il y a une élite singulièrement nombreuse : âmes vibrantes qui comprennent ce
que d'autres soupçonnent seulement èt qui
aiment, mieux que d'instinct, la patrie; âmes
enthousiastes, âmes religieuses. Et ce ne sont
point là des catégories fermées : mais, par un

privilège auquel la France doit en partie sa
grandeur, les plus frustes et les plus ignorés
peuvent tout à coup, dans le péril, devant la
mort et pour le salut commun, s'élever au plus
bel héroïsme, dire des mots sublimes, retrouver, à travers des années d'oubli, les accents
et la foi des saints, devenir tout pareils à ces
hommes dont nous apprenons le nom dans les
livres de l'histoire, et qui sont l'honneur de
chez nous. Leurs actions d'éclat, innombrables
déjà, n'ont pas seulement commencé de sauver
le pays du plus grand péril qu'il ait couru :
répétées par les journaux, publiées à travers le
monde, elles ont rétabli la réputation de la
France que plusieurs causes avaient pu amoin-
drir ; elles ont fait croire à son avenir plusieurs
de ceux qui la connaissaient mal et qui n'y
croyaient plus. C'est ce qui a fait dire à
Rudyard Kipling, interprète ce jour-là des
millions d'étrangers qui nous regardent, que,
dans cette épreuve sans seconde, *elle a découvert la mesure de son âme.*

Un jeune écrivain dont les débuts ont été
justement remarqués, aimés et défendus, Jean
Variot, combattant d'hier, blessé, publiait tout

récemment un mince volume. *Petits Écrits de 1915*, où j'ai trouvé ce récit :

« Ce jour, où dans cet étroit espace, tombaient sans arrêt tant de boîtes à mitraille, que, sitôt montés à la place désignée, nos hommes revenaient un par un, et celui-ci portait ses deux mains à ses yeux, demandant la lumière; et cet autre se traînait sur les genoux; et ce troisième voulait à boire, et il fallait tous les remplacer, pour tenir. Alors, quand arrivèrent les renforts, l'un qui n'avait pas vingt ans et qui savait très bien ce qui l'attendait, lui comme les autres, demanda tranquillement : « Où que c'est qu'on doit se mettre? » par habitude séculaire d'obéissance et d'honneur. »

Voyez ces fragments de plusieurs lettres qui m'ont été écrites ou communiquées ces jours derniers. Elles furent écrites, les unes par des hommes très cultivés, les autres par des artisans ou des ouvriers de la terre. Toutes montrent la vocation de la France. Quelles différences entre elles? A peine la forme. Toutes ces âmes aimantées désignent le même pôle, et, remuées, secouées par l'humaine faiblesse,

s'accordent dans le sacrifice et dans l'espérance.

Lettre d'un jeune gars de ferme, soldat du
train des équipages :

« Figurez-vous que, le soir, je m'arrête quelquefois à regarder la lune ou les étoiles, en
songeant que, peut-être, au même moment,
ceux qui me sont chers regardent les mêmes
points, et qu'ainsi nos regards se rencontrent. »

Lettre d'un sous-lieutenant à sa femme :

« Quant à mon moral, je suis en proie à un
sentiment de paix et d'allégresse indéfinissable.
On est impressionné par le changement de vie
si radical, si subit, mais on n'a aucune pensée
d'épouvante. Puis, on est unis tout d'un coup
par un sentiment de solidarité étroite, affectueuse, qui va du plus grand au plus petit.
Pour ma part, je me sens si bien sous la protection immédiate de Dieu, que je suis aussi
tranquille que peut l'être un mortel. Dites-vous
bien, en ce moment, que votre mari est à un
poste d'honneur, et que dès aujourd'hui, c'est
un vrai guerrier, qui n'a pas froid aux yeux, et
encore moins au cœur. »

Lettre d'un soldat philosophe :

« Ah! la réalité de la patrie est dans nos âmes, et rien ne la fortifie comme la puissance du sentiment d'immortalité qui y est déposé, qu'il serait impie et sacrilège de contrarier, de diminuer ou de détruire. Ce ne sont pas des lieux communs mystiques que je rapporte; c'est le sentiment exact né en moi au contact quotidien avec ceux qui combattent et souffrent, ceux pour qui la guerre est un renoncement total, une austérité continuelle. La qualité de leurs espérances est aussi un facteur trop important de la France de demain, pour qu'on n'ait pas le souci de les vouloir supérieures. »

Lettre d'un ouvrier de carrière :

« Je suis près d'Arras, à la veille d'une grande attaque de notre part. Ces jours-ci on a distribué des casques, des masques contre les gaz. Tous nous nous sommes préparés à la mort; nous avons fait nos petits testaments entre camarades. Je m'en vais, sans soucis matériels, très heureux de donner ma vie, si Dieu la demande, pour la France. »

Je ne puis lire ces lignes, et tant d'autres qui peuvent leur être comparées, sans que se pré-

sente à mon esprit cette formule si belle qu'a
trouvée le jeune peintre que j'ai déjà cité au
début de cet article, et dont André Chevrillon
a publié les lettres. Il disait :

« Il faut probablement le pire pour obliger
toute la noblesse humaine à se manifester ;
alors on s'étonne de ce que l'âme peut trouver
en soi, pour l'opposer à la souffrance et à la
mort. »

Où est-il, celui qui a dit cela, cet artiste qui
voulait peindre, et qui était doué de tous les
dons de l'écrivain, d'une manière si évidente et
si riche que c'est une peine pour moi, de penser que je ne lirai peut-être plus rien de lui?
Je ne sais pas son nom. Je ne connais de lui
que ces lettres écrites à sa mère, ces pages
tendres, enthousiastes, d'un esprit déjà mûr et
d'un cœur plein de jeunesse. Il a écrit le premier chant du poème futur de la Grande
Guerre. Qu'on fasse une édition populaire de
ces lettres et que la France les lise! Elle avait là
un fils admirable. Puisse-t-il revenir parmi
nous! Sur les contrôles de son régiment,
il est porté « disparu » depuis le mois d'avril,
après un combat dans l'Argonne. Et tant

d'autres, de cette élite que je viens de célébrer, sont disparus comme lui ou tombés pour jamais! Si nombreux que nous disons souvent, songeant à ceux que nous aimions, nos proches, nos amis : ce sont les meilleurs qui s'en vont, il n'en restera plus!

Eh bien! non. Beaucoup survivront. Ils sont bien souvent inconnus, de nous et d'eux-mêmes, ceux qui sont destinés à relever la patrie et à la refaire. Chaque jour en révèle de nouveaux. Et c'est lui encore qui le disait, lui qui s'arrêtait de se battre pour décrire un soleil couchant. Comme sa mère s'était fait l'écho de nos plaintes et lui avait parlé des morts de notre élite, il répondait : « Dis à M... que si le sort frappe les meilleurs, ce n'est pas injuste : ceux qui survivent en seront améliorés. Vous ne savez pas l'enseignement donné par celui qui tombe : moi je le sais. »

« TENIR » AUX CHAMPS

25 Octobre 1915.

Toutes les fois que, dans un journal comme celui-ci, un écrivain traite une question de métier, surtout s'il parle de la terre, les réponses lui arrivent immédiates, nombreuses, pressantes, éloquentes souvent par leur accent de vérité et de souffrance personnelle.

J'ai dit que nous aurions une crise agraire après la guerre. Tous les États en connaîtront une semblable. C'est une conséquence fatale des guerres modernes, qui vident les fermes encore plus complètement que les ateliers. Il faut la limiter, punir très fermement les donneurs de mauvais conseils, — il y en a, —

soutenir les courages chancelants, faire comprendre la folie de l'abandon, aider les cultiva-
trices qui ont, entre leurs mains faibles, la
principale fortune de la France : sa terre
labourable, son pain de demain, sa vigne, ses
oliviers, ses bois, et tout son immense trou-
peau, et tout ce qui vole et picore autour des
paillers.

Les lettres que j'ai reçues donnent presque
toutes le même son. Qu'on nous soutienne!
Nous voulons bien demeurer, attendre, « tenir »;
nous devinons que, nous et nos enfants, si
nous quittons la terre, nous serons des errants
sans métier ni crédit, et que la ville, déjà gon-
flée, nous accueillera mal : mais nous ne pouvons suffire au travail, et la terre nous payant
moins bien, comment pourrons-nous payer
la redevance? Qu'il y ait un arrangement, pour
cette rude traverse, que la malechance ne porte
pas sur nous seulement, que la charité
s'émeuve, et demain sera meilleur, et nous
resterons.

Cela me paraît juste, en principe, quand la
femme est seule à la maison, ou très insuffi-
samment aidée. L'une d'elles expose le pro-

blème d'une manière toute digne, émouvante
et sensée. Elle est veuve. Elle vient de perdre
son mari à la guerre. « Nous avons loué, dit-
elle, il y a quelques années, une grande ferme
en Normandie. Après une belle période de
travail, l'exploitation étant en plein rapport,
les fermages payés, la guerre éclate, mon mari
part le premier jour de la mobilisation. Je
reste, avec mes trois enfants très jeunes, à la
tête de cette grosse exploitation, pleine d'enthousiasme et d'espoir, de courage aussi. La
récolte est déficitaire. Mon mari est tué au
commencement de l'année. Malgré l'économie
et le travail excessif, car je suis de celles
« qu'on a vues sur les barges recevoir les trè-
fles et les pailles nouvelles », bien que je me
sois mise à conduire nos chevaux, trop vigoureux pour être confiés à des hommes âgés ou
trop jeunes, et à charger les voitures, je perds,
en raison de la mauvaise récolte et des aug-
mentations de salaires, plus de la valeur de mon
fermage. J'ai demandé une réduction au propriétaire : je n'ai pu l'obtenir. A présent, je ne
puis ensemencer en blé que les deux tiers des
terres qui devaient me donner des céréales.

8

Donc déficit certain pour l'année prochaine. Si je reste, le peu que mon mari laisse à ses enfants sera englouti. Le travail des champs est très dur à celles qui restent le cœur brisé et l'âme en pleurs; mais il ne m'effraie pas : je ne quitte ma ferme que parce que j'y suis forcée. J'espère que vous demanderez avec moi qu'une loi juste partage les pertes entre nos propriétaires et nous... »

Pas tout à fait. Pas une loi. Mais qu'un arrangement intervienne entre les uns et les autres. Les largesses de l'État, outre qu'elles sont faciles, faites par appétit de popularité plus que de justice, et qu'elles suppriment le mérite, c'est-à-dire un élément d'harmonie sociale, manquent trop de souplesse pour ne pas, très souvent, blesser l'équité. Qu'on se voie et qu'on s'entende! Nous sommes à un de ces moments de grande perturbation où la grande charité, celle qui n'est pas d'aumône, mais d'aide affectueuse, pleine et difficile, doit parler. Nos pères ont connu des heures pareilles. On se souvient des dons volontaires du clergé ou de la noblesse, dans les grandes guerres de jadis, pour le bien commun. Et

combien de générosités ignorées, de conventions de bonne amitié, en vue de sauver les
familles rurales et de maintenir la charrue dans
le sillon français, remises partielles, adoucisse-
ments, transactions, en somme traités pour la
paix intérieure, sans laquelle il peut y avoir
des agglomérations humaines et tout un appareil de civilisation, mais point de bonheur et
même point de nation. Le propriétaire ne peut
pas supporter tout le dommage de la guerre.
Une sorte de légende populaire, exploitée avec
soin pour tous les trouble-peuples qui ne manquent pas chez-nous, le considère comme une
sorte de coffre-fort vivant, à qui l'argent vient
on ne sait d'où, qui doit payer largement
l'impôt et même tous les impôts, souscrire,
prêter, avancer, donner toujours, et recevoir
par exception. Très souvent ce n'est que le fils
ou le petit-fils de gens de mince condition, qui,
à force de labeur et d'économie, lui ont laissé
quelque facilité de vivre dont ils n'ont pas
voulu jouir. Des accidents répétés de fortune,
ou de législation, auraient vite raison de lui, et
ce ne sont pas les pauvres qui en hériteraient,
car c'est une loi du monde, qu'ils n'héritent

jamais de l'injustice. Mais les fermiers non
plus ne doivent pas être contraints de donner
tout le loyer de la terre, quand une épreuve,
comme celle qui passe sur nous, a réduit leurs
moyens, la récolte et l'espoir de l'année prochaine. Qu'on s'entende, et que, par l'aide
mutuelle, la paix intérieure soit fortifiée!

L'État doit aussi veiller à enrayer cette crise
et, ce qu'il n'a guère fait jusqu'ici, il doit diri-
ger les enfants qu'il élève vers la profession
première, la plus nécessaire, la plus libre, celle
de la culture du sol. Les paysans qui m'écrivent de la ligne de bataille, ceux que j'interroge demandent que ces fermes menacées
d'abandon, ces maisons en peine soient secou-
rues dès à présent, par les fermiers eux-
mêmes, ou par quelques volontaires, qui
reviendraient pour quelques semaines et remet-
traient en ordre les cultures. Et peut-être,
dans une étroite mesure, car la guerre exige
d'abord la présence des hommes, pourrait-on
dégarnir les services congestionnés de l'arrière
et de l'auxiliaire. Ils demandent un emploi
plus aisé de la main-d'œuvre allemande ce qui
n'est peut-être pas souhaitable, et pour bien

des raisons. Ils expriment souvent leur regret
avec une passion qui me ravit, comme cet adjudant dont la lettre est datée des tranchées :
« Sous le canon qui gronde, et qui m'a jusqu'ici
épargné, je reste, monsieur, un fidèle gardien
de la terre. Cultivateur, je suis le douzième
d'une famille de treize. J'ai grandi et peiné sur
cette terre, à laquelle pourtant je reste reconnaissant, aux côtés de chers parents, qui ont
vieilli, de sœurs et de frères que j'adore, et qui
se sont associés pour ne former qu'une cause
commune aux jours de labeur : le vrai bonheur,
croyez-moi. J'ai passé par toute la hiérarchie
du métier, et, il y a quatorze mois, je les pré-
parais, ces belles semailles que je n'ai pu
faire. » Tous, ils se plaignent d'être « délaissés,
méprisés. On fait des lois pour les ouvriers des
villes, pour les mineurs, pour les apprentis,
mais pour les paysans? » Une fermière dit
même ce mot significatif : « Il y a des embusqués : mais trouvez-en parmi nous? »

Je ne veux pas relever le propos ; il n'est que
trop aisé, comme le font journellement d'indignes Français, et en toute liberté, de provoquer
les guerres de classes et, après elles, les guerres

8.

de catégories. Il y a un parti de la haine. Nous n'en sommes pas. J'indique seulement que les paysans sentent très bien qu'entre eux et d'autres le traitement n'est pas égal.

Sans doute, ils s'imaginent que le remède est dans les lois. Et je ne dis pas qu'aucune loi ne puisse être faite en faveur de la campagne. Mais c'est un renversement de l'esprit politique qu'il faudrait, et un rétablissement du sens commun. Les défenseurs, de moins en moins nombreux, de l'état présent des choses et des mœurs, disent volontiers, quand on leur parle du médiocre intérêt que la puissance publique porte à la terre. « Vous n'y prenez pas garde ! On a fait la péréquation de l'impôt foncier ! » Je n'y contredis pas : mais c'est de la péréquation des citoyens français que nous avons besoin. J'admets les privilèges; mais que chacun ait les siens, selon son ordre et son mérite, et ils s'appelleront de leur vrai nom : les libertés de métier. Que la culture et les gens de la terre soient honorés; que les écoles de campagne ne détournent pas les enfants du métier magnifique; qu'on habitue les fils de fermiers à être fiers de leur état futur, à aimer

leur canton, leur province et l'histoire de chez
eux, par où ils entreront dans la plus grande
histoire. Je ne cesserai de le répéter : le vrai
remède à la crise agraire est dans une réforme
de l'enseignement. Il consiste à élever pour la
terre les fils de paysans, et pour le travail de
la maison les filles de nos fermières.

L'ORDRE

J'entends dire parfois : « Croyez-vous vraiment qu'après la guerre la France sera changée? » Assurément je le crois, et déjà même elle est changée

Les signes en sont nombreux, mais je dirai qu'ils ne sont pas tous au même degré de maturité. Les uns, enveloppés encore dans leur gaine, pleins d'une sève sans éclat, ne jailliront et ne prendront leur couleur qu'au soleil de victoire; les autres sont déjà si visibles que, pour ne pas les voir, il faut être aveuglé par les préjugés ou par ce grand mal qui est le refus d'espérer et la résignation à l'hiver

éternel. Comment, par exemple, ne pas être
frappé par la qualité des lettres et des confidences qui nous viennent des combattants?
Qu'ils soient braves, le monde entier le sait et
l'admire. Mais ils réfléchissent, ils découvrent,
ils regrettent, ils jugent la vie, ils se jugent
eux-mêmes, ils deviennent des consciences, et
cela nous est un bien de grande importance :
car à quoi servirait-il qu'ils fussent braves,
s'ils ne défendaient qu'une patrie destinée à
mourir de la paix?

Voyez cette lettre, d'une si étonnante plénitude, que je trouve dans une petite feuille
paroissiale de Paris. Elle a été écrite par un
soldat, et je suppose qu'elle est adressée, à
quelque directeur ou conseiller de patronage,
par un camarade élevé, on va le voir, dans des
idées tout opposées :

« Mon cher camarade,

» Je me sens en désordre. Ce n'est pas de
ma faute. Je croyais même, avant la guerre,
que ce désordre était la liberté, l'indépendance,
la supériorité. Depuis, j'ai vu que la société
est peu de chose et qu'il faut une loi au-dessus

des conventions sociales. De plus, cette liberté, cet esprit critique tant admirés par moi, voilà ce qui fait la perte ou plutôt les difficultés actuelles de la France. Alors je suis logique : ayant offert ma vie, mon sang pour la patrie, il faut que je lui offre mon esprit et mon cœur. Et l'intérêt de la patrie nécessite une organisation des esprits sous une règle supérieure.

» J'ai vécu sans foi. J'ai été élevé sans religion. Je ne suis pas baptisé. J'ai contracté mariage en dehors de l'Église. Tout cela ne peut durer. J'ai recours à toi pour me guider et m'aider à porter remède à ce désordre. Je me défie de moi-même, connaissant la force de l'habitude et des sophismes libéraux. Comprends-moi bien. Ce n'est pas seulement la forformalité de l'acte du baptême qui m'importe. C'est l'ordre intérieur. J'ai besoin d'une discipline, de me rattacher à une organisation séculaire, de servir. Je crois que c'est mon devoir d'homme et de Français, voilà... »

Cette lettre appelle plusieurs réflexions.

D'abord, et de toute évidence, elle est écrite par un homme qui est dans le voisinage immédiat de la foi chrétienne, et que la logique et la générosité de son esprit conduiront jusqu'à elle, mais qui n'est pas instruit de certaines vérités premières. Sans cela, il ne parlerait pas du baptême comme d'une « formalité », blasphème involontaire, et il n'écrirait pas que la société est peu de chose, lorsqu'elle est, au contraire, une très grande chose, nécessaire, née du développement de la famille primitive, faite pour le bonheur et le progrès de l'individu. Lui-même il sent bien cette insuffisance de doctrine, puisqu'il demande à son ami de le guider, et qu'il reconnaît la force des sophismes dont il a vécu jusqu'ici. Effort magnifique d'une âme sur elle-même : porte dure à ouvrir, par où doit entrer la lumière !

Et j'admire ce qu'il aperçoit déjà : qu'il y a désordre en lui, dans sa vie, autour de lui, et que ce qu'il appelait indépendance n'est que faiblesse, isolement et impuissance de servir. Il aspire à l'ordre. Il comprend la nécessité d'une discipline extérieure. Jusqu'à la guerre, ces mots n'avaient pas de sens pour lui. Dans le milieu où il vivait, il entendait sans déplaisir les jugements les plus insolents contre la Société, la Famille, la Religion, la Morale,

l'Armée, tout au moins il goûtait l'ingéniosité
des paradoxes, et croyait élégant de ne pas se
prononcer lui-même sur les problèmes essentiels, et de tenir à distance, comme inoppor-
tunes, les solutions qui obligent à l'action.
S'il avait fait son service militaire, il s'était
moqué sans doute des règlements, du respect
dû au grade, de l'exactitude, des petites exi-
gences quotidiennes et innombrables qui
rompent la volonté personnelle, et établissent,
pour le bien commun, l'autorité du chef. Combien de nos soldats, dans les années qui se
sont écoulées depuis 1900, n'ont pas compris
l'armée? Ils lui apportaient un esprit d'anarchie
répandu dans la vie civile, encouragé ou toléré
par les plus imprudents des chefs du peuple,
et la discipline militaire dans l'état de paix, à
la caserne, leur parut une atteinte à la dignité
et quelque chose de rétrograde, comme ils
disent. Aujourd'hui, dans les tranchées, ils ont
découvert qu'elle est la condition de leur salut
personnel et du salut de la patrie. Et ce ne fut
que le début de leurs réflexions, et le commencement de leurs progrès. Brusquement tirés de
chez eux, sortis de l'illusion des choses quoti-

diennes qui leur cachait le monde, astreints à
de longues veillées, ils se sont trouvés dans les
conditions de recul et de solitude nécessaires
pour juger, et ils ont jugé ce dont ils venaient
d'être séparés : la vie civile, la politique, le
métier, et leur propre famille, finalement, leurs
actes depuis qu'ils ont l'âge d'homme. L'exa-
men de conscience a fouillé les profondeurs.
Sous la menace perpétuelle de la mort, ils se
sont demandé : « Où vais-je aller si je meurs ?
Ceux qui se préparent n'ont-ils pas raison ?
Pourquoi personne ne m'a-t-il donné de moi-
même la plus grande idée qui soit ? Pourquoi
un si petit nombre d'hommes ont-ils un véritable esprit de justice ? Pourquoi n'avons-nous
pas, sur le front, un million de Français de
plus, et pourquoi les ménages ont-ils appauvri
la France des enfants dont elle aurait besoin
pour la prompte victoire ? Est-il donc possible
d'établir une morale sans autre appui que les
hommes, qui auront intérêt à la violer et à la
changer ? Non, je le vois par moi-même. »
Puis, comme l'espoir de revenir de la guerre
l'emporte et doit l'emporter sur la crainte de
mourir : « Quand je reviendrai, je ne supporte-

9

rai plus telle injustice, je parlerai autrement; je
ne ferai plus de mon estime le même usage
qu'autrefois : la vie n'est pas ce que j'ai cru. Je
me suis trompé. Je chercherai la vérité, et
déjà je la devine. »

Les aumôniers et les prêtres soldats ne sont
que pour une petite part dans ce mouvement
des esprits. C'est la nécessité qui instruit
d'abord les hommes capables de réflexion;
c'est l'intime supplication de la France en péril;
c'est la plus terrible leçon de choses que puisse
recevoir l'éternel écolier.

Ah! on s'était imaginé que leur soif d'idéal
pourrait être trompée par le laisser aller de la
vie, le luxe à bon marché, quelques lois
humanitaires et beaucoup de paroles vaines :
et voilà que, dans l'épreuve, ils se sont relevés
tout à coup, et qu'ils crient : « L'ordre ! Nous
voulons l'ordre autour de nous et en nous ! »
Le plus beau cri que puisse pousser un être
raisonnable !

Ils sont bien des milliers qui pensent de la
sorte, les uns dont nous connaissons les lettres
ou les confidences, les autres silencieux et
perdus parmi les combattants : hommes

d'étude, hommes de métier, tous renouvelés, tous supérieurs par l'élan de l'âme. Or il n'est pas besoin que beaucoup d'hommes soient convaincus de ces hautes vérités, et réclament l'ordre avec cette clarté et cette force, pour qu'on puisse dire, en toute assurance : Il y a, en France, quelque chose de changé.

LA TOUSSAINT EN ALSACE

9 Novembre 1915.

J'ai pu entrer dans l'Alsace française et parcourir deux vallées de la Terre silencieuse et fidèle. L'automne est bien avancé; déjà les hauts sommets des Vosges commencent à être poudrés de neige. Ce n'est qu'un décor. On passe aisément. Mais les feuilles des hêtres sont tombées. Elles ont bruni, elles ont pris, sur les pentes, la couleur des vieux bois, et seuls, dans les forêts de hêtres, de sapins ou de chênes, les bouleaux lèvent leur lance d'or, que commande, çà et là, plus éclatante et large, la lance pourpre d'un merisier. Mais tout le reste demeure : les lignes fines qui descendent

vers le Rhin, le bleu des ravins, le bruit des
eaux, les détours innombrables de la route, et
les échappées sur la plaine, sur un village, une
ferme au toit avançant et les prés en talus.
L'émotion nouvelle, vous la devinez : c'est
celle de rentrer chez soi, dans un pays dont
le cœur a été tout français, et de se demander :
Nous aime-t-il, et comprend-il la France, et
l'heure où nous sommes, et le lendemain?

Je n'en doutais pas. J'en doute moins
encore après cette courte visite. Je ne puis dire
tout ce que j'ai vu, tout ce que j'ai entendu.
Mais je dirai ce qu'il faut pour qu'un peu de
l'émotion vivifiante soit partagé.

Il n'y a plus de frontière, plus de douane,
plus de passeport à montrer. On vous dit :
« C'était là, mais le poteau a été arraché ». Les
villages sont au travail; moins d'hommes que
dans le reste de la France ont été pris par le
service. Au-dessous des enseignes en allemand,
ou bien clouées sur les anciennes enseignes,
des pancartes ont été posées : « Coiffeur,
restaurant, maréchal ferrant, commerce de
graines ». Les gens regardent les visages nouveaux; beaucoup saluent; des cavaliers bros-

sent leurs chevaux attachés à la boucle des
murs; on n'entend guère le canon; les premières pentes des Vosges ont été conquises, en
août 1914, comme l'avait été toute l'Alsace
sous Louis XIV, presque sans coup férir, et
les premiers villages comme les premières
villes n'ont point de ruine.

Je choisirai une de ces petites villes, loin
du front. L'Alsace commémore ses défunts le
jour de la Toussaint. Après les vêpres et le
sermon où sont rappelés le souvenir des morts
et le dogme de l'immense fraternité qu'est la
communion des saints, il y a procession au
cimetière. Je pense que tous les habitants
étaient là, ou peu s'en faut. Sur deux rangs,
récitant le chapelet, ils suivaient la route mon-
tante, et, quand ils furent groupés dans l'en-
ceinte du cimetière, je comptai qu'ils étaient
au moins quinze cents, dont la moitié étaient
des hommes. Dans l'allée centrale, des vases,
pleins d'eau bénite, avaient été placés, et chacun
des assistants prenait une feuille d'arbre, la
trempait dans l'eau, et allait bénir la tombe de
ses proches. Au fond du cimetière, des tombes
de soldats allemands et d'autres de soldats

français étaient alignées, les premières conve-
nablement ornées, les secondes décorées avec
amour, de feuillages, de plantes vivaces plan-
tées en forme de croix; la croix de marbre du
Souvenir Français disparaissait sous les cou-
ronnes nouées de rubans tricolores. Tout en
haut de cette croix, une couronne plus grande
que les autres portait : « Aux libérateurs de
l'Alsace ». Les familles, agenouillées, priaient
autour des tombes ; le clergé, aux quatre points
cardinaux, puis au centre du cimetière, chantait le *Libera*.

Dans les mêmes jours, j'ai visité une école.
Ah! les bonnes figures roses, et les yeux
résolus! Je reconnaissais la race guerrière,
frondeuse, cordiale. Ils comprenaient déjà le
français. Ils se levaient avec une promptitude,
un ensemble, une énergie, qui venaient de
la discipline allemande, — qu'on ne doit pas
condamner en ce point, — mais ils comprenaient avec une rapidité, ils souriaient avec
une nuance qui étaient bien de la Gaule. On
m'a raconté, partout où j'ai pu pénétrer, que
les enfants, du premier coup, ont été nôtres, et
qu'ils montrent, pour apprendre le français,

mieux que de la bonne volonté : un enthousiasme. Le vicaire a ouvert un cours du soir
pour les adolescents : ils s'y précipitent, et des
hommes se mêlent à eux. Dans les chemins
un homme considérable, Français reconnaissable, m'a dit que les gamins l'accostaient parfois, avec le plus grand sérieux, la casquette à la
main, lui demandant : « N'y aurait-il pas moyen,
monsieur, un petit moment, de parler français ? »

Ils se sont mis, naturellement, à jouer au
soldat. Dans la ville, ils voient tantôt un régiment, tantôt un autre. Immédiatement, ils se
griment en alpins, en fantassins, en dragons,
même en Marocains, en se noircissant la figure,
et ils vont se battre, un drapeau en tête. Contre
qui ? Vous pensez bien qu'on cherche à défier
les camarades d'un village voisin. Il a fallu
prendre des mesures pour empêcher le jeu de
dégénérer. Les petites filles, avec une serviette
nouée sur la tête, un tablier blanc et deux
galons de laine, se costument en dames de la
Croix-Rouge, et tous, garçons et filles, au passage des officiers qui commandent les compagnies en marche, se rangent sur le bord du
chemin et font le salut militaire.

Les générations un peu plus âgées n'ont pas cette exubérance ; il faudra, assurément, beaucoup de tact et de libéralisme, et un grand respect des traditions, pour que l'unanimité nous appartienne, dans un pays pendant quarante-cinq ans travaillé par des maîtres experts dans le dressage. Mais l'Alsace que j'ai revue ne diffère guère de celle que j'ai connue il y a longtemps ; le cœur est resté fidèle et chaud sous l'apparence réservée. L'expérience a été si dure, qu'on parle seulement quand on est en sûreté. Mais alors, quelle merveille de sensibilité et de courage !

Une jeune femme que j'ai rencontrée, Alsacienne de vieille race, ne connaissant pas la France, mais la devinant toute, m'a raconté l'entrée des Français dans la ville. Et j'avais le sentiment que c'était la race même qui parlait.

« Nous étions au mois d'août. Depuis des jours, nous disions : « Quand viendront-ils ? » Ils ne viendront donc jamais ? » Un matin, un gamin arrive en courant devant la maison. Il lève les bras. Il crie : « J'ai laissé » tomber ma casquette à force de galoper ! Les

9.

» voilà! — Tu les as vus? — Ils descendent
» de la forêt. » Je monte dans le grenier. On
les voyait très bien, à cause du rouge. C'était
comme des grappes de cerises. Le cœur nous
battait. On ne savait comment faire : tous
les fonctionnaires allemands étaient encore
là. Une dame descendit dans son jardin,
coupa des roses, et les offrit au premier officier qui entrait dans la ville, étonné, content,
l'œil partout. Près d'elle, un Allemand dit :
« Vous leur offrez des roses? Nous vous
» enverrons du *Vergiss mein nicht.* » Il voulait
parler des bombes. Mais ils ne reviendront
pas. Nous sommes Français à toujours! »

Et, disant cela, elle était délicieuse d'émotion, d'ardeur et de jeunesse.

FAITS D'ARMES AU CAMEROUN

16 Novembre 1915.

Pendant que nos armées, retranchées en territoire de France et d'Alsace, protègent la ligne tracée par la victoire de la Marne, et préparent l'offensive finale, d'autres troupes, françaises et anglaises, s'emparent méthodiquement des très importantes colonies allemandes d'Afrique. L'œuvre est avancée. Si l'Allemagne a, comme elle dit, des hypothèques sur certains départements français et sur la Belgique, nous en avons de notre côté, sur les riches possessions de nos ennemis, dont les unes furent acquises selon le droit, les autres arrachées par la menace et cédées dans un moment de fai-

blesse. Ce sont des milliers de kilomètres
carrés qui sont déjà, là-bas, butin de guerre,
et l'éloignement seul nous empêche d'apprécier
la valeur de pareils gages, d'y songer même.

Les nouvelles détaillées, les récits, les notes
de route, commencent cependant à nous par-
venir. J'ai eu communication de plusieurs
longues lettres et de carnets d'un combattant
français dans le Cameroun allemand. Documents curieux, réconfortants, qui montrent
bien qu'il n'y a qu'une âme militaire française,
qu'elle est partout la même, et que les méthodes
de guerre, en 1915, ne varient point selon les
latitudes, mais qu'on trouve, dans la brousse,
le même adversaire terrassier, mineur, piégeur,
invisible, qu'en Champagne ou en Artois, le
même officier insolent et dur. On verra aussi
que cette insolence tombe tout à coup.

La colonne, dont je résume bien rapidement
la marche, était commandée par le lieutenant-
colonel Brisset, un de ces coloniaux à la fois
soldats très braves, organisateurs, inventeurs
au besoin, pionniers de civilisation, qui ont
magnifiquement besogné en Afrique depuis un
quart de siècle, et qui ne cessent de démentir

silencieusement, victorieusement, par les actes,
cette calomnie d'après laquelle nous ne serions
pas colonisateurs. Nous le sommes, et depuis
toujours, à condition d'employer les hommes
qu'il faut.

On part, de Fort-Lamy, en octobre 1914 :
deux compagnies et une section d'artillerie de
montagne. Le but à atteindre, c'est une montagne lointaine, où se sont réfugiés les Allemands, venus de différents points du Cameroun
et de la ville de Kousseré, enlevée à la baïonnette par le lieutenant-colonel Brisset, au mois
de septembre. Là, au pied de la montagne on
rencontrera les Anglais, qui ne peuvent, n'étant
pas en forces, tenter seuls d'enlever la position
fortifiée de Garoua.

Le 4 octobre, la colonne passe dans le Chari,
et remonte le cours du Logoué, à travers une
forêt épineuse. A onze heures, elle s'installe à
Kabé, gros village de pêcheurs. On est en
guerre : Il faut établir des postes et loger les
troupes et les nombreux porteurs dans les cases,
ou sous les banians qui ombragent les places.
« Nuit délicieuse, écrit le soldat dont je feuillette les notes : nous nous endormons au son

de la musique des moustiques : je ne la con-
seille pas aux nerveux. » Le lendemain, étape
de 30 kilomètres, de Kabé à Karnak (comment
ce nom, d'origine celtique, est-il venu jusque-
là?) On traverse des champs de mil immenses.
A Karnak, un détachement français se joint à
l'expédition. Il y avait là, naguère, un sultan
noir qui n'était pas de nos amis. Nos tirailleurs
n'ont point de patience pour leurs « Boches de
l'intérieur ». Un jour qu'il descendait la rivière,
au milieu de ses pagayeurs, croyant apercevoir
sur la rive des Allemands victorieux, et qu'il
criait : « Hoch! Hoch! », une balle l'étendit
raide dans sa pirogue. Depuis ce temps-là, les
Français sont très considérés dans la région.
Son voisin, d'ailleurs, le sultan du Mandara,
qu'on appelle le Sâr (où ai-je lu qu'on s'était
inquiété de ce vocabulaire et que le doute
subsistait?) n'avait point la même admiration
pour nos ennemis. Aussi, avaient-il mis sa tête
à prix. Quand la colonne entra dans son sul-
tanat, il vint au-devant d'elle, monté sur un
beau cheval, accompagné de cavaliers vêtus
de rouge, et il nomma les Français « nos li bé-
rateurs ». Il fit plus, et il leur offrit, à l'étape,

les cadeaux de la bienvenue, le mil, des gâteaux, du lait, des œufs, du miel. Il voulut même faire escorte à nos soldats bien au delà de sa capitale en pisé, et il put voir avec plaisir ses sujets, et ceux de quelque Melchior ou Balthazar voisin, apporter à nos troupes tout ce dont elles avaient besoin, converser avec elles, et manifester des sentiments qu'il éprouvait lui-même pour nos canons de 80, que traînaient des bœufs du pays.

La route fut très dure, ai-je besoin de le dire : chaleur terrible, à faire cuire la cervelle, marécages où les chevaux et les bœufs enfonçaient jusqu'au poitrail, moustiques, serpents, forêts d'arbustes munis de coutelas et de harpons qui tailladent les vêtements et la chair. Mais tout doit être vaincu dans la guerre, les éléments comme les bataillons ennemis; on passe. D'autres renforts sont récoltés en chemin. On arrive au camp des Anglais, près de la montagne où les Allemands sont retranchés dans Garoua, à 500 mètres en l'air. Le pays, tout autour, est riche. A Nassarao, qui est à proximité du camp anglais et du camp français, les femmes travaillent pour nourrir les troupes et les porteurs. Je trouve, dans les notes de mon soldat, ces lignes : « L'acidé pour les tirailleurs est faite chaque jour par les femmes et portée, la nuit, sur le terrain d'attaque. »

C'est qu'en effet, des deux côtés, on fait la guerre de tranchées. Lentement, prudemment, les troupes franco-anglaises resserrent l'investissement de la forteresse. Il y a des reconnaissances, des essais infructueux de sortie ou de surprise de la part de l'ennemi. Le premier résultat obtenu est celui-ci : la force mobile allemande qui devait opérer dans le Cameroun du nord est immobilisée dans Garoua.

Des mois s'écoulent, et, s'il y avait eu des communiqués, ils auraient été conçus d'une certaine manière que nous connaissons : « Rien de nouveau à signaler », ou bien : « Nos sapeurs ont éventé une mine allemande et l'ont fait sauter ». Le principal événement fut peut-être 'arrivée d'une pièce de 95, énorme et luisante, nécessaire pour emporter la place et qui, venue de loin, à travers la brousse, les marais, les forêts, voyage accompagnée de 400 hommes, d'un escadron de cavalerie et des porteurs d'obus et de vivres. Elle décide le sort de la redoute allemande.

Les obus de gros calibre entament les fortifications de l'ennemi. Des incendies sont allumés. Les Allemands répondent d'abord très vivement. La cavalerie française empêche le ravitaillement de Garoua. Au commencement de juin, les tranchées d'approche sont creusées pendant la nuit. Le 10 juin, nos troupes ont gagné du terrain. Les pièces de marine anglaises, les pièces françaises de montagne, le canon de 95 « prennent ensemble la parole », comme dit le carnet du soldat. Des déserteurs noirs racontèrent que la peur est au camp des ennemis, que les ouvrages sont démantelés et les victimes déjà nombreuses. Cependant, on ne peut encore donner l'assaut, la distance est trop grande, et les mitrailleuses, placées au sommet des glacis entièrement nus, faucheraient nos troupes.

Tout à coup, à quatre heures de l'après-midi, le drapeau blanc apparaît sur le point C de la redoute. L'état-major des alliés se porte en avant. Le feu cesse. D'autres drapeaux sont hissés par les Allemands, à droite, à gauche, partout. De notre côté, on n'a pas de drapeau blanc pour répondre au signal. Un officier

enlève sa chemise et la met au bout de son
épée. Un parlementaire à cheval descend de
Garoua. C'est le capitaine Wanka, qui vient,
au nom du capitaine von Crailsheim, traiter
des conditions de la capitulation. Il demande
que les troupes allemandes soient autorisées à
quitter Garoua avec armes et bagages, et à
aller où il leur plaira. Il est répondu qu'elles
doivent se rendre sans conditions, mais que ni
les Européens, ni les indigènes ne seront
molestés. Le capitaine demande 24 heures
pour répondre : on lui en accorde deux.

Une demi-heure plus tard, la forteresse
capitulait, des otages nous étaient remis. Au
petit jour, le 11, les troupes franco-anglaises
pénétraient dans le village et dans les forts. On
vit alors l'importance des fortifications con-
struites par les Allemands, les tranchées, les
abris de canon et de mitrailleuse, les trous de
loup garnis de lances. Nous faisions prisonniers
quatre capitaines allemands et leurs auxiliaires
blancs et noirs, nous prenions des fusils,
3 canons de 60, un canon de 37 avec bouclier,
10 mitrailleuses, des projectiles, 80 000 cartou-
ches, des réserves considérables de mil et de

sel, 800 pointes d'ivoire. « Comment expliquer qu'ils n'aient pas résisté jusqu'au bout? Et qu'ils n'aient pas détruit le matériel? Ils ont prétendu que les nerfs des Europeéens étaient tellement tendus qu'aucun officier ou sous-officier n'était plus capable du moindre effort intellectuel ou physique. Mon avis est plutôt que ces gens-là ont bu trop d'alcool et d'absinthe, dont nous avons retrouvé les bouteilles vides, en quantité incroyable. »

Aussitôt après la reddition de la forteresse, les chefs des environs vinrent amicalement rendre visite aux Français et aux Anglais. Les capitaines allemands furent emmenés au loin, et le commandant de l'escorte écrivit peu après qu'il avait hâte d'arriver à destination, parceque, sur le passage, les populations témoignaient une vive hostilité contre les prisonniers, qui s'étaient montrés sans pitié quand ils gouvernaient le Cameroun, au nom de l'Allemagne.

Quant à la colonne française, elle ne tarda pas à quitter Garoua. Le rédacteur du carnet de notes termine ainsi son récit : « Nous sommes vainqueurs, nous sommes con-

tents, nous sommes disponibles. Demain nous
partirons, selon l'expression d'un camarade
anglais facétieux, pour de nouveaux pâtu-
rages. »

LE BIEN DES AUTRES

23 Novembre 1915.

J'ai entendu un permissionnaire qui sortait
d'un cabaret, très animé, dire à son compagnon :
« Tu es comme moi, toi, mon vieux, tu n'as
rien et tu défends le bien des autres! Tu te bats
pour leur bien! »

Il ricanait, en disant ce blaphème, content
d'étonner la rue, suivi d'un camarade qui ne
répondait pas, et qui semblait être là pour
figurer le compagnon passif des mauvais gars
en marche.

Je vous ai entendu avec douleur, Miron;
avec vos airs de chef et d'orateur, vous n'êtes
qu'un écho, à demi conscient : mais, pour un

peu du moins, vous êtes responsable; vous
n'ignorez pas complètement où tendent ces
mots-là, et vous vous obstinez à les dire, parce
que vous êtes « du parti ». Tous les autres
sont de France, uniquement. Vous n'êtes pas
d'une famille mauvaise, mais d'une famille
affaiblie, diminuée, comme il y en a trop, clientèle désignée pour les semeurs d'inimitié. Ah!
comme ils savent bien que le fond de la nature
humaine est paresse et envie! Comme ils
étaient sûrs que vous répondriez, si au lieu de
vous conseiller le travail, la conduite et
l'épargne, méthode rude et lente, ils vous
disaient : « Jouissez et haïssez! » Personne,
autour de vous, ne vous reprenait; l'exemple
manquait : l'école ne nous avait pas formé,
mais seulement rendu capable d'augmenter
votre misère morale, en lisant ce qui était plus
mauvais que vous, et, le dimanche, vous vous
échappiez à bicyclette, pour courir les cabarets
borgnes de la banlieue, tandis que le père, atta-
blé au plus près, croyait se reposer, quand il
perdait le droit de vous dire : « D'où viens-tu? »

Vous vous battez pour défendre le bien des
autres, dites-vous? On a cherché à vous faire

croire, et vous croyez à moitié que ceux-là, seuls,
devraient se battre qui ont à défendre une maison, un champ ou un portefeuille, et qu'il s'agit
d'abord d'argent à perdre ou à gagner, dans
cette guerre qui arme l'une contre l'autre toutes
les nations du monde! Des journaux et des
agitateurs secrets vous ont fait naguère cette
injure de vous considérer comme un si pauvre
esprit qu'on pouvait vous persuader d'une sottise énorme, et vous pousser à la répandre. Et
vous ne vous en êtes pas aperçu! Vous vous
êtes cru très fort! Dites-moi, ces populations
de l'arrière, pour lesquelles vous vous battez,
— et vous n'êtes pas, j'en suis sûr, un lâche,
— n'ont pas que des propriétés : elles sont
menacées dans leur vie, dans leur liberté, dans
leur honneur. Il y a des femmes, des enfants,
des faibles. Vous les protégez. Vous les sauvez.
Vous remplissez un rôle qui a toujours été
célébré, parmi les hommes, comme le plus
naturel et le plus beau. Quel sens a le mot
de fraternité, si elle ne va pas jusqu'au don de
soi-même pour le salut des autres?

Et si vous vous peinez pour autrui, le faites-
vous tout gratuitement, et n'ont-ils pas peiné

pour vous? Parmi ceux auxquels vous avez
l'air de reprocher, Miron, le service que vous
leur rendez, il n'y a pas que les gens de l'arrière,
mais encore des compagnons, des officiers et
des soldats, que la guerre a emmenés ensemble
et mis dans les tranchées. La vie là-bas est
mouvementée. A votre droite, un bataillon a
repoussé une attaque allemande. Une fois, deux
fois, il a empêché l'ennemi de pénétrer dans
nos lignes. Si vos voisins n'avaient pas tenu,
vous étiez mort ou prisonnier, tout au moins
vous étiez en danger. Et quand vous avez été
à l'assaut, est-ce que personne n'était devant
vous? Est-ce que, jamais, une balle de mitrailleuse ou de shrapnell, qui devait vous venir
tout droit, n'a été arrêtée en route? Il est bien
sûr, peut-être ne vous en doutez-vous pas, que
d'autres hommes sont morts pour vous. En
vous battant pour d'autres, vous faites simplement ce que d'autres font pour vous. C'est une
des grandeurs de l'armée, ce dévouement
pour ceux qui n'en remercieront pas, ce sup-
port de l'épreuve qui sera épargnée au camarade.

Mais vous n'avez pas pensé que vous vous

battiez aussi pour votre compte. Vous parlez
comme un homme étranger à cette guerre, et
qui veut bien s'y mêler, par condescendance.
Vous ne l'êtes point. L'intérêt et l'honneur,
quand une guerre comme celle-ci est déclarée,
n'ont qu'une même trompette. Ça leur arrive
rarement d'être si bien d'accord. Ils appellent
aux armes tous les hommes qui peuvent tenir
un fusil et fournir une étape. Vous ne possédez
pas une motte de terre? J'y consens. Peut-être
en posséderiez-vous une, si vous aviez été toujours aussi jaloux de l'argent gagné que de
l'argent à gagner, et si vous n'aviez pas mis
tous vos soins à vous ruiner hebdomadaire-
ment? Je veux l'ignorer. Je connais la réponse
inopérante et triste que vous me feriez : « Ma
paye m'appartenait, j'en ai fait ce que j'ai
voulu. » Mais vous avez des outils de travail,
un meuble où vous serrez vos vêtements, un
lit de noyer, ce que vous appelez « mon ménage »,
et, si les quatre murs ne sont pas à vous, tout
le duvet du nid vous appartient. Demandez ce
qu'il est advenu à ceux dont la demeure a été
envahie par les Prussiens? Vous avez une
femme, des enfants : rappelez-vous ce qu'ont

fait les ennemis, en Belgique et dans le Nord.
Informez-vous encore mieux ; apprenez-vous à
comprendre le régime de terreur, de délation,
de réglementation vexatoire qui pèse sur ceux
qui ont été épargnés. On vous a parlé d'esclavage ; pour de minces raisons et dès que votre
intérêt pouvait être en conflit avec celui du
patron, vous avez vous-même prononcé ce
mot où tant de douleur est enfermé ; mais ce
n'était qu'un jeu d'éloquence ou de mauvaise
humeur, vous le savez bien : toute la réalité est
là-bas, dans ces villes administrées par le
caporal Surhomme. Vous imaginez-vous, par
hasard, que vous seriez admis comme un égal
et comme un homme libre, dans le royaume
de Bochie ? Demandez-le aux Danois, demandez-le aux Polonais, demandez-le aux Alsaciens,
et aux otages, des ouvriers comme vous, qu'on
a fait marcher devant les troupes armées dans
les batailles de l'Yser. Vous avez une âme : si
peu qu'on vous ait donné l'habitude de refréner
le mal qui est en nous tous et de soutenir les
velléités du bien, toujours en bataille, vous
avez des qualités qui sont la marque de la
race : le goût de la justice, un besoin de liberté,

quelque chose de loyal qui vous empêcherait
de mentir ou de manquer à la parole donnée.
Tout cela, Miron, c'est votre bien, c'est vous-
même et c'est la France qui est en vous. Tout
périrait, si vous ne combattiez pas l'ennemi.
Vous n'êtes point un être jeté au hasard dans
une nation et qui peut indifféremment passer
dans une autre et y vivre. Vous êtes un Français, né d'un sang qui ne s'habitue point à la
honte. Votre avenir est parmi nous. Il est
ce que vous le ferez. Vous le défendez aussi
quand vous veillez aux tranchées.

Le bien des autres? Miron, c'est la dernière
des raisons pour lesquelles vous vous battez.
Celui qui vous a soufflé la menteuse formule
n'était pas votre ami. S'il croyait ce qu'il disait,
même un peu, tenez-le pour un imbécile, et ne
le gardez pas près de vous. S'il n'y croyait pas,
c'était une canaille.

LE RÔLE MATERNEL
DES INSTITUTRICES

7 Décembre 1915.

J'ai présidé, le dimanche 5 décembre, l'*Union
parisienne des institutrices libres de la Seine*, et
j'ai dit à peu près ceci :

Je suis sûr, mesdames, que vous aviez compris l'éminente valeur de l'homme qui a présidé, depuis le début et pendant plus de cinq
ans, votre *Union parisienne des institutrices
libres*. Je l'ai connu, et je puis dire qu'il
était de ceux vers lesquels j'étais porté par une
sympathie qui avait été immédiate et que le
temps avait rendue forte. Et cependant, comme
il arrive dans tous ces deuils, je regrette à

présent de ne l'avoir pas assez connu, de
n'avoir pas profité de toutes les occasions de
m'enrichir de cette grand) richesse d'expérience humaine embellie d'amour de Dieu.
M. Maurice Sabatier, ayant été un avocat des
plus réputés, pendant trente-cinq ans, dans ce
milieu judiciaire haut et fermé que sont le
Conseil d'État et la Cour de Cassation, le
plus beau de son talent, le meilleur de l'incessante production de son esprit, ont échappé au
grand public. Nous n'avons point eu tout le
profit de l'éloquence, de l'enseignement moral
et de toute la lumière qu'il mettait en chacune
de ses plaidoiries.

Il avait une figure de combattant, large, et
dont le regard allait tout droit à celui qui
venait, et ne se baissait point rapidement, mais
tâchait de pénétrer jusqu'à l'âme de celui
qui devait être, dans quelques secondes, son
interlocuteur ou son adversaire. Son habitude
de la riposte le mettait en garde. Ce n'était
qu'après un moment, et si l'entretien s'y prê-
tait, qu'on voyait disparaître cette nuance
de réserve et d'attente dont son accueil était
marqué. Alors la bonté paraissait; elle riait

10.

au fond de ses yeux bruns, de ce sourire
jeune qui est, dans un visage vieilli, l'affirmation tranquille et passagère d'une immortalité. L'homme qui aime la justice et sait être
indulgent a déjà dépassé le niveau commun.
Dans une notice qu'il a écrite sur la vie et
l'œuvre d'un ancien avocat général à la Cour
de Cassation, M. Sabatier a dit : « Il n'aimait
pas la justice à moitié. Ce n'est pas à lui qu'il
aurait été besoin de rappeler la grande parole
de Bossuet, que *c'est trahir la justice que
de travailler faiblement pour elle...* » Lui, il
travailla pour elle fortement et toujours. On
peut voir de quelle manière, et connaître
quelque chose de sa logique, de son style
concis et prompt, de sa joie secrète d'avoir
raison contre de puissants adversaires ou
contre des erreurs tenaces, dans son *Étude sur
le Concordat*, et dans sa *Plaidoirie pour S. S.
le pape Léon XIII et le cardinal Rampolla*. Mais
on peut voir là aussi, et dans les *Études sur la
psychologie juridique de Napoléon*, sur *Berryer*,
sur le *Concordat*, sur son ami *Thureau-Dangin*,
dans ses *Souvenirs* où il rappelle l'enthousiasme
de sa jeunesse pour l'éloquence de Lacordaire,

que ce jurisconsulte avait beaucoup d'un philosophe, beaucoup d'un historien, et, pour ne point errer, le guide très assuré d'une foi réfléchie et savante.

Quand Son Éminence le cardinal Amette, dont nous pouvons bien dire entre nous, n'est-ce pas, qu'il a le génie des œuvres, vous fit ce présent de désigner M. Sabatier comme président de votre association, il savait tout ce que je viens de vous rappeler. Il avait deviné le service que vous rendrait un homme qui ne s'en doutait pas. M. Sabatier fut d'abord surpris. Je crois que sa déférence envers son archevêque et cet esprit de justice qui le portait à défendre les causes attaquées furent les premières raisons de son acceptation. Bientôt sa bonté s'émut : la vôtre lui était apparue. Et c'est ainsi que vous avez eu le plus assidu, le plus dévoué des présidents, lié à votre œuvre par les puissances mêmes qui gouvernaient sa vie.

Il n'est guère de profession plus haute que la vôtre, mesdames, quand on la considère comme une mission pour les âmes. Vous avez à former de futures femmes, de futures mères :

vous avez, entre vos mains maternelles, ces
commencements d'intelligence, de passion, de
besoin de la vérité et de penchant à l'erreur,
de faiblesse et de générosité que sont les
enfants. De vous, ces petites tiendront probablement le meilleur de leur avenir. Elles vous
devront beaucoup du bonheur qu'elles auront,
et de celui qu'elles donneront, et de l'exemple
qui sera transmis par elles. Car les conditions
du travail ouvrier, celles de l'habitation
ouvrière, se trouvent aujourd'hui presque en
opposition avec les obligations, comme avec
les douceurs de la vie de famille. Cette attention constante que réclame l'éducation d'une
petite fille, combien elles sont rares les mères
du peuple qui peuvent la donner !

Elles vous confient ce qu'elles ne peuvent
faire : Et c'est le principal de leur mission
maternelle. Le choix qu'elles font de vous,
institutrices chrétiennes, indique l'orientation
de leur esprit et vous charge d'obligations
très strictes. Vous devez aux enfants, avant
toute chose, l'éducation morale. Elles doivent
apprendre de vous ce que les mères n'ont pu
leur dire : ce qui est nécessaire pour vivre,

pour se décider dans l'incessante contradiction de l'intérêt et du devoir, pour conserver à la France un peuple sain, défendu par le sens commun et par la foi contre l'innombrable erreur, pour faire des femmes fidèles et fières, capables de tenir un ménage aussi bien que de donner un conseil, de résister à la provocation du luxe et du plaisir, d'être enfin des compagnes agréables et sages. Rien, à beaucoup près, ne vaut cette part royale de votre enseignement. Là est votre gloire, et, je puis bien dire votre privilège. Aussi j'ai bien souvent pensé que le souci des brevets tenait trop de place dans les préoccupations des écoles, même catholiques, à tous les degrés de l'enseignement.

C'est pour cela que j'ai été très intéressé par certains programmes et, notamment par celui d'un *Cours normal catholique d'enseignement ménager*, fondé à Paris, sous le patronage du cardinal-archevêque, et qui ne porte pas seulement sur les matières habituellement comprises sous ce titre d'enseignement ménager : cuisine, blanchissage, repassage et coupe, etc., mais sur ce qui sera toujours

l'essentiel : la formation morale de la femme
et de la mère, ce qu'on peut appeler « l'art de
la famille ». Les jeunes filles qui suivent ce
cours normal y reçoivent des leçons de religion
et de vie chrétienne; on y voit enseigner : *la
religion au foyer, la formation catholique de la
femme,* puis les principes d'éducation maternelle, *éducation des sentiments, éducation de
l'intelligence, éducation de la volonté*; les éléments de l'économie sociale à côté de l'économie
domestique : « notions de la famille, du travail,
du bon usage des biens, de la mutualité, du
droit usuel », etc. Ne croyez-vous pas qu'il
y ait là quelques idées à prendre, même pour
l'enseignement primaire?

Si vous considérez l'extrême besoin de
vigueur morale où sont toutes les classes de la
nation française, vous ne croirez avoir bien
rempli votre tâche que si vous avez fait d'abord
des âmes fortes.

Vous n'êtes pas, — et c'est votre honneur,
— seulement des maîtresses à lire et à écrire,
mais le conseil toujours présent, quelque chose
de l'avenir, une créature plus âgée et plus
sûre, mieux défendue, qui peut tenir la main

d'une autre et recevoir, sur sa poitrine, une petite tête fatiguée. Quelle précieuse matière vous avez entre les mains, près de votre cœur, mesdames! Jeunes filles ou femmes, je voudrais que chacune de vous, quand le jour sera venu où tous les mérites seront connus, pût être appelée du nom de sa vraie vocation : *mater admirabilis!*

LOUIS GEANDREAU

14 Décembre 1915.

Il était poète. On ne sait jamais ce que donnera un verger en fleur. Beaucoup de jeunes hommes bien doués ont de trop prompts succès, dans les petits cénacles, dans les petites revues, dans les petits théâtres, et ne vont point au delà. Quelque chose les empêche d'y atteindre : quelquefois un défaut de puissance, le plus souvent un défaut de travail. Louis Geandreau aurait-il écrit de belles œuvres, et la promesse, digne d'attention, aurait-elle été tenue? Il avait la grâce, qu'il faut avoir reçue. Il avait cet autre don de l'émotion cachée, aveu d'un cœur passionné, qui ne veut pas tout dire et se laisse deviner. Je crois bien aussi qu'avec son air de n'y pas toucher et d'écrire des vers au courant de la plume, il avait cette facilité laborieuse qui devient du style quand l'habitude est prise et que le sujet s'y prête. Dans les fragments de lettres familières que je vais citer, à côté de négligences nécessaires, il y a des raccourcis, des croquis, un sentiment de l'essentiel, qui ne révèlent pas seulement un tempérament d'artiste, mais, par la justesse des touches et leur sobriété, le travail déjà long de l'apprenti qui va devenir maître. Maîtres, plusieurs l'eussent été, dans cette génération décimée par la guerre; les grands sujets leur étaient imposés, expliqués, commentés; la souffrance, qui est infinie tandis que la joie ne l'est pas, les enveloppait; un monde renouvelé les attendait. Comme nous guetterons tous, bientôt, les chants nouveaux et forts de ceux qui survivront!

Ce qu'il faut se rappeler, quand on juge la vie ou la mort d'un homme, c'est qu'il y a des courages de mille sortes : tous parents. Celui de Geandreau était de l'espèce gaie. Plaisanter,

11

tourner légèrement un billet, sourire pour
rassurer les autres, c'est déjà fort joli quand on
écrit sous la mitraille. Cela devient très beau
quand c'est soutenu, quand on devine que la
pensée de la mort venait souvent à celui qui
chantait la vie, et qu'elle ne le troublait pas.

Louis Geandreau avait trente ans. Il avait
écrit beaucoup de vers, surtout pour le théâtre,
fait représenter plusieurs comédies et revues,
fondé un journal littéraire dans le sud-ouest.
Il appartenait au groupe enthousiaste et nombreux des jeunes amis d'Edmond Rostand.

Je ne citerai guère de lui que de la prose, et
qui n'était pas travaillée : mais l'homme s'y
trouve. J'ai sous les yeux des extraits des
lettres qu'il écrivait, pendant les premiers mois
de la guerre, à sa jeune femme.

12 octobre 1914. — « Enfin la voilà, la chère
première lettre! Quel événement! Quelle joie!
Quel trouble! et, chose étrange, quelle fierté!
Je veux que tout le monde le sache. Pas assez
pitoyable peut-être pour ceux dont les mains
sont encore vides, je vais le disant partout, le
criant, le clamant. Je la lis avec des yeux
encombrés de larmes, et, à travers ce cristal

naturel, chaque mot m'apparaît embelli... Je
t'écris assis sur un banc rustique, au bord
d'une belle rivière, au pied d'une large pelouse
qui descend de mon château... La rivière, dont
le ministre de la guerre me défend de te dire
le nom, est à la fois noble et charmante. Les
propriétés particulières, villégiatures de riches
Parisiens, la bordent; mais, comme les murs
de ces propriétés ont été ouverts pour les
besoins de la guerre, je puis, sans quitter le
bord de la rivière, passer d'une propriété à
l'autre, et admirer le goût et la fantaisie des
propriétaires absents, avec facilité. Je vois des
choses ravissantes. Je passe d'un style à l'autre
en un clin d'œil. Celui-là aime l'ordre des
jardins français; celui-ci le désordre affecté et
le pittoresque des jardins anglais. Pavillons,
tonnelles, temple d'amour, escaliers à la
Henri II : j'ai tout, j'admire tout, je *bade* à
à tout. Et j'oublierais,... si, de temps en temps
l'éclatement d'un obus, plus ou moins lointain,
ne me ramenait à la réalité des choses... »

22 octobre 1914. — « Nous sommes, en ce
moment, dans un petit village. Nous occupons,
avec mon capitaine et deux lieutenants, une

maison qu'un horticulteur habitait en des temps
plus heureux. L'horticulteur est parti, les fleurs
sont fanées, il reste une serre où une compagnie a installé son bureau, et quelques
chrysanthèmes penchants et mourants. Parfois,
par-dessus nos têtes, un sifflement de vipère
qui finit au loin par un éclatement : les obus,
ce n'est pas pour nous; ce sont les artilleries,
qui se chamaillent trois fois dans la journée, le
matin, vers midi et le soir; elles se cherchent
l'une l'autre, sans pouvoir se découvrir. Leur
tir ne signifie que cela : « Ah! Ah! c'est bien
fait! Je suis toujours là! » Il n'a pas d'autre
signification, je t'assure... Ah! je sais bien
que tu voudrais plutôt des histoires : je te dis
que je n'en sais pas. Inconnue la fameuse
charge à la baïonnette, inconnue la blessure
glorieuse, inconnus les dangers merveilleux
qui font ouvrir les yeux et former le cercle,
lorsque, plus tard, on les raconte. Voilà ma
position : je cantonne dans un village; il y a
des tranchées par devant que nous occupons,
chacun à notre tour, le plus simplement du
monde; le canon tonne au loin, on se baisse
quand il se rapproche; en résumé, on attend

l'événement. Quel événement nous attendons?
que l'aile gauche ait battu l'aile droite des
Allemands. Tant que l'aile gauche n'aura pas
battu, je n'aurai pas d'histoire à te raconter. »

1er novembre 1914. — « Mon paquet! On
était en train de passer une revue, quand on
me l'a apporté. Je.n'ai pas osé l'ouvrir au
milieu de la compagnie en carré. Je le tenais
sous mon bras, en me disant : « N'aie pas
» peur, mon vieux tu ne t'en iras pas mainte-
» nant. » La revue finie, j'ai pris mon petit sac
mystérieux; je suis monté sur le plus haut de
la colline, dans une petite cabane construite
pour se mettre à l'abri des coups de l'artillerie,
et là, comme l'ogre, j'ai tiré mon grand cou-
teau et j'ai coupé les ficelles. Ça m'a demandé
un petit quart d'heure. Je félicite le bon
ficeleur. Quand j'ai vu la lettre qu'il contenait
dans sa première écorce, j'ai arrêté aussitôt
les hostilités. Je l'ai lue avec religion, cette
lettre que vous vous êtes mis à quatre pour
écrire, afin qu'elle soit plus affectueuse. Mais,
comme chez moi l'attendrissement même
s'accompagne toujours d'images intérieures,
j'ai pensé tout de suite à l'histoire du Petit

Marmouset. Celui-là l'avait conçu, celui-là
l'avait pesé, celui-là l'avait ficelé, celui-là
l'avait porté au bureau ambulant, pour le
Petit Marmouset « qui n'en voulait tant ». Il
ne manquait rien. J'ai tout trouvé, tout adoré,
tout serré...

» Je suis allé entendre les vêpres, ayant
manqué la messe, ce matin, dans l'église du
village voisin. Toujours drôle. Les soldats
couchent dans l'église, la nuit. L'église est
pleine de paille d'une épaisseur de 40 centimètres. Ça ne fait rien : le bon Dieu doit se
sentir chez lui, puisqu'il est né sur la paille.
Quelques femmes chantaient faux... Il est vrai
qu'à vingt mètres il y avait une de nos batteries qui envoyait, par moments, de ces coups
dont on peut dire qu'il faut les avoir entendus
pour s'en faire une idée. Alors, dame! Ça
dérange un peu les cordes vocales des femmes
sensibles. »

5 novembre 1914. — « Nous voici revenus
au temps de l'homme des cavernes. Mais les
inscriptions que la postérité découvrira, dans
nos grottes modernes, différeront légèrement
de celles qu'on découvre à Brantôme et aux

Eyzies. Un animal, en effet, a succédé au renne
bien connu. Nos descendants en examineront
les vestiges avec étonnement (car j'espère qu'à
cette époque cet animal aura complètement
disparu) : c'est le Boche. Nos cavernes sont
remplies de portraits de cet animal redoutable.
Des inscriptions véhémentes et vindicatives
traduisent l'opinion de l'humanité : « Mort aux
» Boches! On leur z'y cassera la g...! etc., etc. »

17 novembre 1914. — « C'est curieux!
Depuis quelques jours, je n'ai que des cadences
en tête : des cadences flottantes, sans idée,
sans direction. C'est physique, rien de plus,
mais c'est drôle.

» Allez donc me chercher le sergent de
semaine.

» On n'a pas entendu le canon, ce matin.

» Quatre hommes de corvée au commandant
qui gronde...

» Sans intérêt : mais cela nous présage de
grands poèmes!... J'ai remarqué qu'à défaut
de grog, une strophe bien amenée réchauffe
un peu les hommes. Hier, comme on avait
pataugé pendant des heures dans les boyaux
de communication et les chemins impossibles,

ils se sont mis à rire quand je leur ai dit les
vers de Flambeau : « Nous qui pour arracher
» ainsi que des carottes, — Nos jambes à la boue
» énorme des chemins, — Devions les empoi-
» gner quelquefois à deux mains. » C'était si
bien tout à fait ça, qu'ils n'étaient pas loin de
croire que ces vers avaient été faits pour eux. Je
les ai vus aussitôt très fiers et presque consolés.
Je veux essayer de ce système. Tous les jours,
au rapport, je leur lirai quelque chose. Je fais
apporter l'*Aiglon*. Je mets cela sur le compte
de l'ordinaire, avec la mention : « Eau-de-vie ».

23 novembre 1914. — « Tu as dû recevoir
une lettre en vers ou, pour être plus sincère,
une poésie qui ne fut point écrite de premier
jet, comme le sont les épistoles. La vérité
m'oblige à dire qu'elle fut écrite cependant
dans des conditions assez honorables, c'est-à-
dire dans la tranchée de première ligne :
atmosphère de poudre, sifflement des balles,
grognement du 75. Il suffit d'être à l'abri pour
se sentir courageux à ce point...

» Je viens d'aller faire une petite promenade.
Ici on a une certaine latitude. Il faisait une
journée comme tu les aimes : or en poudre,

lointains estompés. Au loin les villages dominés
par leurs églises courageuses, qui ont l'air,
par-dessus les maisons tremblantes, d'offrir
leur poitrine aux obus; les bois qui ne sont
plus que du bois, car toutes les feuilles sont
parties; le soleil sans conviction, qui a toutes
les peines du monde à donner de la lumière, et
si peu, mais de chaleur point, a dû recevoir un
shrapnell sur la figure, et veut bientôt qu'on
l'évacue, lui aussi... Je suis revenu dans un
chemin rayé à chaque instant de vols d'oiseaux
de toutes les variétés et de toutes les couleurs.
Ces petits lascars ne croient pas à la guerre.
Ou plutôt ils ont dû constater que les oiseaux
avaient la paix depuis que les hommes s'étaient
mis en guerre. C'est étonnant, en effet, le
nombre de compagnies de perdreaux qu'il y a
autour de nous. Ces compagnies-là ont moins
souffert que les nôtres... Je n'ai rien découvert,
qu'un renard desséché, mort depuis plusieurs
mois, à côté de son trou. Il était si plat que ce
n'était qu'un dessin sur le sol... »

6 décembre 1914. — « Les soldats avaient
organisé, aujourd'hui dimanche, un concert
que j'avais encouragé. Très ingénieusement,

11.

ils avaient construit, à côté des cuisines, sous
un hangar de la ferme, une scène avec des toi-
les de tente. Un parc à lapins, abandonné, servait d'estrade. Un bruit de fritures accompa-
gnait les romances sentimentales. Mais ce sont
les chœurs qui ont eu le gros succès. Il y a ici
cinq à six Bordelais, une vingtaine de méridio-
naux et 200 gars de l'Est. Ce sont mes Bordelais qui font tout marcher. Les septentrionaux
les regardent, bouches bées, admiratifs... Ah!
les chœurs bien connus, quel sens nouveau
ils empruntaient à la situation : *Montagne des
Pyrénées*; *Beau ciel de Pau;* la *Dacquoise* (ô
rives fugitives de l'Adour, que j'entendais si
souvent chanter sur les routes de Mont-de-
Marsan), tous ces chants si entendus que je les
croyais incapables de me procurer jamais une
émotion, dans cette pauvre grange pleine de
soldats attentifs, à la lueur de quatre bougies
économisées parcimonieusement, ont retrouvé
toute leur force d'émotion des premiers jours,
et je voyais, comme les Cadets aux sons du fifre,
s'étendre devant moi « la verte douceur des
» soirs sur la Garonne », et ma petite vie abandonnée tout à coup... »

Le poème dont il parle, — le dernier, — c'était, en strophes légères, soignées et tendres, le même thème plus développé : « Il n'y a point de guerre, je vous assure, rien qu'un peu de bruit, et des promenades qu'on voudrait faire à deux. » Ne fallait-il pas garder au fond de son cœur tout le tragique et le rude de la guerre, et la faire presque douce, invraisemblable, sinon tout à fait gaie, du moins coupée de chansons, pour la jeune femme qui médite les lettres, et pleure même si elles sont joyeuses ?

> La guerre, mon amour, il faut bien te le dire,
> Ça n'est pas si terrible, en somme, que l'on croit...

Il disait le réveil matinal, les rêves qu'on a eus, le café, le lever du soleil, l'avion qui passe, le courrier, la sécurité du bon terrier, « dortoir et réfectoire qui nargue la sifflante », puis le soir, les songes qui reviennent.

> Voilà, mon cher amour, ce que c'est que la guerre.
> Qui t'en parle autrement, par la gorge a menti !
> La vérité, vois-tu, c'est qu'on n'y souffre guère
>   Que de l'absence, mon petit.
> La guerre, c'est tout ça. Le reste est vain tintaille.
> Cependant, tout à l'heure, ils ont tous remarqué
> Que je ne t'avais pas parlé de la bataille :
>   C'est la place qui m'a manqué.

Il est mort à l'assaut d'une tranchée, le 13 janvier 1915, au nord de Soissons, devant ses hommes qui l'aimaient bien. Je ne m'étonne pas de cette fin héroïque. Elle étonnera ceux-là seulement qui ne savent pas qu'il faut beaucoup de force déjà pour taire un simple ennui.

Et, « dans le civil », qu'était-il, ce lieutenant Louis Geandreau ? Il aurait pu faire graver, sur sa carte de visite : « Employé des P. T. T., service des ambulants, Bordeaux. »

ARRAS

Noël 1915.

J'ai vu Arras dans sa désolation.

On se bat au nord, à l'est et au sud. L'ennemi a des tranchées à quelque six cents mètres de la gare, et, depuis le 5 octobre 1914, il ne cesse de bombarder cette jolie ville. Le croiriez-vous? Elle est encore jolie. Elle avait tant de grâce qu'il lui en est resté. On retrouve, jusque dans ses ruines, son air ancien, son humeur de ville accueillante, commerçante et riche, qui s'était mise à vivre de la vie moderne en gardant ses bijoux d'autrefois, et ses relations d'histoire avec tout le nord de l'Europe

et avec la lointaine Espagne. Elle avait eu
cent clochers, disait-on, au temps de sa grandeur. Quelques-uns étaient encore debout. Ah!
que ces Allemands, qui tiraient mal au début
de la guerre, sont devenus de bons viseurs de
clochers, d'églises et d'ambulances! Le matin
même du jour où j'ai visité Arras, ils avaient
achevé d'abattre le clocher du couvent du
Saint-Sacrement. J'ai vu, à terre, les pierres du
sommet, dont la cassure était toute fraîche. Et
le beffroi! Je suis allé à lui, tout d'abord. Il
était le centre de la vieille ville, il dominait
l'hôtel communal, et portait à son faîte le lion
des armes d'Arras tenant la girouette. Presque tout est détruit.

J'ai suivi, en automobile, une grande rue
déserte, tourné à droite, puis à gauche, et
j'étais déjà devant cet îlot d'architectures trouées
par les pointes d'obus, fendues par les éclatements, achevées par l'incendie, qui se lève à
cinquante pas, et qu'enveloppe un bourrelet
de briques et de pierres éboulées. Quelques
arcades ont résisté, quelques encadrements de
fenêtres ogivales, un bout de frise: un pavillon
et, haut encore par-dessus, le moignon carré

de la tour, qui n'est plus beau par sa forme, mais qui l'était, ce jour-là, par la couleur de ses murs mis à nu, de ses arêtes effritées, de toute sa masse rajeunie par la ruine nouvelle, et qui tombait d'une seule coulée, d'un blanc doré, parmi les débris sombres amoncelés autour d'elle. Je pensais, en m'approchant, aux quatre cloches ensevelies sous ces décombres et fondues sans doute : la *Joyeuse*, la *Cloche du Guet*, la *Cloche du Couvre-Feu*, et la *Cloche d'Effroi*. Elles avaient sonné de mauvais jours, et elles se racontaient les malheurs du passé, quand le vent soufflait entre elles : mais elles ne connaissaient pas la pire misère, qui est d'être une œuvre d'art à portée d'un canon servi par des surhommes. Je voulais faire le tour de l'îlot, et je commençais à enjamber les monceaux de pierres et de pierrailles, lorsque j'aperçus, à moitié submergés par le remblai, les restes tordus d'une automobile. En même temps, mon chauffeur s'approcha de la ferraille et se pencha.

— Que faites-vous, Gustave? Vous n'avez pas l'intention de la réparer?

— Pas précisément. Mais c'est mon automo-

bile, celle que je conduisais, pour mieux dire,
voilà des semaines. J'étais là, à côté d'elle;
arrive un obus : c'est lui qui l'a mise dans
l'état. Moi, je n'ai rien eu.

— Alors?

— Je prends un boulon de souvenir. Et puis
vous ferez bien de ne pas séjourner; l'endroit
n'est pas bon; ils ne préviennent pas.

Quand je fus sur la place que commandait
l'hôtel de ville, celle qu'on appelle la place du
Beffroi, ou la Petite Place, et un peu plus
loin, quand je pénétrai dans la Grande Place,
je compris mieux la grandeur du désastre :
presque toutes les claires façades sont debout,
alignées et égales, autour des deux rectangles
des places; leurs pignons à volutes se décou-
pent sur le ciel; elles reposent sur les colonnes
de grès; les arcades vont de l'une à l'autre,
comme jadis. Mais ce n'est plus qu'un décor :
l'intérieur est brisé, les étages sont effondrés,
on voit le bleu à travers les fenêtres. Quelques
hommes s'éloignent dans l'ombre des arcades.
Civils? militaires? je ne sais : la place est longue. Je vais plus loin. Nos canons de 75 tirent
dans les campagnes voisines; un aéroplane est

en l'air, très haut, les ailes presque transpa-
rentes, le corselet fulgurant de lumière. Les
rues, l'une après l'autre, sont désertes, et les
portes barricadées. Sur l'une d'elles, une ins-
cription : « La police veille! » Je découvre une
boutique d'épicerie, j'entre :

— Vous êtes brave, madame!

— On le dit.

— Vous n'avez pas quitté?

— Pas un jour.

— Vous avez des cartes postales?

— A volonté.

Quelques pas plus loin, — je n'en crois pas
mes yeux, — une bourriche d'huîtres fraîches
est posée sur un guéridon, devant un magasin
de primeurs. C'est d'ailleurs toute la primeur
que j'ai vue là. Quelle étonnante solitude,
entre ces files de murs encore debout! Ah!
deux enfants qui jouent aux billes! La cathédrale, énorme, la nef ouverte, une moitié de
voûte tendue en parasol, se lève derrière eux.
Je passe près du palais de Saint-Waast, l'ancien
musée, incendié et vide : le gardien est en uniforme. Je traverse une ruelle, j'entre dans une
place de médiocre étendue et de belle architec-

ture, où le silence est prodigieux. Cependant
voici un homme. Il est courbé, presque immobile. C'est un ancien d'Arras. Que fait-il? Je
m'approche : du pointu de sa bêche, il gratte
l'herbe entre les pavés. Un vieil homme qui
continue la lutte contre l'herbe, deux enfants
qui jouent, une femme qui est vaillante : c'est
toute la vie que j'ai observée dans Arras bombardée... Pardon : j'ai noté aussi, par-ci, par-
là, un tuyau de poêle, sortant du soupirail
d'une cave, et qui fumait.

Autour d'Arras, tandis que je revenais, dans
la nuit commençante, je regardais du côté où
est l'ennemi : les grandes vagues de terre nue
s'embrumaient une à une, les plus lointaines
d'abord; les villages à mi-côte, toujours protégés du vent par un bouquet de futaie, se
fondaient dans le brun des jachères; nulle
part je ne voyais la ligne des tranchées allemandes ou la ligne des nôtres, nulle part, dans
ces vallonnements, une troupe en marche,
un cheval, un mouvement. Je suivais une
route de crête interdite au ravitaillement. Si
je n'avais, par moments, aperçu la lueur d'une
fusée éclairante, entendu le départ ou l'éclate-

ment d'un obus, j'aurais pu oublier que
j'avais devant moi, occupant tous les creux et
toutes les hauteurs, deux armées en présence,
immobiles et cachées.

TERRITORIAUX

4 Janvier 1916.

J'aime bien les jeunes : mais ceux que j'admire le plus, ce sont les vieux. Ils ont passé l'âge où le sang qui coule vite nous jette à l'aventure ; ils laissent derrière eux une femme, des enfants, une maison, des soucis, des projets : tout ce qui nous retient si fort. Rien qu'en partant comme ils l'ont fait, sans une hésitation, ils ont donné de leur courage une preuve certaine. Et, depuis qu'ils combattent, c'est-à-dire depuis le début de la guerre, je n'ai jamais rencontré de chef qui ne me fît l'éloge de ses territoriaux.

Essentiellement, ils sont défenseurs des tran-

chées, chasseurs à l'affût. La chasse à courre
est pour les jeunes. Ceux-ci attaquent. Ceux-là
gardent. Mais comme ils gardent bien, comme
ils tiennent le terrain conquis! Sur les routes
voisines du front, si vous les rencontrez, aux
heures tardives où se prépare la relève, vous
les reconnaîtrez à deux signes, même de loin :
ils marchent sans coquetterie militaire, en traînant un peu la semelle, et ils portent tout ce
qu'on peut emporter avec soi; les sacs, les
couvertures, les bidons, les musettes gonflées,
les cartouchières, le litre dont le goulot sort de
la poche bleue, bossuent les reins penchés et
élargissent les hanches. Quand vous serez près
d'eux et que vous pourrez voir leur visage,
beaucoup de ces hommes ne vous regarderont
pas : ils emportent aussi leur songe. Ils savent
quelle rude semaine ils vont passer; mais la
pluie et le vent sont leurs vieilles connais-
sances; la boue des tranchées ne leur fait pas
peur; la patience est leur lot très ancien; ils
acceptent le risque de mourir, sachant bien
qu'ils protègent tout leur monde en arrière : et
ils s'en vont, comme à un grand labour, dont
on ne verra la moisson que bien des mois plus

tard. En vérité, ces chefs de ferme, ces vignerons, ces bouviers, ces charretiers, ces petits
closiers, plus nombreux que tous autres parmi
les combattants d'aujourd'hui, auront eu un
rôle magnifique dans la Grande Guerre. Il
faudra que l'histoire le dise, qu'on rende justice aux villages de France, et que les lois se
décident à aimer et à favoriser ces héros
silencieux, qui auront tant fait pour sauver le
pays.

Ils s'en vont, très vite confondus avec les
talus de la route ou perdus dans la brume que
le soir épaissit. Arrivés dans les tranchées, ils
reprennent leurs habitudes, retrouvent le
gourbi, continuent la sape commencée huit
jours plus tôt, et qui a progressé aux mains
des camarades, et quand le tour de guetter aux
créneaux est venu, se rencognent dans le
même trou de la muraille de glaise, où le dos
du guetteur est moulé. Pas de mouvements
inutiles; pas de presse; pas de bravades; pas
de ces pétarades, à coups de grenades et de
bombes, par quoi d'autres troupes plus jeunes
manifestent tout de suite leur présence dans la
tranchée, et qui, naturellement, provoquent

la riposte. On tient, et on se tait. Qu'ils y
viennent, les Boches! Il y a de bons tireurs
dans le régiment, et, dans l'attaque du 7, dans
l'essai de surprise du 15, à la pointe du jour,
on a vu ce qu'ils savent faire. Un officier me
disait : « Avec eux, on a le minimum de
pertes; ils excellent à se terrer; ils se con-
fondent avec les mottes. » Plusieurs secteurs
du front sont occupés par cette solide infanterie, qui est notre vieille garde. Sur l'Yser, à
l'automne de 1914, quand les armées allemandes, tenues en réserve pour cet objet
même, se précipitaient à la poursuite de
l'armée belge et menaçaient les côtes du
Pas-de-Calais, une division territoriale a sup-
porté le choc et brisé tous les assauts des
meilleures troupes de l'empire.

Qu'on ne s'imagine point une vie inactive;
les travaux ne manquent pas; la nuit même
est le temps des relèves, des ravitaillements,
des reconnaissances, de la réparation des
réseaux de fil de fer. Cependant, quand le
secteur est tranquille, le territorial a des
heures de liberté. Il écrit beaucoup. Il écrit
pour tout le passé où il ne composait point

de lettres, si ce n'est au premier de l'an; pour
tout l'avenir, où il se promet bien de laisser le
porte-plume immobile, couché dans la rainure
de la petite bouteille à encre, sur la tablette
de la cheminée. L'un d'eux me disait : « Il
paraît qu'on a fait placer une boîte aux lettres
dans la gare de mon village? A quoi qu'elle
servira après la guerre? De nid aux moi-
neaux? »

Beaucoup de ces lettres ne renferment que
le récit des jours sans événements, et les formules d'usage, d'amitié ou d'amour, banales
pour le public, mais précieuses pour ceux
et celles qui attendent et qui commenteront
chaque mot, le soir, à la lampe. Je connais
des jeunes femmes de la campagne qui reçoivent tous les jours une lettre de leur mari.
La guerre a servi d'école d'adultes à plus d'un
mobilisé. Quelquefois, tout le convenu dispa-
raît et c'est la race qui parle, et la foi cachée,
et toute l'âme qui sans doute ne s'est jamais
révélée ainsi. J'ai cité une ou deux de ces très
nobles lettres. En voici une autre qui m'est
communiquée. Elle est demeurée pendant une
année dans la poche du soldat territorial qui

l'avait écrite comme une sorte de testament;
puis l'homme a été tué, et elle est venue aux
mains de la veuve. Lisez-là et dites si vous
n'auriez pas voulu avoir pour voisin et pour
ami celui qui a écrit ceci : « Ma chérie, le jour
où j'écris ces lignes, j'ai le cœur bien gros, et,
si jamais tu les lis, c'est que je serai mort en
faisant mon devoir. Je te demande, avant de
disparaître, de toujours bien élever nos enfants
dans l'honneur, et à la mémoire de moi, car je
les aurai beaucoup aimés, et je serai mort en
pensant à eux et à toi. Dis leur que je suis
mort au champ d'honneur, et que je leur
demande de se sacrifier de même, le jour où
la France aurait besoin de leurs bras et de leur
cœur. Conserve ce certificat de bonne conduite
que j'ai eu en partant du régiment, et, plus
tard, tu leur feras savoir que leur père aurait
eu à cœur de vivre uniquement pour eux et
pour toi que j'ai toujours tant aimée. Maintenant, je ne voudrais pas que tu passes le reste
de ta vie dans le culte d'un mort. Tout au contraire, si, dans ta vie, tu rencontres un bon
garçon travailleur et capable de t'aider loyalement à élever nos enfants, eh bien ! unis ta vie

à la sienne, et ne lui parle jamais de moi, car, s'il t'aime, ça lui porterait ombrage de sentir l'ombre d'un mort planer autour de lui... Ma chérie, c'est fini; je t'aime, et pour toujours, jusque dans l'éternité. Adieu! Je t'attends dans le ciel. Ton Jean qui t'adorait. »

Je souhaite que les jeunes romanciers qui auront vu la guerre se persuadent qu'il y a de beaux romans dans le monde le plus simple, que tous les cœurs sont capables de grandeur, pourvu que l'idée de sacrifice leur ait été enseignée, et que c'est là le rachat de toutes les inégalités.

Ces jours derniers, quand le vent et la pluie faisaient rage, un officier me racontait qu'il s'était approché de deux guetteurs, immobiles à leur poste, dans la tranchée de première ligne, et s'était mis à plaisanter avec eux.

— Voyons, mes enfants, de quoi a-t-on besoin?

— De moins de boue.

— J'y suis comme vous. De quoi encore?

— De ceci, et de ça...

— Vous l'aurez, je vous le promets. On est fatigué?

— Un peu.

— Découragé?

Ils prirent une figure terrible, le regar-
dèrent, et lui dirent ensemble :

— Si c'est pour nous dire des choses comme
ça que vous êtes venu, mon commandant, vrai,
c'était pas la peine! Découragés? Ah! non! ça
n'est pas chez nous qu'on le sera!

L'officier ajouta :

— Ce sont des gens admirables. On devrait
tous les décorer, mes vieux!

RÉPONSES DU LEVANT

8 Janvier 1916.

S'il fallait ajouter une preuve à toutes celles qui nous viennent de l'histoire, pour établir l'étroite affinité entre les Syriens et les Français, on la trouverait dans l'incroyable aisance avec laquelle les Syriens parlent et écrivent notre langue. Leur connaissance du français, ils la doivent aux maîtres qui les ont élevés, là-bas, principalement aux religieux et religieuses qui ont maintenu nos amitiés d'Orient; ils l'ont perfectionnée souvent par des voyages : mais le tour heureux de leurs phrases, le choix des mots, l'ardeur qu'on y sent vivre, dénotent quelque chose de plus, et qui ne s'apprend guère. On n'écrit très bien une langue étrangère que si l'on participe, par quelque don essentiel, au génie qui l'a faite. Le voisinage ne suffit pas, l'application non plus : il faut une parenté d'esprit.

Au mois de mai dernier, j'ai publié, ici même, un article où je rappelais l'importance de la question syrienne, l'ancienneté de nos droits, le consentement joyeux de presque tous les habitants de la Syrie, et les limites d'une province qui ne vaudra pour nous que si nous avons l'enveloppe en même temps que le noyau. J'ai reçu bien des réponses, tantôt de Paris ou de Lyon, tantôt d'Égypte, tantôt des îles grecques où les Syriens s'étaient réfugiés. Je n'en ai rien dit parce que, dans l'orage où nous sommes, les yeux sont vite détournés, selon que l'éclair brille ici ou là; mais le temps est revenu de parler de la France du Levant.

Je citerai seulement trois de ces lettres. La première demandait d'abord, pour dissiper les craintes de quelques Syriens élevés à l'étranger, que la Syrie, dans ce qu'on peut nommer l'avenir français, fût mieux choyée que cer-

12.

taines de nos colonies, ce qui ne saurait être
mis en doute, car la formule des protectorats
méditerranéens paraît être tout à fait heureuse
et souple. Elle continuait ainsi : « La Syrie
est civilisée, d'une civilisation française. Elle
est instruite. Elle s'est formée dans l'étude de
votre histoire. Elle a suivi votre évolution, elle
a vécu avec vous, elle s'est fondue en vous.
Elle ignore tout de la Turquie. »

Dans la seconde lettre, un poète connu,
saluant le rêve de toute sa vie, le rêve d'une
Syrie française, entière et formant un État et
une âme, avec Adana, Alep, Alexandrette et la
Palestine, disait : « Quand la France prendra
possession de la Syrie intégrale, qui a été de
tout temps moralement sienne, elle la verra
lui rire de tous ses vergers, de toutes ses
sources claires, les bras chargés des présents
de son sol, l'âme pleine de gratitude et d'affection. »

La troisième lettre me gourmandait d'avoir
nommé seulement les Maronites parmi nos
amis de Syrie, non pas qu'ils n'eussent pas
droit à ce titre, mais parce que les autres le
méritent, ceux qui sont d'autre race et d'autre

habitation : « Vous écrivez, et ils se chiffrent par millions les lecteurs qui vous lisent : *la population chrétienne, fort nombreuse, et spécialement les Maronites, se réjouiraient de notre venue.* Et pourquoi donc, mon Dieu, attribuez-vous aux Maronites le privilège de vous aimer, donc de vous désirer d'une manière spéciale? Nous les estimons, mais notre sentiment racial se trouve douloureusement froissé, chaque fois qu'entre nos sympathies pour la France et les leurs on établit une sorte de classement à leur avantage... Si les Maronites, en vertu de leur liberté d'action, due à l'autonomie de la montagne qui les abrite, peuvent manifester hautement leurs sentiments, vous voudrez bien croire que les sentiments des autres éléments chrétiens, sujets et administrés ottomans, quoique plus discrètement manifestés, n'en sont pas moins sincères... Y a-t-il donc des larmes plus sincères que celles qui coulent en silence, et des affections plus fortes et plus tenaces que celles qui sont, hélas! forcément silencieuses? »

Quelle jolie querelle d'amitié! Comme il est bon d'entendre ces voix! Elles mêlent leurs notes vivantes à tous les raisonnements, considérations et souvenirs qui nous commandent aujourd'hui, avec plus de force qu'hier, de définir nos ambitions et de prendre nettement position dans le Levant. Elles disent : « Notre choix est fait, depuis des siècles, et l'heure est venue où nous appartiendrons à la nation de notre âme. La guerre descend vers nous. »

J'ai entendu raconter qu'en 1876 le fils de Guillaume Ier, Frédéric, alors prince impérial, visitant la Syrie, demanda un soir l'hospitalité à l'un des personnages les plus importants et les plus dévoués à la cause française. Ils causèrent longtemps. Le prince disait :

— Pourquoi donc aimez-vous la France?

Le Syrien répondait :

— La foi catholique qui est la mienne, l'école où j'ai été élevé, ma manière de comprendre et de voir, mes goûts, mes rêves, notre histoire même : elle m'a tout donné.

— Même vos inimitiés?

— Même mes préférences.

Ils causèrent presque jusqu'au jour, comme il est dit souvent dans les récits de l'Orient, car c'étaient leurs deux races qui parlaient l'une à l'autre. Au matin, le prince, prenant congé de son hôte, lui remit une photographie. Mais à peine le grand seigneur syrien eut touché le portrait que ses mains se mirent à trembler.

— Non, je ne puis pas accepter ce cadeau.

— Et pourquoi?

— Parce que le prince s'est fait photographier dans le palais de Versailles, et qu'un pareil souvenir dans ma maison... Non, que Votre Altesse royale m'excuse! C'est impossible!..

Frédéric lui toucha l'épaule :

— Cela vous fait beaucoup d'honneur, dit-il, ne vous excusez pas.

La photographie fut retirée. Et le prince s'en alla, plein d'estime pour son hôte, songeant avec envie à ce pouvoir d'amour que gardait dans le Levant la France lointaine.

LES RUSSES

11 Janvier 1916.

Nous savons trop peu de choses de nos
alliés russes. Les télégrammes nous apprennent
qu'ils ont avancé ou reculé, — en ce moment
ils avancent; — qu'ils ont échappé aux tenailles
et aux pinces-monseigneur qui devaient se
refermer sur eux; qu'ils se battent magnifiquement, et que, derrière eux, il y a toute leur
nation, grands seigneurs, marchands, fonctionnaires, paysans, pêcheurs des fleuves sans fin,
cavaliers des plaines du sud, Sibériens, gens
des tribus errantes, des villes et des forêts. On
peut bien dire que, derrière eux, il y a aussi
tout un peuple de Français qui les aiment; qui

s'inquiètent ou se réjouissent pour eux; qui
s'abordent parfois, les uns les autres, dans les
villages, disant : « Ils tiennent le coup, nos
amis de Russie! »; et dont le regard, souvent,
quand ils boivent ensemble, se lève vers l'image
encore pendue aux murs, vous vous souvenez?
la poupe d'un vaisseau de guerre, une tente
pavoisée, le long fût des canons qui veillent
par-dessus, et le président et l'empereur qui
portent les fameux toasts.

Mais ce n'est pas assez. Nous qui voyons nos
enfants au combat, nous voudrions voir aussi
nos amis, et souffrir avec eux, et leur crier
merci. Car la cause est la même, et tout le
monde le sait, dans cette famille de peuples
qui luttent pour de plus grands biens que le
sol, que le commerce et que la paix elle-même.
Or, ils nous sont cachés par la distance, nos
alliés russes. Ne pourrait-on pas nous donner
plus de nouvelles d'eux et plus de leur âme?
Si le détour est assez long que doivent faire
les sacs de lettres et de journaux, ils finissent
par arriver; que ne publie-t-on des récits vivants
des batailles qui se livrent en Russie, aussi
bien que chez nous, pour l'Europe tout entière

et pour chacun de nous? Je m'adresse aux
bureaux officiels, d'où nous viennent, parfois,
des tableaux sobres, émouvants et clairs, des
actions engagées sur nos lignes. Je m'adresse
également aux écrivains russes. La liaison
stratégique est la première de toutes; mais
l'art d'entretenir les sympathies n'est pas de
peu d'importance.

En attendant que ce vœu soit accompli, j'ai
lu les *Lettres de soldats russes* publiées par
G. Montvert, à la librairie Payot. Elles sont
en trop petit nombre; quelques-unes ne méri-
taient pas une traduction; du moins ce n'est
plus le télégramme, et le cœur est de la partie.
Ouvrons le livre. La plupart des lettres, em-
pruntées aux journaux russes, sont datées
de la fin de 1914, ou du commencement
de 1915, c'est-à-dire d'une période où nos
alliés se battaient en territoire ennemi. Les
correspondants sont des officiers, des soldats
ou sous-officiers d'infanterie, des cosaques.
L'un d'eux raconte les préparatifs d'un combat;
tous les hommes de la batterie ont été con-
voqués : « Je me dirige vers les soldats, je
déploie une carte, et me mets à leur expliquer

la mission qui nous est confiée. Je remarque avec joie que les soldats n'éprouvent pas l'ombre d'une inquiétude, mais semblent seulement affairés et pénétrés de leur importance... De temps en temps, quelques-uns se rapprochent des pièces, et essuient quelque chose, comme s'ils caressaient un ami fidèle pour la dernière fois. » Note précieuse et qui révèle une parenté entre les disciplines des deux armées. Un autre officier dit, de ses premiers mois de campagne, dans les services d'approvisionnements : « Tout cela me fait l'effet de vacances dont je ne jouis pas. » Un autre, qui s'est battu, lui, et qui, par la suite, a été tué, écrit : « J'ai perdu l'habitude des oreillers et des couvertures; nous dormons dans les tranchées conquises le jour, et que nous fortifions la nuit. Et, le matin, en avant!... Je me sens comme chez moi dans les combats. Je n'ai qu'un plaisir : dès que nous appuyons, cette saleté (l'ennemi) se met à fuir. » Un autre est entré dans un château appartenant à un proche parent de l'empereur Guillaume II : « Bien sûr que nous ne nous conduisons pas comme les lieutenants allemands, au contraire : en

13

visitant le château, nous avons admiré, sans
rien toucher. Mais nous n'avons pu résister à
la tentation de mettre du linge propre appartenant à un parent de Guillaume. » Un soldat
a reçu, d'une marraine inconnue, à la fin
de 1914, une lettre et un petit cadeau, un
mouchoir de poche, deux quarts de tabac, une
boîte d'allumettes et une pipe. Il répond :
« J'envoie à ma chère petite sœur en Jésus-
Christ, Anna Andreevna, mes plus cordiales
félicitations pour les prochaines fêtes de Noël
et du Nouvel An... Bien que je ne sois pas
fumeur, j'aspire avec un plaisir indicible cette
fumée qui, comme un bon verre de cognac,
réchauffe mes membres engourdis par le temps
humide, et je me chauffe les mains avec la
pipe... Je vous adresse une prière que je vous
prie de ne pas repousser : favorisez-moi d'une
réponse, et écrivez-moi si vous êtes une jeune
fille au cœur compatissant, ou bien une petite
dame? Je vous en prie, écrivez-moi; une lettre
n'a pas de prix, c'est la seule distraction
pendant la guerre. Remerciez vos parents de
vous avoir faite aussi miséricordieuse. » Ne
dirait-on pas que c'est quelqu'un de France?

Un chef, blessé, en traitement à l'hôpital de
Kieff, essaie de définir l'âme des soldats qu'il a
conduits au feu : « Je pense à cette remarque
des correspondants de guerre, pour lesquels le
soldat russe est resté un sphinx énigmatique.
Celui qui a vécu côte à côte avec le soldat, qui
a mangé, bu et dormi à ses côtés, qui, tous les
jours, a entendu ses propos, ses réflexions et
ses discussions, sait que le type du téméraire
n'est pas commun... Le trait le plus fort, le
plus éclatant de sa psychologie, c'est un fatalisme robuste et bien équilibré... Notre soldat
ignore réellement la peur, et bien certainement
il ne s'arrêtera jamais à réfléchir où il y a
moins de danger : flanc droit, flanc gauche,
sur la ligne de feu ou en arrière. Pour lui,
c'est partout la même chose. Le danger est là
où le Seigneur l'aura voulu mettre... Et cet
esprit de fatalisme, qui s'élève des rangs gri-
sailles de tous ces paysans du Don, du Volga,
de Perm, forme peu à peu une unique et
universelle atmosphère de foi inébranlable. Il
leur imprime un caractère de haute tranquillité,
de pondération et d'équilibre... Il est impossible de faire broncher ces hommes, ni de leur

faire perdre leurs convictions. Leur foi est
robuste et forte avant tout... Leur âme est
comme leur démarche, tranquille et ferme. »
C'est là une vue curieuse. Est-elle complète?
Est-elle assez haute, et la réalité n'est-elle pas
au-dessus? Je n'ai pas le droit de me prononcer,
ne connaissant pas le peuple russe. Mais voici
le début d'une lettre écrite par le fils d'un
domestique, jeune soldat qui a servi comme
expéditionnaire dans un bureau, et qui est
sergent-fourrier dans un des régiments les plus
réputés de l'armée russe : « Mon cher Senia,
tu m'écris qu'il te semble impossible, *n'étant
pas militaire*, de supporter ces peines et cette
terreur. Je souligne *pas militaire*, parce qu'un
militaire, qui a devant lui un but déterminé,
ne se laisse arrêter par rien, et met tout sur la
carte, sans hésiter : vie et jeunesse. Ce but est
très noble : défendre père et mère, frères et
sœurs, l'empereur et la patrie. N'est-ce pas un
but élevé, pour lequel personne ne regretterait
ni sa vie, ni sa jeunesse?... La guerre exige des
victimes, et toutes ces victimes se résignent à
la volonté du Créateur. Est-il possible que le
cœur d'un guerrier russe reste impassible

devant la mort d'un brave camarade? Non,
Senia, son cœur sera remué, mais le champ de
bataille n'est pas un lieu où pleurer ses proches
ni faire du sentiment; c'est affaire là-bas, dans
la lointaine Russie, à nos mères et à nos sœurs,
dont les larmes arroseront nos os. »

Les beaux récits ne manquent pas dans le
livre. Il en est d'extraordinaires, comme celui
où un cavalier, cinq fois décoré, raconte comment 50 volontaires et 3 officiers ont surpris
dans les marais et taillé en pièces 3 esca-
drons de cavalerie et 2 compagnies d'infanterie. Je ne puis les citer tous, ni même en
indiquer la couleur ou le dessin. Mais il y en a
un, si émouvant, et d'une grandeur si simple,
qu'il faut le reproduire, et le donner à tous,
comme une nourriture. Il a été copié dans le
carnet de route d'un officier : « Tard dans la
nuit, nous arrivons à une station importante,
où la voie a été détruite par les Allemands qui
viennent de se retirer. Nous passons la nuit
dans le wagon. Vêtu de ma capote, je sors. Il
fait froid. Le ciel est sombre et sans étoiles.
Une torche, agitée par un vent violent, brille
comme un serpent rouge près de la station.

Près de la torche, des figures noires sont
rassemblées. Je m'approche. C'est un groupe
de soldats qui examinent une chemise de fine
toile, portant des taches de sang. C'est la
chemise du prince Oleg. Lors d'une reconnaissance à cheval, il a été gravement blessé. On
l'a ramené à la station, pansé, expédié en
arrière, presque mourant, avec un docteur.
Voici une boîte d'allumettes gorgées de sang.
On dit qu'il ne passera pas la nuit. Les soldats
coupent la chemise en morceaux, qu'ils conservent comme souvenirs. « Dans cette guerre,
petits frères, cela ne fait pas même de la peine
de mourir : il y coule du sang royal! » dit une
voix plaintive. Je prends dans la boîte une
des allumettes couvertes de sang et je la cache
dans mon portefeuille... Je la conserverai.
Non, cette guerre n'est pas une guerre ordinaire. De la Russie divisée, elle a fait une
Russie unie, et dans laquelle un seul sang
circule. »

En lisant ces *Lettres de soldats russes*, je me
souvenais d'un jugement d'ensemble que le
comte de Maistre, longtemps ambassadeur à
Saint-Pétersbourg, a porté sur le peuple

russe. Les termes n'étaient pas demeurés dans ma mémoire, mais je me rappelais que ces phrases, pleines de sens et d'éclat, répondaient à une foule de sottises qu'on a dites depuis lors, et qui devaient être déjà répandues au commencement du XIXᵉ siècle. J'ai feuilleté plusieurs de ces livres, qui sont parmi les plus grands qu'un homme ait écrits. Et, dans le second volume du *Pape*, j'ai retrouvé ma citation. La voici. Elle est, je pense, l'hommage le plus autorisé, le plus concis et le plus complet, qu'un étranger ait rendu au peuple russe. « Peu de voyageurs écrivains ont parlé des Russes avec amour. Presque tous ont saisi les côtés faibles, pour amuser la malice des lecteurs. Cependant, ce peuple est éminemment brave, bienveillant, spirituel, hospitalier, entreprenant, heureux imitateur, parleur élégant, et possesseur d'une langue magnifique, sans mélange d'aucun patois, même dans les dernières classes. »

LE « CUISTOT »

20 *Janvier 1916.*

Il a été un personnage. Il a eu sa période de gloire, et de vraie gloire, dans la première partie de la guerre et jusque dans le commencement de 1915.

C'était l'heure où il y avait encore des « cuistots » d'escouade. On pouvait sourire de lui, à cause de ses manies, de ses propos et de son harnachement, mais non pas rire, je vous assure : s'il prélevait quelques bons morceaux sur l'ordinaire, et goûtait fréquemment le « pinard » de la troupe, il avait aussi plus que sa part de danger. Pour leur apporter la soupe chaude ou tiède, le soir, et pour faire, avant le

jour, la seconde distribution, celle du café, les
hommes savaient que le cuistot ne dormait pas
de la nuit, et que, pour arriver jusqu'à eux, il
traversait de mauvais couloirs, où passe la
mort.

Supposez les plaines du nord; un ciel bas,
sous lequel glissent des poches d'eau informes,
poussées par le vent de marée; des champs
à demi abandonnés; des chemins défoncés,
vaguement éclairés, dans la nuit, par la lueur
de deux canaux bien droits, qui s'en vont
en silence jusqu'à la mer lointaine. Avant
d'arriver à la mer il y a bien des villages. Dans
l'un d'eux, un détachement se prépare à partir
pour les tranchées, qui sont là, vers l'est, d'où
vient le grondement du canon. Les hommes
sortent de toutes les maisons, les granges, les
ruines, car les obus ont crevé dix façades et
dix toits la semaine précédente. On voit
grouiller une masse brune au milieu de
la chaussée. Le rassemblement est presque
achevé. Un caporal crie après les retarda-
taires. Le dernier, au moment où le détachement se met en marche, apparaît au coin d'une
ruelle. Il boucle son ceinturon, difficilement,

13.

sur sa bedaine. C'est un homme bas sur pattes,
qui tangue en s'avançant et grogne dans sa
barbe d'avoir à se hâter. C'est aussi, de tous
les soldats présents, le plus prévoyant, le plus
chargé, le plus chaudement vêtu, le plus largement chaussé, le plus épaissi par le contenu
de ses poches. Il a mis sur sa capote une chape
en peau de mouton; il a pendu à son ceinturon une cafetière de fer-blanc; il porte,
autour du cou, un cache-nez vert dénoué qui
pend comme une étole; il a, couvrant ses
mains, des moufles de bûcheron, et, dépassant
sa tête et lui faisant panache, un sac démesuré,
de tous côtés bâillant, ficelé, bossué, sonnant,
que surmontent trois paquets de carottes, une
botte de persil et un paquet de poireaux dont
les feuilles brisées, agitées en mesure, traînent
sur son épaule comme la queue d'un coq mort.

Il se place à la gauche de la section, avec
les autres cuistots. Mais, vers huit heures,
quand la section arrivera au village détruit, où
la plus importante construction n'a que trente
centimètres de hauteur, il s'arrêtera et gagnera
quelque cave où il peut faire la cuisine. S'il
n'y a pas de cave, il connaît un abri, une

meule de paille avariée, un talus, qui cachera
la flamme du foyer et le plus gros des étincel-
les. Là, ce brave, pendant une semaine, fera
l'homme de peine et de veille. Non seulement
il devra cuisiner, préparer le café, la soupe, le
rata et le reste pour l'escouade, mais s'appro-
visionner, à trois kilomètres en arrière, dans
un chemin défilé, où il « touche la distribution », et porter en première ligne, à deux kilomètres en avant, les produits de son art. Tout
cela il doit le faire entre le crépucule du soir et
le crépuscule du matin. Un poète l'aurait
montré sans cesse en alerte entre les deux
grands angélus. Et quels chemins! La boue, la
pluie, les trous où l'on culbute avec les marmites, ne sont que les moindres misères. La
grande s'appelle la mort. Elle est là, toujours
passant dans l'ombre, quand on approche des
tranchées.

Car, en ce temps déjà lointain, il n'existait
que des boyaux de communication peu nombreux et de petite longueur. Il fallait aller à
découvert, souvent, pour rejoindre les camarades. Beaucoup de cuistots qui s'en allaient
ainsi, les mains pleines, attendus par les com-

battants, ne sont point arrivés. Au coin d'un
champ, une balle folle les a fait tomber. Sainte
Zita la Sicilienne, patronne de la corporation,
a dû en recevoir plus d'un en paradis. « Viens,
mon pauvre vieux, la gamelle est finie, ta charité a parlé pour toi, et les cieux sont ouverts. »

Le cuistot n'avait pas un langage de
petite demoiselle. Il nommait ses victuailles de
noms colorés, en usage dans la grande armée,
et qui sonnent déjà dans la légende nouvelle.
J'en ai connu un, qui s'était attardé, un matin,
dans les lignes voisines de l'ennemi. C'était un
dimanche. Il causait avec des amis, assis sur
la banquette de terre, n'ayant pour paysage
qu'une paroi à pic de glaise et de cailloux, à
portée de la main ; jovial malgré cela, et
oubliant l'heure. Un soldat prêtre passa, et,
reconnaissant cette face de vieil enfant, et
cette barbe rousse que le rire séparait en dix
mèches :

— La bonne rencontre ! Je parie que tu me
répondras bien la messe ?

— C'est pas de refus ; mais il y a longtemps :
il y aura de l'erreur.

— Viens tout de même, je te soufflerai.

Ils allèrent dans la « cagna » où brûlaient
déjà deux bougies, fichées dans des fusées
d'obus. Au commencement, le cuisinier
retrouva seul quelques réponses en latin, il en
répéta d'autres, qui lui furent conseillées. Mais,
après l'évangile, quand il dut prendre les deux
fioles remplaçant les burettes, l'une de vin,
l'autre d'eau, il se troubla, ne sachant laquelle
offrir d'abord à l'officiant, et il eut beau chercher dans sa mémoire, il n'y trouva point de
souvenir. Alors, se penchant, et le plus poli-
ment du monde, il demanda :

— Dis donc, vieux, c'est-il la flotte ou le
pinard qu'on te passe le premier?

Le cuistot était un homme plein de ressources et de sollicitude. Pour son escouade,
aux heures douteuses où les combattants commencent à sortir des terriers et des ruines, il
arrachait, dans les jardins abandonnés, ce qui
restait des oignons, des carottes, des pommes de
terre semés par d'autres gens et pour d'autres
dîners. Il apprenait, il devinait les ressources
que renfermaient encore les villages bombardés. Il faisait quelques fouilles, çà et là, qui
n'avaient point pour motif une curiosité d'ar-

chéologue. Mais à quoi bon laisser derrière les
fagots les vins que des rôdeurs peuvent s'appro-
prier? Ne vaut-il pas mieux le distribuer aux
braves qui défendent la tranchée? N'est-ce pas
dans l'intention, secrète et certaine, des propriétaires, paysans, vignerons, que la guerre
avait obligés à partir?

Un jour, au plus dur des attaques allemandes, l'un des meilleurs cuistots d'un régiment d'infanterie, entendant la canonnade
qui ne cessait point, et voyant passer des
blessés, se lamentait en lui-même. Depuis
trois semaines, il avait essayé en vain de
déblayer la cave du maire. C'était un tel
amoncellement de pierres et de poutres, qu'il
ne parvenait point à s'y glisser. « Quel
malheur! Ils disent, les camarades, que, si ça
continue, ils ne pourront pas tenir! Mais, si
je réussissais, moi, je sais bien qu'ils tien-
draient! » Et il travaillait, arrachant un à un
les moellons du caveau. Tout à coup, un obus
tombe en plein dans la ruine. Le fouilleur,
abattu par l'explosion, se tâte, puis regarde :
la besogne est faite et la cachette ouverte ;
avec un peu d'audace et de chance, en se glis-

sant ici, puis là, en étendant les bras, en grat-
tant la poussière... Il se redresse bientôt; il a
trouvé deux bouteilles intactes. Il en prend
quatre, il en prend dix. C'est le bon coin; il y
a des étiquettes sur le verre. « Bon sang! s'ils
ne tenaient pas! Faut que j'y aille! » Un
panier sur l'épaule, ses larges poches remplies,
sonnant de tout le corps comme un homme-
orchestre, il prend sa course vers la tranchée.
Les obus éclatent et ne le touchent pas. Il
arrive. « Tenez, les vieux, voilà de quoi tenir!
Qui veut du bordeaux? Qui veut du bourgo-
gne? Qui préfère de la vieille fine? C'est M. le
maire qui vous l'envoie, avec ordre de n'en
pas laisser aux Boches! »

Ainsi fut fait. Et l'attaque allemande fut
arrêtée du coup.

Aujourd'hui, le cuistot d'escouade n'existe
plus. Les cuisines roulantes, les « trains
blindés », comme disent les soldats, arrivent,
chaque soir, à proximité des lignes. Chaque
compagnie a sa cuisine. Un homme, par
escouade, va chercher la soupe et la rapporte.
Et, au petit matin, les voitures reculent et se
mettent à l'abri. Lequel des deux systèmes est

le meilleur? Le second sans doute. Mais les
grands historiens qui parleront de la grande
guerre devront un souvenir au cuistot des
premiers temps, qui fut un bon serviteur et
souvent un héros.

LE PETIT SACRIFICE

6 Février 1916.

Il y a des hommes qui vivent de leurs
rentes, il y en a qui vivent d'un métier, il y en
a, dit-on, qui vivent du bruit qu'ils font et du
dommage qu'ils causent.

Il faut revenir sur la définition et la nuisance
de cette espèce. Nous avons, en ce moment,
un certain nombre de journalistes et de députés
qui ne font que diviser, s'opposer aux ordres et
plus exactement à l'ordre, empêcher les
réformes vraies, demander celles qu'on ne peut
faire aboutir en peu de temps, combattre les
hommes d'initiative, pousser en avant ceux qui
n'ont d'autre mouvement que celui qu'on leur

donne, voter les dépenses vaines ou vexatoires,
mesurer les nécessaires, et, s'ils parlent ou
écrivent pour le public, semblent ne connaître
ni le temps, ni le lieu, et n'avoir aucun soupçon
que nous sommes en guerre, et que la France y
joue sa vie.

Quand on leur demande le motif de ce désordre, ils répondent, s'ils sont députés : contrôle ;
et s'ils sont journalistes : lumière. Les mots ne
leur manquent pas autant que la sagesse ; ils
ont toujours des noms pour déguiser leur
œuvre. Maîtres de la définition, jouant avec la
langue comme un enfant avec les étrennes
données par un grand-père, ils trouvent de
grandes raisons pour des actions vilaines,
parlent de liberté quand ils suppriment un
droit, et prononcent « émanciper » quand il
faut dire : « corrompre ».

Quelles carrières cependant, et quel passé le
plus souvent ! Demi-jeunes, demi-vieux, vieux
tout à fait, s'ils jugeaient ce qu'ils appellent
improprement leurs « campagnes » de presse,
de tribune ou de couloirs, ils n'apercevraient
derrière eux qu'une enfilade de démolitions,
toutes françaises. Mais ils n'examinent point

leurs responsabilités : ils n'ont égard qu'à leur
pouvoir; leur cœur n'a point de remords; ils
combinent, ils convoitent, ils cherchent le
profit, et le mot de victoire est abaissé par eux
jusqu'à signifier le succès d'une intrigue, le
scandale d'un article et la ruine d'un principe.

Ne comprennent-ils donc pas qu'ils sont
épiés du dehors; que leurs extravagances sont
guettées par l'ennemi, qui se sert habilement,
contre la France, des paroles et des actes de ces
Français désordonnés?

Ne savent-ils pas que cette politique, la leur
et celle de leurs devanciers, a tourné contre
nous ou mis en défiance un certain nombre de
neutres, dont la sympathie nous serait précieuse, et qui ne sont que trop disposés à
prendre pour la France, muette et combattante,
une poignée d'intrigants, incapables de se
ranger au devoir nécessaire?

Ne voient-ils pas l'exemple, qu'il faut hélas!
citer, de l'Allemagne gouvernée? Depuis des
mois, les Allemands, sur notre front, n'ont eu
que des échecs. Ils en ont eu de terribles, la
Marne, l'Yser, Ypres, les batailles de Champagne et d'autres de moindre étendue : cepen-

dant, les accusations contre les généraux ou les ministres, les critiques acerbes contre l'organisation des services essentiels, n'ont pas été formulées à la tribune du Reichstag ou publiées dans les journaux. Quelqu'un veille à ce que les forces de nos ennemis ne soient pas divisées.

N'ont-ils pas le sentiment que le temps mal employé, que le temps gaspillé et perdu est irremplaçable? Nous n'avons pas des années pour décider de l'avenir de la France, du sort de tous et de chacun, du bonheur ou du malheur de ce peuple engagé dans la plus grande guerre qui ait été : nous avons des mois, des jours peut-être. Chaque minute est précieuse infiniment. Il s'agit bien de commissions, de questions, d'interpellations et de ces bavardages! Ceux qui administrent, comme ceux qui se battent, n'ont que le temps d'agir. Toutes les querelles de méthodes, et les ambitions, et les rancunes, et ce qui retarde, et ce qui trouble, et ce qui fait douter des hommes et des choses, voilà les fautes qui sont sans remède, parce que la destinée n'attend pas. Elle est là, toute proche, et celui qui fait perdre une heure peut faire perdre une bataille.

N'entendent-ils pas monter la réprobation publique? A ceux-là auxquels la conscience fait défaut, le sentiment de la peur n'est jamais étranger. Il faut donc qu'ils sachent qu'ils courent un danger. Quoi, direz-vous? Eux si habiles à les fuir?

— Un grave danger.

— Iraient-ils aux tranchées?

— Vous les connaissez peu.

— Serait-ce un danger électoral?

— Quelque chose de plus : un mouvement national de dégoût.

Rien n'est plus certain. Je ne sais par qui ces agitateurs sont renseignés. Mais s'ils s'imaginent que la France est complice, ils vivent dans l'illusion. Nous qui vivons à l'air libre, nous entendons le vent passer. Il est plein de colère, et le mécontentement déborde les personnages, de petite ou de grande taille, qui l'ont provoqué.

Je n'irai pas jusqu'au bout de ma pensée. Nous ne sommes pas à une heure où nous puissions profiter des fautes de ceux-là mêmes qui nous ont fait du mal. Nous ne nous réjouissons pas de leurs erreurs : nous voudrions les

effacer. Ils sont Français. Nous sommes dans
une même tempête, si terrible que, du capitaine
au dernier mousse, tout manquement à la discipline, et tout cordage qui craque, et tout
hublot qui n'est pas fermé, intéresse la sécurité
de l'équipage entier. Ah! si l'on pouvait
fermer tous les hublots! La lumière entrerait
quand même, et la mer seule n'entrerait plus!

Je ne veux pas récriminer, je ne veux
qu'avertir, comme d'autres l'ont fait, parce
que c'est le devoir de tout homme qui voit
clair. La France a droit à l'union. Elle la veut.
Il la lui faut. A l'heure où tant de Français
meurent pour la patrie, quelques-uns peuvent
bien se taire pour elle!

LE SIÈGE D'OUM-ES-SOUIGH

13 Février 1916.

La guerre européenne retient l'attention du monde, et nous-mêmes, Français, nous savons peu de chose des faits d'armes de nos troupes au Maroc, au sud de la Tunisie, ou dans cet immense Cameroun d'où elles ont, avec la coopération des Anglais, chassé l'Allemand. Il est vrai que les papiers officiels, — et je crois cela regrettable, — dorment dans les cartons, attendant quelque historien, vieil officier, qui les lira vers 1925 ou 1930; que personne ne les résume à notre usage; que les agences d'information ont peu de correspondants parmi les dunes sahariennes, dans les champs de mil et les forêts de jujubiers où vivent des guerriers nus, maigres et anthropophages, et enfin que les lettres ne sont pas nombreuses que nous écrivent les coloniaux, les chasseurs, les tirailleurs, et, à plus forte raison, les spahis et goumiers engagés dans ces grandes aventures.

J'ai cependant reçu, du Sud tunisien, une lettre qui raconte le siège d'Oum-es-Souigh, qui eut lieu en octobre dernier, et je crois bien faire en racontant à mon tour ces combats où des Français, appartenant pour la plupart à ce qu'on appelle les « groupes spéciaux », luttèrent désespérément contre des rebelles tripolitains six ou huit fois plus nombreux, refusèrent de se rendre, et permirent aux troupes de secours d'arriver et de rétablir l'ordre, qui ne fut plus troublé.

Qui l'avait troublé? Les Allemands, vous le devinez.

Pour comprendre toute l'affaire, il faut se rappeler qu'à partir de Gabès, la région devient désertique et se trouve jalonnée par des postes militaires plus ou moins importants et formant une ligne qui s'enfonce dans le sud : Medenine, Tataouine, Fatnassia, Dehibat. Cette ligne se

rapproche de plus en plus de la frontière tripo-
litaine.

Or, à l'automne de 1914, les Italiens, nos
voisins, ayant décidé, en prévision des événements dont nous sommes aujourd'hui témoins,
d'évacuer une partie de leurs postes tripolitains,
des colonnes italiennes franchirent la frontière,
et rentrèrent en Italie par les pistes et les
routes tunisiennes, en raison de la facilité plus
grande des communications.

Les guerriers tripolitains, excités par deux
de leurs cheiks réfugiés en Turquie et depuis
longtemps acquis à l'Allemagne, crurent l'heure
favorable pour reprendre la moitié de la Tripo-
litaine et, qui sait, à la faveur de la guerre
d'Europe, soulever nos tribus de Tunisie et
s'emparer de nos oasis, de nos puits et de nos
fortins. Ils s'arrêtèrent d'abord à la frontière,
se rappelant les rudes leçons que nos soldats
leur avaient données. Nos tribus restaient
fidèles. Elles ne les croyaient pas lorsqu'ils se
prétendaient les envoyés et les amis du grand
maître de la confrérie des Senoussistes, Si
Achmed. Et elles avaient, en cela, raison.
Seules, deux tribus tunisiennes, campées aux

14

environs de Tataouine, désavouées par les autres, les Ouderna et les Krachaoua, se laissèrent entraîner, et passèrent la frontière pour se mêler aux pillards tripolitains. Elles le regrettent aujourd'hui.

Il se passa quelque temps avant que les Tripolitains, même renforcés par les guerriers de ces deux tribus, osassent pénétrer en territoire français. On commença de les voir, ici ou là, en septembre 1915. Vers cette époque, plusieurs détachements en reconnaissance sont attaqués autour de Tataouine et de Dehibat. Nos officiers achèvent de mettre les camps en état de défense, et, notamment, font creuser des tranchées, comme en Argonne ou en Champagne.

Le 2 octobre, un de ces camps, situé sur la ligne d'étapes de Tataouine à Dehibat et plus près de ce dernier poste, le camp d'Oum-es-Souigh, est attaqué par un parti de pillards tripolitains. Avant l'aube, il a été enveloppé. L'ennemi se tient à distance, sur les dunes semées de buissons qui dominent les quatre bastions du bordj, les abris pour les provisions et le puits du milieu. De là, il tire, avec des fusils de guerre de fabrication européenne, sur les hommes qui venaient de s'éveiller et qui sortaient des tentes pour commencer les corvées du matin.

Les nôtres ne sont pas nombreux, moins de deux cents hommes d'un « groupe spécial » et quelques goumiers méharistes. Presque tout de suite le feu devient très vif. « Nous avons couru, me dit mon soldat, vers les abris que nous avions faits. Mais les chevaux et les mulets tombaient. Vers six heures, nous lâchons quatre pigeons voyageurs, pour demander du secours. La journée se passe sans que nous pensions même à boire et à manger : on n'a pas le temps. »

Les Français se battent très courageusement et repoussent plusieurs charges de cavalerie, lancées avec l'impétuosité coutumière, tous les burnous flottants et les fusils à bout de bras, « dominant la poussière », contre les tranchées en avant du bordj. Les goumiers donnent des signes de faiblesse, au contraire, et parlent de se rendre, car les crêtes, autour d'Oum-es-Souigh sont couvertes de petites hachures blanches, grises, brunes, qui sont des Arabes.

La chaleur a été torride tout le jour, la nuit est glacée. On ne peut s'approcher du puits.

Le 3 octobre, le combat continue sans interruption. Une colonne de secours, envoyée de Dehibat, apparaît un moment sur les dunes, et, devant le nombre des ennemis qui essaient de l'envelopper, juge impossible de pénétrer dans le camp. Pas plus que la veille, les assiégés ne peuvent se ravitailler. La soif les torture encore plus que la faim. Ils en sont réduits à boire leur urine, comme les soldats de Sidi-Brahim.

Le 4, la fusillade cesse tout à coup. Un parlementaire, vêtu d'une capote de chasseur et agitant un mouchoir, — un prisonnier de la matinée, — s'avance vers le camp. « Il est porteur d'une lettre écrite en français, dans laquelle le chef demande à notre capitaine de se rendre. Malheureusement, derrière le parlementaire, quelques Tripolitains se sont glissés, puis d'autres qui arrivent au galop, et sur lesquels nous n'osons pas tirer, parce que le capitaine est là, qui cause avec les premiers. Ah! quelle pitié! Voilà que l'un des Tripolitains qui avaient salué le capitaine de Bermond de Vaulx

lui a déchargé un coup de revolver en pleine
poitrine. Le capitaine est tombé. J'étais là;
nous l'avons emporté dans la tranchée; il a
dit : « Vive Dieu! Vive la France! », puis il
est mort. La confusion était extraordinaire et
les balles se croisaient en tous sens. »

Dans le désordre qui suivit l'attentat, les
Tripolitains avaient réussi à s'emparer du bas-
tion nord. Les Français tenaient les trois autres
bastions; mais l'ennemi, à présent, avait un
pied dans leur propre camp, et pouvait voir et
abattre tout homme qui se hasardait hors des
tranchées. Cependant, la nuit, quelques soldats,
au péril de leur vie, réussirent à aller jusqu'au
puits, et rapportèrent un peu d'eau. Le partage
que l'on fit de cette eau précieuse donna deux
ou trois cuillerées à chaque combattant.

Le 5, le 6, le 7, le 8 octobre, cette lutte terrible continua. Dans les bastions, les soldats
tâchaient de s'abriter, quand ils n'en pouvaient
plus, et les autres répondaient au feu de
l'ennemi. Autour d'eux, les cadavres pourris-
saient. On regardait les dunes lointaines, dans
l'espoir de découvrir un sauveur. Le soir, on
entendait, dans l'air pur du désert, monter les

14.

chants des Arabes qui célébraient leurs morts.

Ni le lieutenant Paolini, qui avait pris le commandement, ni aucun des « spéciaux » ne cédèrent. Cependant ils avaient contre eux plus de 1 500 guerriers bien armés, et la faim, et la soif, et le soleil du désert, et l'air glacé des nuits, et l'extrême misère.

Enfin, comme la chaleur était déjà grande et tremblait sur les dunes, dans la matinée du 9 octobre, on aperçut les Français à l'horizon. C'étaient les chasseurs du bataillon d'Afrique et les tirailleurs algériens du commandant Morand, avant-garde d'une forte colonne de secours, venant de Tataouine. Ils avaient avec eux du canon. Les assiégeants leur firent face. La bataille eut tout de suite un front de 4 kilomètres. Une compagnie commença de se porter en avant, pour enfoncer le centre. Le feu des Tripolitains ne l'arrêta pas. Du bordj, on la voyait progresser, toujours, toujours. Puis les deux ailes se mirent en mouvement. Et, cédant tout à coup, fuyant à toute allure de leurs chevaux ou de leurs jambes, poursuivis par les décharges de l'artillerie, les Arabes s'éparpillèrent dans les sables.

Avant midi, le commandant de la colonne
s'avançait, suivi de ses troupes, vers les héros
qu'il venait de délivrer. Ceux-ci, même les
blessés, se tenaient debout, exténués, dégue-
nillés, brûlant de fièvre, sur le parapet des
tranchées, qu'ils avaient orné de tous leurs
drapeaux tricolores. Et quand ils virent des
mains qui se tendaient, des camarades qui
portaient les armes, d'autres qui sautaient de
joie, ne sachant comment dire, tous ensemble,
ils entonnèrent la *Marseillaise*.

ENNEMIS PUBLICS

20 Février 1916.

On peut être bête, et cela se voit souvent :
il y a des gens qui abusent du droit de l'être.
Et, par exemple, ceux qui, dans nos campagnes,
prêtent l'oreille à ces propos qu'on a désignés
de ce nom juste : la rumeur infâme. Elle vient
de l'ennemi. Je rougis d'avoir à la répéter.
Mais il le faut. On ne se défend point par le
silence. Vous vous souvenez : « Ce sont les
riches, ce sont les prêtres qui sont cause de la
guerre; ils ont envoyé de l'argent à Guillaume
pour qu'il la déclarât! » Dans les cabarets, sur
les marchés et les champs de foire, des gens
douteux tâchent de trouver des sots qui les

écoutent, des lâches qui ne leur répondent pas.
Et ils en trouvent quelques-uns, puisque, de
divers côtés, des plaintes nous parviennent, et
que des fonctionnaires, préfets ou sous-préfets,
que cette initiative honore, ont invité les bons
citoyens à « faire la police » et à empoigner
« ces louches semeurs de guerre civile », ces
« Boches de l'intérieur ». C'est ce qu'a répondu
M. Mirman, préfet de Meurthe-et-Moselle. Le
préfet de la Savoie l'a imité, et aussi le préfet
du Loir-et-Cher ; avant eux, au début de la
guerre, le sous-préfet de Chateaubriant avait
donné ce conseil énergique. Il faut le suivre,
et relever vertement ceux qu'on entendrait
ainsi parler, et les désigner à la justice militaire
ou à la justice civile. Faites-le sans tarder. Ne
menacez pas seulement : agissez. Vous rendrez
un plus grand service au pays que si vous
faisiez prendre un incendiaire ou un empoi-
sonneur. Car de tels criminels s'attaquent,
autant qu'il est en eux, à la vie même de la
France. Et en quel moment !

Quant aux autres, aux faibles, aux écouteurs
de sornettes, le mieux serait de leur donner de
l'esprit, si cela pouvait se donner de l'un à

l'autre, et s'allumer comme une cigarette. Du
moins donnez-leur quelque honte de leur faiblesse ; éveillez leur bon sens ou parfois leur
souvenir endormi lourdement. Le hasard peut
s'y prêter. Un de mes vieux amis, qui fut
magistrat, un lettré que François Coppée tenait
en affection, un homme de tout bien, maire
d'un village éloigné de Paris, M. d'O..., voya-
geait, en décembre 1915, dans un comparti-
ment de chemin de fer bondé de soldats. Ce
n'était pas pour lui déplaire. Il a quatre fils.
L'aîné, père de six enfants, chef de bataillon
d'infanterie, deux fois blessé, décoré, cité à
l'ordre du jour, se bat en Artois. Le second,
prêtre, est infirmier. Le troisième, chef de
bataillon d'infanterie, grièvement blessé,
décoré lui aussi, est reparti pour le front. Le
plus jeune, prêtre comme le second, —
quel bel honneur, que ces deux fils donnés à
l'âme populaire ! — appartenant comme lui au
clergé de Paris, aumônier militaire, a été, pour
sa bravoure et pour sa charité, décoré de la
Légion d'honneur et trois fois cité à l'ordre
du jour. Vous comprenez l'émotion, l'indigna-
tion de mon ami, quand un soldat, en face de

lui, se mit à dire : « La guerre, c'est les curés
qui l'ont faite! On devrait les y envoyer... », etc.
Les camarades n'approuvaient pas, ils se tai-
saient. D'un mot, d'un geste, d'un grognement,
ils n'auraient pu faire taire ce petit gredin, qui
sortait du dépôt, tandis qu'eux, les anciens,
ils s'étaient battus. Non, ils gardaient le silence.
Le courage civique est plus rare que l'autre.
Alors, n'y tenant plus, M. d'O... interrompit
le soldat : « Vous ne savez pas ce dont vous
parlez; vous n'avez pas vécu de la vie des
tranchées. Moi, j'ai un fils qui est aumônier
là-bas. Il a donné des preuves de bravoure que
je souhaite que vous imitiez. Un jour, notamment, sous un feu terrible des Allemands, à
l'appel d'un blessé, il est sorti de la tranchée,
et il est allé, seul, en terrain découvert,
chercher celui qui appelait, il l'a pris dans
ses bras, il l'a rapporté, et, quand il est
revenu, tous les hommes l'entouraient. Est-il
lâche? Regardez-le! Tenez : voici son portrait! » Et il tira de sa poche une photographie. « Coup de théâtre et coup de soleil,
ajoutait mon ami. Un des soldats qui écoutaient
s'écria aussitôt : « Est-ce possible! Je le recon-

» nais! C'est lui, et le blessé qu'il a sauvé, c'est
» moi! Ferme ta g..., le bleu! » Et tout le reste
du voyage, ce furent les honnêtes gens qui
parlèrent ».

Il n'est pas nécessaire d'être aidé par les
circonstances ou de faire de grandes recherches.
Pour réfuter la calomnie, chacun n'a qu'à
regarder et à se souvenir. Les preuves abondent.

Je feuillette un numéro de l'*Officiel*; je lis
les colonnes des citations à l'ordre du jour :
il y a de tout, dans ces listes d'honneur, de
quoi faire une société complète; des généraux,
des caporaux et des soldats, des soldats de
carrière et des civils devenus soldats, des riches,
des pauvres, des travailleurs manuels, des
commerçants, des hommes de profession libé-
rales; mais que de noms déjà inscrits dans
l'armorial de France, que de bourgeois, que
d'intellectuels, de prêtres, de religieux! Vous
qui parlez mal d'eux, la Croix de guerre qu'ils
portent, ça se ramasse sous la mitraille, allez-y
voir! Et faites-en autant!

Je reçois un billet de part, qui m'annonce la
mort de la vénérable aïeule d'une des familles
les plus honorables de la bourgeoisie parisienne,

madame Edmond A... Je compte les officiers,
aspirants, canonniers, fantassins, médecins,
chirurgiens, ingénieurs mobilisés; ils sont 21.
Je compte les croix de guerre, j'en trouve 5.
Et je ne connais pas le nombre des morts et
des blessés.

Le même jour, une lettre m'arrive du Midi.
Elle est d'une grand'mère qui me raconte
comment son petit-fils, le sous-lieutenant Ber-
nard de Boisbrunet, des chasseurs alpins, deux
fois blessé, revenu au front, fut tué dans les
tranchées, lui si jeune, à dix-neuf ans, lui dont
le chef, qui s'y connaissait bien, admirait
l'ardente bravoure et disait : « Il a fait tout son
devoir, et joliment. » C'était cependant un
gentilhomme authentique, ô vous qui ne savez
pas que la noblesse se gagnait presque toujours
douloureusement, et toujours au service de la
sainte cause de France. Il descendait d'un
preux qui fut créé comte sur le champ de
bataille d'Hastings, en 1066. Il était du sang
de saint Charles de Blois, duc de Bretagne. Il
était le dernier du nom.

D'après les statistiques les plus sérieusement
faites, le nombre des prêtres mobilisés est

15

d'environ 25 000. Ils sont où la loi les a voulu
les uns dans les troupes combattantes, à tit
de combattants, ce qui est contraire au cara
tère sacerdotal, les autres dans les formatioi
sanitaires. Parmi ceux qui ont été versés dar
les régiments, et qui sont à peu près au nombr
de 13 000, on comptait à la fin de l'année der
nière, 1 165 morts pour la France. Dans l'er
semble, et à la même époque, 1 161 avaient ét
décorés de la Légion d'honneur, de la Médaill
militaire ou de la Croix de guerre. L'École de:
Beaux-Arts a perdu 119 élèves; l'École nor
male supérieure, 87. Toutes nos grandes écoles
enseignement d'État, enseignement libre, on
été décimées pour la patrie. Une bravour
naturelle, la volonté de donner l'exemple, on
haussé le cœur de cette jeunesse jusqu'à la joi
de se sacrifier. Dans le *Bulletin de guerre* de:
facultés catholiques de Lille, que j'ai là, sur
ma table, depuis quelques jours, j'ai compt
79 victimes. Paris n'est pas plus épargné, n'
Angers, ni Lyon, ni Toulouse. Le chanoine
Fonssagrives, l'aumônier si connu du Cercl
catholique du Luxembourg, rencontré hier, m
disait que parmi les étudiants inscrits à la Con

rence Ozanam, et qui devaient rentrer en
novembre 1914, *plus de la moitié* sont morts,
que le bureau est composé de blessés. Demandez à l'état-major de l'Association de la
Jeunesse catholique, combien des siens ne
viendront jamais prendre part à ces conseils,
dans lesquels une seule question, toujours
nouvelle, est agitée : comment élever l'esprit
de nos amis et de nos frères du peuple de
France vers le premier bien qui est la vérité,
comment l'aider, comment le défendre contre
les profanateurs de sa noblesse et de sa vocation? Des 14 membres dont se composait le
comité régional de Paris, 9 sont morts, et
3 blessés gravement.

Cependant, ces jeunes hommes tombés au
service du pays, tous ceux-là et combien d'autres, vous les calomniez, ô malheureux qui ne
savez pas ce que vous avez perdu!

J'ai là, sous la main, un recueil d'adresses
mondaines. Cette année, le *Tout Paris* a fait
imprimer en caractères noirs les noms de ceux
qui sont morts pour la France. Ouvrez donc le
volume, et regardez combien il y en a, de ces
inscriptions funèbres, et de ces morts auxquels

on a gardé leur place parmi les vivants!

Il faut être sans esprit et sans cœur pour propager, pour accepter seulement une calomnie qui tend à diviser et à salir la France. J'ai dit qu'on ne devait pas hésiter à poursuivre les coupables. Déjà plusieurs ont été condamnés par les tribunaux. Tel, hier encore, le *Populaire du Centre*. On doit aussi propager les livres, — ils sont nombreux, — qui montrent quel beau rôle ont eu et continuent d'avoir les catholiques, et particulièrement le clergé, pendant la guerre.

Une autre propagande utile serait la propagande par l'image. Les estampes, les photographies, les albums ne manquent pas non plus. J'ai déjà signalé les recueils publiés par le Comité d'écrivains que préside Mgr Baudrillart. Je veux recommander aujourd'hui la très jolie chromolithographie éditée par Sornin, 7, rue Cassette, d'après un triptyque peint par M. Fournier-Sarlovèze, et qui représente, sur une même feuille, les brancardiers pendant l'incendie de la basilique de Reims, la messe au front, les obsèques d'un soldat dans un village bombardé.

Ce n'est pas tout ce qu'il faut faire. La paix publique ne doit pas être défendue seulement par les particuliers ; elle est avant tout, sous la sauvegarde du président de la République et des ministres. Qu'ils donnent des ordres : les préfets multiplieront les protestations et les avertissements. La loyauté est ici engagée.

Je dirai même qu'un ministre intelligent de l'instruction publique, — pourquoi ne serait-ce pas M. Painlevé? — ferait une belle chose, et bien utile, en recommandant aux instituteurs et aux institutrices de prémunir l'esprit des enfants contre une tentative de désunion dont nos ennemis se réjouiraient, si elle demeurait libre. Il n'est pas nécessaire de faire entrer ces petits dans le secret des tristesses qu'ils apprendront trop tôt, mais quelle leçon d'histoire, quel enseignement de fraternité pourront-ils jamais recevoir qui vaille celui-ci : Mes enfants, la France est en péril, mais rassurez-vous, elle est aimée, elle est défendue par tous ses enfants?

L'UNE D'ELLES

22 *Février 1916*.

La guerre, en mettant tout le peuple de France, les jeunes hommes, les jeunes filles, les maris, les femmes, les mères, en présence des plus grands devoirs et des plus grandes douleurs, a fait apparaître tant de vertus et tant de ressources de toutes sortes, que les nations en demeurent surprises. Pour ne rien dire qui puisse blesser, car cette pensée est loin ne moi, je dirai qu'elles nous jugeaient sur l'*Officiel*. Et, tout à coup, elles ont aperçu ce que les grandes crises peuvent seules révéler : les âmes elles-mêmes agissantes et parlantes, des milliers et des milliers d'êtres

humains, anonymes, inconnus, que personne
ne représente et ne cache plus dans la tourmente, mais qui composent eux-mêmes l'histoire de chaque jour, avec leur sang, avec
leurs larmes, avec leur dévouement, avec les
mots qu'ils n'ont pas préparés.

L'un des plus beaux documents de cette
histoire, je l'ai dit plusieurs fois, ce sont les
lettres. Elles sont innombrables, celles qui
honorent la France, et qui n'ont point été
écrites pour être publiées. Nous en sommes
venus à ce point de négliger, par nécessité, la
plus grande partie de cette richesse, et de ne
plus citer, soit de nos soldats, soit de leurs
parents, que les choses toutes belles, où notre
France est évidente et parfaite.

C'est pourquoi je veux faire connaître aux
lecteurs de l'*Echo de Paris*, et commenter brièvement, une lettre écrite par la jeune veuve
d'un quincaillier, qui s'était établi dans un gros
village de l'Ouest, et qui a été tué, il y a quelques mois, à son poste de combat. Elle est
adressée à une de mes proches parentes. Je la
copie, sans changer une syllabe, coupant seulement quelques phrases, car elle est un peu

longue. La femme qui l'a écrite a été instruite
par les Sœurs ; elle a épousé, de bonne heure,
un honnête homme, intelligent et qui réussis-
sait ; elle élevait deux enfants ; elle sortait
d'une vieille race rurale et chrétienne, habituée à méditer la vie et la mort : et, à cause de
tout cela, dans l'épreuve, elle s'est trouvée
supérieure,... et elle ne le sait pas. J'espère ne
pas le lui apprendre.

« Chère Madame, pardonnez-moi d'avoir
tant tardé à répondre à votre affectueuse
lettre. Combien cependant tous, si malheureux, avons trouvé bon d'avoir de réels et si
bons amis, et que ces sympathies si vraies,
venant de cœurs ayant souffert beaucoup, ont
cicatrisé notre plaie, pour toujours cependant
vive et profonde.

» Oh ! oui, chère Madame, nous sommes
éprouvés, mais croyez-nous non désolés mais
résignés, plus que jamais, à la volonté du Bon
Dieu. Je vois ma tâche si lourde que, chaque
matin, ayant la joie de recevoir le Pain qui
m'est si nécessaire, je dis au Bon Dieu et à la
Mère des Douleurs : *Donnez-moi du courage*

*pour 24 heures, que votre volonté soit faite,
et à demain autant!*

» Il nous reste un ouvrier formé par mon
bien-aimé Jean. Un ami intime de mon mari,
réformé jusqu'ici pour une jambe trop courte,
se charge de l'apprentissage de mon cher petit
Jean. Donc, nouvelle séparation, et combien
pénible pour nous! Mais c'est son intérêt.
Jeanne, si Dieu veut, apprendra aussi un
métier.

» Pour moi, Madame, ma vie est, désormais,
peines et devoirs. Puissé-je, vos prières et
Dieu aidant, arriver à ne pas y faillir. Hélas!
Madame, je n'avais jamais pleuré, jusqu'ici.
Sa mort me fait peur. Elle a été si prompte!
Était-il prêt? Dé bonnes amies m'ont offert des
images, je vous en envoie une. »

Remarquez d'abord ces sentiments d'affection et de confiance, quelquefois trompeurs, je
le veux bien, mais ici tout à fait sincères,
entre personnes de conditions différentes.
C'est que le cœur est pareil. On se connaît
depuis longtemps; on s'est vu vivre l'une
l'autre; l'une qui revenait de l'école, l'autre qui

15.

rentrait dans sa maison, aux portes du village, et qui se détournait pour dire : « Bonjour, mignonne, tes parents vont bien? » La longue habitude fait comme une parenté; avant qu'elle fût mariée, la petite savait que les âmes maternelles rassemblent toujours autour d'elles une famille agrandie. Dans les mauvais jours, comme on y revient vite! Affections bienfaisantes, affections nécessaires à la paix publique et au bonheur de chacun! Et cependant, il y a des hommes qui travaillent sans cesse à les briser.

Un seul mot m'a étonné, parce qu'il n'est pas de la même lignée que le reste de la lettre : « Mon bien-aimé Jean ». Ni la mère probablement, ni la grand'mère sûrement n'auraient dit cela. Elles auraient dit : « Mon ami, mon mari, mon époux ». Je ne sais quelle extrême pudeur défendait ce peuple bien né contre les superlatifs même tout légitimes.

Mais voyez ce joli souci de ne pas faire la femme du monde, et de ne pas dépenser vainement l'argent gagné à deux, pour Jean et Jeanne : « De bonnes amies m'ont offert des images... » Je l'ai dans mes mains, cette image. Elle ressemble à beaucoup d'autres; elle porte, au verso, imprimées, des pensées pieuses, et, parmi, une belle phrase patriotique de Maurice Barrès. Mais la jeune femme qui l'envoie s'excuse, elle fait preuve d'une finesse, d'un tact que personne n'enseigne, qui ne peut venir, en toute condition humaine, que de la race, et du travail secret d'un esprit sage.

Voyez ce souci de l'enfant, cette manière de l'aimer, non pour soi, mais pour lui, ce bon sens qui fait que la mère ne songe pas même un instant à ces professions sans avenir et sans liberté vraie, bureaux, chemins de fer, octroi, dactylographie et le reste, mais choisit, avec un sûr amour, pour Jean et pour Jeanne un métier, et pour Jean celui du père.

Admirez surtout la qualité du christiasnisme. Vous êtes ici en présence d'un fait d'une haute signification. Pas de sensiblerie, de la douleur seulement, des mots brefs, où tout est contenu. L'esprit a déjà mesuré sa peine ; elle lui est donc déjà soumise, et il la domine : « Je n'avais jamais pleuré jusqu'ici... ma vie est désormais peines et devoirs ». Aucune fausse consolation ; vue droite ; connaissance du secours nécessaire : le Pain qu'elle reçoit

chaque matin. Aucune illusion non plus sur
les forces humaines, même soutenues. Cette
femme d'un bourg de France sait, par expérience, que les plus grands courages sont
faits de perpétuels recommencements. Elle
s'ajoute, comme une preuve, à toutes les
preuves de cette vérité que j'ai dite plus
d'une fois : les seules consciences fortes que
j'aie observées étaient celles qui connaissaient
leur faiblesse, et, chaque jour, la réparaient.
Humble sentiment, qui lui inspire cette prière
admirable : « Du courage pour 24 heures, et à
demain autant! »

Il est possible que tous ceux qui voudront
bien me lire ne me comprennent pas dans la
conclusion que je vais dire, et soient portés à
croire que j'exagère un peu. Je dirai cependant, parce que j'en ai l'entière conviction,
que de telles âmes sont l'une des plus puis-
santes raisons d'espérer que la France, après
la guerre, sortira de cette époque de dissensions intérieures qui a bien trop duré. Elles
sont partout répandues. Le nombre s'est singulièrement accru, dans ces dernières années,
des hommes et des femmes qui n'ont pas seule-

ment des aspirations morales, mais qui vivent leur foi entièrement. Il s'augmentera de beaucoup d'hommes qui, dans le danger du combat ou la solitude de la tranchée, auront aperçu toute la vérité religeuse et toute la vérité française. Un jour viendra certainement où ce pays verra se lever et saluera quelques hommes d'État véritables, capables de calculer les forces, de les classer selon leur pouvoir de mort ou de résurrection, d'égoïsme féroce ou de charité, d'étroitesse ou d'intelligence ouverte. Ils comprendront que si la persécution, qui a ruiné bien des âmes faibles et beaucoup d'œuvres utiles au peuple, a néanmoins abouti à la création d'une élite invincible, elle doit cesser. Condamnée par les ruines qu'elle a faites, elle l'est aussi par la floraison de vertus que les ennemis de l'Église n'ont pas semées, mais qui naissent, selon des lois très anciennes, de la douleur et de l'humble patience.

Dans cette lettre d'une femme de la campagne, j'aperçois une puissance idéale qu'il ne faut jamais avoir contre soi.

LES CLAIRVOYANTS

27 Février 1916.

Plusieurs fois, j'ai dit qu'après la guerre l'esprit de la masse serait changé, ou que, du moins, les éléments nécessaires pour ce changement apparaîtraient et commenceraient d'agir. Il y faut revenir, à cause de l'importance de la proposition, et des conséquences innombrables qui s'y trouvent enfermées. Combien, parmi les hommes qui ont réfléchi pendant la terrible épreuve, continueront de réfléchir après qu'elle aura passé, ou simplement resteront fidèles aux vérités de tout ordre aperçues pour la première fois? Combien oublieront et seront repris par la faiblesse ancienne, imprévoyants comme s'ils n'avaient jamais, à aucun moment de leur vie, compris autre chose que l'immédiat intérêt? On peut différer d'avis et il n'importe guère. Un fait capital est là, un événement sans précédent s'est produit dans l'existence de tous les hommes jeunes ou encore jeunes qui sont nés sur le sol de France : depuis dix-huit mois, ils ont eu le temps de penser. A quoi? A tout. Ils ont eu, auprès d'eux, des exemples de toutes sortes, bons, admirables, médiocres, mauvais. Ils ont connu des hommes qu'ils n'avaient pas fréquentés, dont ils se défiaient peut-être. Ils ont senti le poids des fautes commises par ceux qui devaient préparer la nation, et qui se sont bornés à nier les guerres futures. La grande maîtresse des méditations, la souffrance, ne les a pas quittés. Bien des jugements secrets ont été prononcés; soyez sûrs qu'il y en aura de définitifs.

Je veux montrer aujourd'hui comment la guerre a fortifié, dans leurs convictions, les hommes que le spectacle de la paix avait instruits déjà, et comment elle a mûri, et avec quelle rapidité, la pensée des jeunes chrétiens.

Voici d'abord un fragment d'une lettre écrite par un soldat, propriétaire cultivateur, à l'un des six frères qui sont, comme lui, sous les armes. Sept frères soldats! Quelle louange déjà, pour cette famille où l'intelligence, la probité, l'initiative sont de tradition! C'est donc la parole réfléchie d'un des représentants les plus authentiques de la race que vous allez entendre.

« La majeure partie des Français s'est laissé berner par de beaux parleurs, par des hommes dont la plupart n'étaient avides que de fortune et d'honneurs. Sous prétexte d'amener de grandes réformes, d'améliorer le sort des malheureux, ils nous ont conduits dans le gouffre... Nous, du moins, nous pouvons nous consoler par la pensée que nous avons toujours soutenu les gens honnêtes, et par conséquent la bonne cause : nous continuerons, plus fermes que jamais, si nous avons le bonheur de survivre à cette odieuse boucherie. Et puis, pour finir, nous avons l'espoir bien grand que la justice, qui a été tant sabotée sur cette terre, régnera quand nous la quitterons. »

Vous entendrez maintenant la parole, vous

devinerez l'âme d'un tout jeune homme,
Marcel Gaveyron, né à Ugine, en Savoie, le
25 septembre 1895, caporal au 30ᵉ bataillon
de chasseurs alpins, cité à l'ordre du jour pour
« son entrain endiablé », mort à l'assaut
d'une tranchée allemande, d'une balle au front,
le 20 juillet 1915. Ses lettres vont être
publiées, en une brochure de propagande, par
l'*Imprimerie Commerciale*, à Annecy.

Ce n'était qu'un petit comptable, élève des
écoles primaires, engagé aux chasseurs alpins
dans l'année qui a précédé la guerre. Pas de
fortune, peu d'instruction, peu de relations,
pas même le délai nécessaire pour donner sa
mesure : il semble bien qu'il dût être sans
action et sans gloire. Quelle erreur! Chacun
de nous, si petit qu'il soit, est une force
presque illimitée. L'unique condition est
d'être de bonne foi et de bon vouloir.

D'abord, il aimait la France pour toutes les
raisons naturelles qu'un Français a de l'aimer;
ils les connaissait, il en sentait la justesse et le
pouvoir. Il aimait aussi la patrie parce qu'un
devoir supérieur le commande et qu'il la voyait
toute rayonnante d'une lumière divine. A peine

la guerre est-elle déclarée, il aperçoit nettement le caractère de cette lutte, qui échappe à
de plus savants et à de plus puissants que lui.
Il comprend qu'elle est la croisade nouvelle
de la civilisation chrétienne contre la barbarie
païenne, et il s'écrie : « Cela m'importe peu
d'être soldat ou officier, pourvu que je serve
ma patrie et mon Dieu de toutes les forces qui
sont en moi, et que je meure, si Dieu le veut,
en pleine bataille. »

Tout est là. Il a pensé ainsi dès le premier
jour. Et l'ascension commence. Elle ne
s'arrête point. D'une lettre à l'autre, on suit
l'esprit en marche. Il est interrogateur, clair,
logique, tout français. La guerre, pour lui
aussi, est une occasion de méditer. Trois
maîtres l'y encouragent : une *Imitation de
Jésus-Christ* trouvée, au cours d'une patrouille,
dans une ferme abandonnée; un « parrain de
guerre », ami précieux dont le nom ne nous
est pas révélé, et le danger, qui est un autre
ami. Avec eux, il examine son jeune passé. Il
devine les insuffisances et les préjugés de son
éducation; il lit; il revise les jugements de
son milieu; il formule, en termes brefs et

souvent heureux, l'aspect nouveau que prennent les choses qu'il croyait savoir. Observez la plénitude de sens de ces phrases que j'emprunte aux lettres, çà et là :

« N'ai-je pas autant de mérite à faire mon devoir comme caporal qu'autrement?

» Renaissance, Réforme, Révolution, vous n'êtes pas des jalons de l'évolution de la civilisation, mais des étapes vers la négation de Dieu.

» La guerre a une influence bienheureuse sur moi. Plus cela va, plus je suis indifférent à la mort. Une vie compte peu, parmi les mille vies qui font la France immortelle.

» J'ai quitté l'école primaire avec mon petit bagage de sophismes et d'idées fausses. Les jeunes cerveaux se laissent si facilement griser par l'erreur! Ceux qui ont un fonds de religion le conservent, mais en gardent une conception de Dieu pire peut-être que l'hostilité. On ne connaît, de l'histoire de son pays, que la période qui commence en 1789. Le reste : barbarie, autocratie, inquisition. Vous voyez que l'erreur a des racines profondes. J'ai jeté, morceau par morceau, mon bagage par-dessus bord.

» Il veut faire de moi un semeur d'idées
saines. Après la guerre, la France en aura bien
besoin... Si, dans ses desseins, Dieu me pré-
serve et me rend à ma chère maman, je fais
vœu de consacrer ma vie à cet apostolat. »

Ah! que je l'aurais aimé, ce jeune homme
que je ne connaîtrai jamais! Je l'imagine,
coiffé de son béret d'alpin, svelte, agile, avec
un visage d'enfant décidé, des yeux qui regardent droit, comptent les hommes de l'escouade,
s'assurent que tout est en ordre, et, apercevant
un ami, rient tout à coup. Voilà nos meilleures forces pour demain, ceux qui ressemblent à celui-là! Voilà nos amis : des inconnus,
des ardents, de purs Français, venus de toutes
les familles et de toutes les professions, con-
firmés dans leur foi ou éclairés par les leçons
de la guerre, et qui, ayant libéré la France de
l'ennemi, s'opposeront au désordre, et travail-
leront à la reconstituer.

PETITS ET GROS

5 Mars 1916.

Je connais, depuis leur enfance, dans un bourg de la Mayenne, deux jeunes ouvriers. Je ne les vois pas souvent, bien que j'aie plaisir à les retrouver : mais, comme disait l'un d'eux, « nous nous voyons par lettres », et nous sommes amis. Une année environ avant la Grande Guerre, j'eus l'occasion de rencontrer l'aîné. Il était employé, comme son frère, dans une usine et gagnait à peu près cinq francs par jour. Il me dit : « Je vais partir pour le régiment; bientôt, nous y serons tous deux. Ce sera dur pour la grand'mère qui est, comme vous savez, toute notre famille

vivante. Alors, depuis trois ans, Auguste et
moi, nous avons *mis de côté*, pour qu'elle ne
manque de rien pendant notre absence. Je
vous assure qu'on a eu du mal. Enfin c'est
fait. — Combien avez-vous? — Douze cents
francs. Et nous pensons pouvoir y ajouter
trois cents autres francs, un peu plus tard.
Elle aura de quoi, qu'en dites-vous? »

Il disait vrai, je puis en témoigner : car c'est
moi qui ai été chargé de déposer l'argent dans
une banque.

Je n'ai pas l'intention de louer ces deux
jeunes hommes, — qui sont en ce moment à
la guerre, — ni de prétendre que ce qu'ils ont
fait soit toujours possible. Il a fallu des circonstances favorables, et, tout d'abord, deux
êtres d'élite. Tout ce que je veux retenir, c'est
qu'ils avaient constitué un capital, qu'ils possé-
daient un dépôt en banque, qu'ils étaient donc,
essentiellement, des propriétaires, de ceux
contre qui s'acharnent les divers systèmes
socialistes, coalitions de jalousies aussi vieilles
que le monde, primées dans les concours élec-
toraux, encouragées par des conférenciers, des
journalistes, des théoriciens secs ou papelards,

des orateurs tonitruants, des clabaudeurs de
tout rang, depuis le gréviste de profession
jusqu'à l'ancien ministre également de profession, et souvent par des lois.

N'estimez-vous pas qu'il faut être dénué de
la vertu d'humanité, pour s'attaquer à un bien
si légitime et si difficilement obtenu? D'une
autre qualité, qui est le souci d'encourager le
travail et l'épargne? D'une autre encore dont
on peut dire qu'elle est la première qualité
d'un homme public : la constante pensée de
l'avenir dans l'organisation du présent? Or,
la plupart des fortunes n'ont pas d'autre
origine, lointaine ou proche, que celle des
douze cents francs de mes amis : je parle des
fortunes régulières et avouables. Comment
expliquer tant de cris, tant de projets d'usure
ou de confiscation, tant de mainmise déjà sur
le travail épargné, sur ce qui représente, en
somme, l'effort personnel, l'intelligence personnelle, le sacrifice personnel, sur un salaire que
l'homme a défendu contre soi-même, et que
l'État convoite aussitôt? De quel droit?

On s'en tire allégrement dans les réunions
publiques, ou dans une certaine presse, qui en

a les habitudes, le battage et la langue. On distingue les petits et les gros. Voler les petits, ce serait affreux, dit-on, — on pense plutôt que ce serait dangereux; — voler les gros, c'est tout profit, et si aisé : ils se défendent mal, ne sont point défendus par ceux qui possèdent moins, et, fussent-ils les plus honnêtes gens du monde, les plus dignes d'estime et les plus bienfaisants, passent pour ennemis du bien public s'ils soupirent seulement. De pareils arguments, composés pour des benêts par des coquins, ne trouveraient guère preneur, si les hommes réfléchissaient toujours quand leur parti les pousse. On peut tirer cent preuves de l'économie politique, de l'histoire, de la politique, pour établir l'utilité, la nécessité même des grandes fortunes dans une nation, mais leur légitimité n'est point autrement fondée que celle des petits patrimoines. Si deux est légitime, quatre l'est aussi. Celui qui veut piller, et qui prend deux sur quatre, sera promptement tenté de prendre un sur deux, et le plus pauvre ouvrier, qui a placé quelques centaines de francs à la caisse d'épargne, devrait jeter les hauts cris en voyant qu'on s'attaque au million de son voisin. Parfois j'entends dire : « Nul comme une carpe »; cependant, si l'on venait dire, aux carpillons d'un étang : « Mes petits, n'ayez pas peur du brochet : cette année, il ne mange que les gros », j'ai peine à croire qu'ils feraient comme les hommes, et je pense qu'ils auraient peur.

Est-il vrai même que les pauvres, ou, si l'on veut, les très médiocres riches ne soient pas atteints par les lois excessives, fiscales ou autres, qui dévorent la propriété? Supposez qu'un brave homme, ayant travaillé toute sa vie, et qui n'a pas d'enfants, veuille léguer son champ, sa vigne ou quelques obligations de chemins de fer, à un de ses camarades de labeur, et demandez à un notaire quel prélèvement scandaleux, quelle confiscation véritable, sous des noms divers et respectables, opéreront les agents de l'État?

Je dis ces choses parce que nous sommes à moitié sous le régime socialiste, peut-être aux trois quarts, et qu'un bon nombre de Français ne s'en doutent pas, ou n'en voient pas le danger. Il s'en faut, d'ailleurs, que le socialisme ne menace que la propriété : il prend

16

l'âme d'abord, et la réduit singulièrement. C'est un règne affreux que le sien, et d'une hypocrisie consommée.

Pensons-y tous. Nul autre ne ramènerait les hommes aussi près de l'esclavage. Absorption de toutes les forces individuelles par l'État, cela signifie : de toutes les forces individuelles au profit de quelques-uns. Car toute démagogie est une oligarchie. Ceux qui en doutent n'ont qu'à regarder.

JEAN DU ROSEL

7 Mars 1916.

C'est un jeune, qui a été tué, lui aussi, pour la défense, l'honneur et la réconciliation de la France.

Je n'aurais peut-être pas parlé de lui s'il n'était nécessaire de répondre, par des faits et encore des faits, aux tentatives de désunion que multiplient quelques Français demeurés dans leur passé, et très indignes du temps que nous voyons et que nous vivons.

Les du Rosel de Saint-Germain sont une vieille famille normande. Trois frères de cette race militaire, nés dans la paroisse de Saint-Germain-du-Crioult, étaient aux armées en 1914

et jusqu'aux deux tiers de 1915. Depuis lors, il
n'y en a plus que deux. Le plus jeune, Jean,
lieutenant au 228ᵉ régiment d'infanterie, était
blessé le 11 juin dernier. Transporté dans un
hôpital du Pas-de-Calais, il écrivait, à un de
ses amis qui m'a communiqué le billet : « Ma
compagnie a eu l'honneur de former la tête du
régiment. Mes gars ont été superbes, mais je
crains qu'en me voyant tomber leur élan n'ait
été un peu ralenti... Je serais tranquille si je
savais ce qu'ils sont devenus après ma blessure. » La pensée de ses « gars normands »
ne le quitte pas : signe de vocation militaire,
de la bonne, de la vraie, qui ne se reconnaît
point au goût de l'autorité, mais à la belle estime
pour les compagnons d'armes. Peu de jours
après, il a de leurs nouvelles : « Ils sont gentils
au possible. Ils m'ont écrit des lettres charmantes et pleines de cœur; ce serait une faute,
une grande faute de ne pas retourner avec eux
au plus vite. » Pour obtenir la permission de
repartir, il tourmente le chirurgien, le médecin,
les infirmières. A peine guéri, la jambe encore
traînante, après « cinq semaines d'absence »,
comme il dit, on signe enfin sa feuille de route.

« Me voici revenu au front. Le colonel me remet le commandement de ma compagnie, et me fait la surprise d'une citation à l'ordre du jour... Je viens de la recevoir. J'en suis très fier, et ai réuni immédiatement mes hommes pour leur en faire part, car c'est eux en partie qui l'ont méritée, et l'honneur qui m'est fait doit rejaillir sur leur personne. Les pauvres petits m'ont fait une réception inoubliable. surtout lorsqu'ils ont appris que je reprenais le commandement que j'avais été obligé de laisser, dans cette nuit du Labyrinthe où tant d'entre eux sont restés... Le jour où j'ai pris mon commandement, il y avait une marche très dure ; les hommes se sont concertés : « Aujourd'hui, personne ne doit rester à » l'arrière ; il faut faire honneur au petit lieu- » tenant. » C'est ainsi qu'ils m'appellent entre eux... A l'arrière, tandis que les autres com- pagnies avaient laissé bon nombre des leurs, moi je n'avais que trois malades. En saluant le drapeau à leur tête, j'avais des larmes aux yeux. Ils se redressaient, malgré la fatigue, pour me demander si j'étais content. »

Le 27 septembre, à l'assaut de la butte de

Tahure, ce jeune officier digne de sa noblesse, chef à la fois et compagnon, était frappé à mort.

Puissance bienfaisante et naturelle, qui ne doit pas être de guerre seulement, cette influence qu'un homme bien élevé, instruit, cordial et brave, exerce sur ses compagnons de route! Le grade y ajoute, mais ne la crée pas. Nous connaissons tous des simples soldats, des sous-officiers qui prennent autour d'eux un ascendant rapide, que le droit de commander n'explique pas. Lorsque les deux titres sont réunis, l'autorité est parfaite : imposée et consentie. Voyez comment s'obtient la confiance des hommes, et comment grâce à elle, chacun est plus heureux et la France mieux servie. Ce jeune officier connaît les soldats qu'il doit conduire au combat, avec lesquels il vivra dans la tranchée, en attendant. Ils sont de son voisinage, tout au moins de sa région. Il sait leur humeur, leurs traditions, leurs défauts, et avant tout ce cœur défiant, et défendu par cent préjugés, mais souffrant de l'absence et capable de générosité, qu'il faut plaindre, qu'il faut atteindre, qui ne résiste point au clair dévouement fraternel. Par la guerre, il est mêlé avec eux, obligé de veiller sur eux, leur nourriture, leur santé, leurs armes, leur sécurité, leur âme elle-même qu'il faut remonter, encourager, consoler. Il doit l'exemple, à tout moment, et pas seulement celui du courage : tout l'exemple, sans quoi il ne serait pas un chef complet et ne serait pas le chef très aimé qu'il a été. La troupe ne fait qu'un. Sans eux que serait-il? Et sans lui, quelle poussière qui s'égaillerait au danger!

Vérité en tout temps. Que ceux qui reviendront profitent de la leçon qui passe, non pour eux, mais pour le pays qui ne peut vivre si les forces destinées à s'unir demeurent étrangères les unes aux autres. C'est peut-être plus difficile de vivre que de mourir ensemble. Mais la méthode est la même de servir sa patrie. Vivre au plus près, ne pas s'isoler, comprendre tout ce qui manque et tâcher de le donner, prendre sa part de toute misère qui crie, aider ceux qui n'ont ni le temps, ni les appuis, ni souvent le discernement qu'il faut pour se défendre contre les ennemis innombrables de la récolte, et de l'avoir, et de la profession, et de la paix publique,

et des âmes surtout : en vérité, les rôles ne dif-
fèrent que bien peu, dans la paix et dans la
guerre.

Il faudra que chacun s'en souvienne demain.

FRAGMENTS DU POÈME HÉROÏQUE

19 Mars 1916.

J'ai entre les mains tant de lettres de soldats, émouvantes, belles, ou simplement jolies, que, ne pouvant les publier en entier, j'ai pris le parti de citer aujourd'hui des fragments de plusieurs d'entre elles. Les unes m'ont été adressées directement par l'auteur, les autres me sont confiées par des parents ou des amis, qui ne veulent pas, — ils n'ont pas tort, — que trop de mots soient perdus qui pourraient trouver place dans le grand poème héroïque écrit par les vivants et les morts.

D'un artilleur :

« Je dors bien dans mon nouvel abri. Il y

fait frais. La nuit, quand je me réveille, je vois les étoiles à travers le toit. Ça distrait. »

D'un territorial :

« La guerre, c'est la vie au grand air. Avec tout ça, voilà quatre jours que je ne me suis lavé. Quant à se déshabiller, faut pas y songer : ça fait de l'avance pour le matin. »

D'un blessé :

« Je n'ai plus guère de menton. Eh bien! quoi? Après? Je ne travaille pas avec ma g... je suis jardinier! »

D'un grognard :

« Je veux bien me faire tuer pour les vieux, les femmes, les gosses : ce qui me dégoûte, c'est de penser que je peux me faire tuer pour des embusqués. »

D'une jeune fille à son fiancé :

« Tu as dû apprendre que nous avions été bombardés, il est tombé un obus devant chez nous, à la rue Haute. Nous avons tous les carreaux cassés.., tu sais, on ne s'émotionne pas,... il ne faut pas te tourmenter,... ce n'est rien, c'est de l'ouvrage pour les vitriers... »

D'une femme à son mari :

« Tu ne me dis pas si tu dis chaque jour

une petite prière? Je voudrais que tu me répondes. Tu n'as pas honte, pourtant, mon chéri, de me parler de Celui qui nous protège? »

D'un soldat qui a vécu aux États-Unis :

« Cette vie de dangers et de continuels sacrifices a forcément déteint sur nous et changé un peu notre mentalité. Nous percevons mieux l'intérêt général, mais négligeons plus les sentiments individuels, et si je n'avais pas peur de vous paraître un peu drôle, je dirais que nous avons été amenés progressivement à moins penser à nous-mêmes et à n'avoir en vue que le but noble et glorieux pour lequel nous combattons... J'ai trop souffert pour la France, pour ne pas avoir appris à mieux l'aimer... Je m'y suis si profondément attaché que plus jamais, je crois, je ne la quitterai. »

D'un colonial, dans le civil, cultivateur :

« Je crois que nous allons partir du côté de Verdun, pour leur donner un petit coup de main. »

D'une mère, première lettre à son fils soldat :

« Tu m'avais reproché, t'en souviens-tu? de

t'avoir mis au monde trop tard, trop à distance
de la vie de tes aînés. Et pour cela, mon enfant
bien-aimé, je n'ai pas voulu te refuser de
partager avec eux le plus grand, le beau devoir
d'une vie d'homme. Sois heureux, sois fier de
ton pays et de toi-même. Que je sente ton
âme joyeuse et forte, et toutes mes larmes
seront payées. Ne pense pas à mon chagrin,
mais à tout mon amour qui veille plein de
tendresse et d'espoir près de toi.

» Si tu vois autour de toi des soldats pauvres
ou sans famille, pour lesquels je puisse faire
n'importe quelle chose, ne manque pas de
me le dire. — En revanche, mon cher petit,
garde-toi, je t'en supplie, de l'influence que
tu pourrais subir de camarades douteux. Ta
personnalité doit s'affirmer et grandir dans ces
heures graves. Sans qu'il y paraisse, fais dans
ton âme un coin secret, intangible, où rien
n'atteigne la loi morale, les traditions de tous
les tiens.

» Tu es, vois-tu, le benjamin de la famille,
et le plus mien de tous mes enfants, puisque
le plus jeune, le plus près encore de mes ten-
dresses maternelles.

» Mon beau soldat, je t'embrasse longuement, d'un baiser où vit tout mon cœur. »

D'un peintre en bâtiment :

« On n'est plus, à présent, comme on était
auparavant. Lorsque j'ai vu ce que c'était que
la guerre, j'ai pensé qu'il fallait donner quelque
chose pour la France, et j'ai dit : « Tenez, mon
» Dieu, prenez mon bras gauche; il me res-
» tera le droit pour travailler ».

D'un permissionnaire alpin ;

« Six jours, ça n'est pas long! Deux jours
de plus pourtant, on n'aurait pas pu s'en aller!
Heureusement on va retrouver sa famille du
front. »

Lettre d'un sous-lieutenant à sa mère, après
la mort du frère aîné, tué à l'ennemi :

« Relisez les lettres, d'un si beau souffle
patriotique, qu'il vous a écrites depuis le
début de la guerre; vous y verrez qu'il avait,
comme moi, fait le sacrifice de sa vie pour le
bien de son pays, et que son seul chagrin, au
moment de vous quitter comme au moment de
sa mort, ne pouvait être que la douleur des
siens.

» Ne lui faites pas cette peine et ne me la

17

faites pas à moi non plus, si la victoire de la
France vous coûte un second fils. Il vaut mieux
mourir jeune, après une vie de devoir et de
sacrifices, que d'errer inutile sur cette terre
pendant de longues années. Ah! je sais bien
que sa vie, à lui, n'aurait pas été inutile, je
connaissais trop son cœur! Mais Dieu a décidé.
Pleurons-donc l'aîné de la famille, mais pleu-
rons-le sans amertume et sans révolte. Disons-
lui : merci, et au revoir! Cette pure victime
ne fait qu'animer mon ardeur; je continuerai
de me battre jusqu'au bout, en première ligne,
pour continuer l'œuvre de mon aîné et pour
venger sa mort. Si je suis sa trace jusque dans
la tombe, nous vous préparerons, là-haut, une
place d'honneur, et nos âmes, heureuses de se
retrouver, s'uniront affectueusement dans une
prière fervente pour notre chère maman. Si la
Providence permet, au contraire, que je profite
de la victoire à laquelle j'ai si sincèrement travaillé, vous trouverez dans votre second fils
l'affection la plus profonde dont soit capable
un cœur : je vous aimerai pour deux! »

Lettre trouvée dans la capote d'un maréchal
des logis de cuirassiers, mort pour la France :

« Ma chère grand'mère, mon cher papa, ma chère maman,

» Pensant à ce qui pourrait bien m'arriver, n'en étant pas plus exempt que les autres, j'ai voulu vous faire ces lettres d'adieu pour vous avertir d'abord, et pour que vos sentiments soient guidés un peu par mes idées personnelles.

» Il faut des victimes dans une guerre : j'ai été choisi ; acceptez cette décision d'en Haut, avec soumission et en disant toujours : « Dieu » soit loué ! »

» Que votre vie ne soit changée en rien par le fait de ma disparition... Vous me retrouverez dans notre petit Pierre et dans la personne de ma chère femme, qui sera toujours votre fille dévouée...

» Mes chers parents, ne me pleurez pas, mais, au contraire, soyez fiers de ma mort : la France la vaut bien ! »

Je demande simplement s'il est possible, à un homme de bon sens et de bonne foi, de vouloir encore tarir ou diminuer l'une quelconque des sources, et surtout la première, d'où naissent de pareils sentiments ?

RÉFLÉCHIR!

21 Mars 1916.

J'ai présidé, dimanche dernier, les membres de la *Corporation des publicistes Chrétiens*, réunis en assemblée générale, et je leur ai dit ceci :

« Nous avons toute raison de croire que notre pays sera sauvé, et que la France connaîtra une victoire et une paix achetées au plus haut prix, celui du sang et de la souffrance de toutes les familles françaises. Il est impossible de soutenir que nous aurons dû le salut à notre organisation. Nous le devrons à la mystérieuse, à la providentielle renaissance des dons premiers de la race. Si l'on ne tient pas compte des défaillances et des taches, qui sont, en un certain sens, négligeables, on peut dire que la France combattante, mise tout d'un coup en présence des armées ennemies, et en péril de mort, s'est retrouvée telle que le monde l'avait connue aux plus grands jours de son histoire, et qu'elle étonne tous ceux qui la voient, comme un enfant qui naît, et dont le visage rappelle les traits d'un ancêtre lointain.

» Mais cette merveille, qui n'est point unique dans nos destinées, n'empêche pas tous les hommes de bon sens d'apercevoir et de convenir que nous ne saurions revenir à la politique ni aux mœurs d'avant la guerre. Appauvrie, en partie couverte de ruines et en partie dépeuplée, la France ne sera véritablement victorieuse que si la victoire ne la divise pas.

» Il importe, mes confrères et mes amis, que vous tous, qui êtes les soldats de la défense intellectuelle et de la propagande française, écrivains du livre ou du journal, vous portiez votre attention sur les réformes nécessaires, que nous mettions en commun nos

observations, et que nous n'ayons qu'une
même pensée et qu'une même action, soit
pour corriger, soit pour développer, soit pour
créer.

» Et d'abord, gardez-vous bien de n'envi-
sager que les revendications que nous avons à
faire en faveur de la liberté des consciences,
des œuvres, des ordres religieux et du culte.
Si légitimes qu'elles soient, elles n'entrent
que pour une part dans le souci que nous avons
du bien public. Nous ne sommes catholiques
que si nous cherchons ce qu'il y a de plus
juste et ce qu'il y a de meilleur pour tout
l'ensemble du peuple de France, et nous ne
sommes dignes d'un tel nom que si notre
charité s'étend à toutes les âmes, si notre esprit
s'intéresse à des misères dont nous ne souffrons pas personnellement, et à des progrès
dont profiteront d'abord les pauvres, les
faibles, les non protégés, les non compris,
les non aimés, c'est-à-dire, par définition, les
premiers de nos frères. Il faut qu'en vous
lisant, il faut qu'en étudiant vos plans de réor-
ganisation, les Français qui ne partagent pas
entièrement notre foi religieuse, ou qui en

sont mal instruits, sentent s'émouvoir en eux
cette vertu de l'équité, qui est la sœur timide
de la justice, et qu'ils disent : « Nous ne
» pouvons pas méconnaître ces hommes qui
» ne pensent pas seulement à leurs propres
» souffrances, mais à toute la souffrance
» humaine et à la gloire de chez nous. »

» Je vous invite donc à réfléchir plus spécialement à certains points que voici.

» La famille est atteinte, en France, par le
divorce; par la loi du partage égal et en
nature, qui rend très difficile la conservation
du foyer et celle de l'industrie familiale; par
l'organisation du travail, la femme étant
employée trop souvent hors de chez elle, ce
qui supprime la mère, et diminue, jusqu'au
désenchantement, la douceur de la maison;
par l'insuffisante répression de la propagande
d'immoralité; elle est menacée par divers
projets de loi, et, à titre d'exemple, par le
projet sur la tutelle des orphelins de la guerre,
emprunt direct à la législation de l'Allemagne,
qui met tout, même l'enfant, dans la main de
l'État.

» La propriété est traitée avec un tel sans-

gêne, soit dans le régime des successions, soit
dans celui des impôts, soit dans divers projets,
que l'appauvrissement général qui résulterait
de ce vaste système, en voie d'application,
amènerait les hommes à ce dilemme : la
paresse assurée de vivre ou la spéculation
indifférente au vol. Elle est le grand sti-
mulant du travail, et par conséquent, doit
être respectée et encouragée. Elle est une
garantie d'indépendance, et c'est pourquoi elle
appartient, comme un droit, non seulement
aux particuliers, mais aux associations. Par
exemple, il n'est pas admissible que les associations régulières ne puissent posséder librement et librement disposer de leurs biens. Je
le dis pour les catholiques, je le dis pour les
communautés religieuses aujourd'hui pros-
crites, je le dis pour les associations ouvrières,
qui n'ont aucunement la pleine richesse et la
pleine administration qu'elles devraient avoir.
Toute liberté dans cet ordre est un allégement
aux charges du budget et un élément de
vigueur nationale. Il faut s'élever contre le
préjugé stupide, entretenu soigneusement
contre la main-morte, par un État despotique

qui n'a pas d'autre propriété que celle-là.

La question de la natalité est une des plus graves de l'heure présente. Elle est liée à beaucoup d'autres, parce qu'elle est, avant tout, une question de mœurs. Vous l'étudierez comme la plus urgente. Vous vous rappellerez qu'il y a quelques semaines, M. Paul Leroy-Beaulieu déclarait, devant ses confrères de l'Académie des sciences morales et politiques, que si le mouvement décroissant de la natalité n'était pas arrêté, dans vingt ans nos armées seraient réduites de 800 000 hommes. Vous songerez, en même temps, aux privilèges à accorder, c'est-à-dire à la justice à rendre, aux pères de familles nombreuses, et aussi puisque l'occasion s'offre à moi d'en parler, aux hommes qui auront combattu, en première ligne, pour le salut de la France.

» Vous étudierez les programmes, à la fois pléthoriques et insuffisants, de l'enseignement primaire, et vous vous rendrez compte, en détail, des suppressions désirables. Il faut, pour une grande France, des esprits clairs, patriotes, respectueux, hauts d'honneur, et pourvus des notions morales qui commandent une vie

17.

utile et noble. Les progrès à faire vous appa-
raîtront aisément, même à travers la gloire. On
peut dire que, chez nous aussi, le pain est
rationné : mais c'est celui des âmes jeunes.
Beaucoup n'ont pas la nourriture morale qu'il
faut aux âmes dans le temps difficile où nous
vivons, ou n'en ont pas assez. Et je ne parle
pas seulement ici de l'enseignement public.
Vous réfléchirez également aux méthodes
diverses qui peuvent permettre d'associer à
l'œuvre de l'école, le plus étroitement possible,
les pères et les mères de famille, auxquels
appartient, essentiellement, le droit d'éducation.

» Nous devrons nous entretenir encore des
moyens les meilleurs d'augmenter la vie pro-
vinciale et de grouper, par exemple, dans des
assemblées autrement recrutées que les conseils
généraux, des représentants de métiers et de
professions, qui seraient, pour la région, une
force et un honneur, et, pour le pays, une
réserve d'hommes politiques compétents. Je
n'ignore pas que la décentralisation soulève
bien d'autres questions, mais le rétablissement
de l'honneur professionnel s'y trouve au premier
plan.

» Vous ne manquerez pas de vous instruire encore des progrès obtenus, en divers pays étrangers, dans ce que j'appellerai l'aménagement rural, dans la construction des fermes et des villages, condition essentielle d'un retour à la campagne. Vous comprendrez qu'après la guerre une foule d'industries peuvent être transportées ou créées dans nos campagnes, et qu'il y a, dans l'association ou dans le voisinage organisé de l'industrie et de la culture, des sources de richesse qui n'ont point été, jusqu'ici, développées.

» Je n'indique que pour mémoire la nécessité de reviser la Constitution, d'augmenter le pouvoir de l'exécutif, de protéger contre les effets de la perpétuelle offensive certains ministres essentiels, qui ne peuvent rien s'ils ne durent pas, et de donner aux libertés françaises une garantie permanente.

» Ce n'est pas, vous le voyez, les sujets de réflexion et de conversations qui nous manqueront. Votre rôle peut être considérable dans l'œuvre de demain, qui sera la réfection de la France en vue des temps nouveaux. Il faut vous y mettre dès à présent ; il faut commencer de

reconstruire, même à l'heure où les démolisseurs fouillent les décombres et font encore de
la poussière.

» Vous le ferez dans un esprit de patriotisme
et de foi, avec le sentiment que votre talent
d'écrivain vous a été donné pour servir. J'ai
bien souvent pensé à nos aïeux, bâtisseurs de
cathédrales. Ils choisissaient les plus solides
et les plus riches matériaux, pierre dure,
marbre, albâtre, — et comme elles sont fortes
et belles, aujourd'hui, les pierres de France!
— et il me semble qu'ils disaient : « Avec les
» pierres que vous avez faites, mon Dieu, nous
» élevons, respectueusement, l'édifice ; avec les
» doigts que vous avez pétris et qu'à chaque
» seconde anime un sang renouvelé ; avec
» notre esprit que vous avez créé comme une
» petite lueur destinée à s'épanouir en flamme ;
» avec le temps que vous mesurez ; avec le bel
» amour des lignes et des couleurs par quoi
» les choses approchent de la chaleur et de la
» vie. Rien n'est de nous, si ce n'est l'usage de
» notre liberté. Et la joie est en nous. L'édifice
» grandit pour votre gloire, pas pour la nôtre. »

» Faisons de même. »

L'EXEMPLE

12 Avril 1916.

C'est le nom le plus clément dont on puisse nommer la visite faite au pape par le premier ministre du royaume de Grande-Bretagne et d'Irlande.

Événement qui n'a point tenu dans les journaux la place qu'il tiendra dans l'histoire. Nous sommes parmi de si grandes choses, et qui se succèdent si rapidement, que la mesure exacte de chacune peut bien nous échapper. Au surplus, je crois qu'un nombre immense de nos concitoyens ont déjà médité sur cette initiative, qui est bien dans la manière anglaise : lente dans la préparation, décidée dans l'action et

sans retour. M. Asquith, passant à Rome, est
allé rendre visite à Benoît XV. Il y est allé
accompagné de sir Henry Howard, chef de la
mission spéciale de S. M. britannique auprès du
Saint-Siège, et le caractère de cette démarche
est très net. Représentant d'un pays où les
catholiques sont nombreux, soit dans la mère
patrie, soit dans les colonies; trop habile pour
donner le pas aux préjugés sur l'intérêt certain; trop intelligent pour ne pas prévoir, et
assez fier pour savoir rompre avec des habitudes : il a voulu entrer en conversation
directe avec le chef spirituel de la catholicité.

Ce n'est là, pour un homme politique
anglais, même whig, que le développement
naturel d'une tradition déjà ancienne, et dont
l'Angleterre n'a qu'à se louer : car ce respect
des consciences religieuses, difficilement obtenu, loyalement accordé, a mieux servi l'Empire que les traités d'allégeance, les conventions commerciales ou la puissance des
navires : il lui garantit la paix, l'obéissance, la
reconnaissance des peuples qui vivent sous la
loi ou l'influence anglaise. Le XVIII\ :superscript:siècle vit
les pires injustices des protestants anglais

contre les catholiques; mais quel changement
au XIXᵉ, et surtout depuis soixante-dix ans!
Comme ils ont bien compris, ces maîtres con-
structeurs, que tout ébranlement de l'arbre de
couche agitait le navire jusqu'à la pointe des
mâts! Et quelles récompenses ils ont reçues
avant la guerre, et dans cette guerre! Les
preuves sont manifestes. Dans la loyauté de
l'Empire, la gratitude a eu sa part. Voilà quelques mois à peine, un des hommes les plus
estimés du Canada, et l'un de ceux qui représentent le plus parfaitement la tradition française, sir Adolphe Routhier, — quel nom de
chez nous! et si vous voyiez le visage! et si vous
entendiez l'orateur! — disait, devant le duc de
Connaught, gouverneur du Dominion : « La
nation canadienne se compose de deux éléments principaux... L'un est français et parle
la langue française, l'autre est anglais et parle
la langue anglaise. Le premier est catholique,
le second est protestant. Mais les deux sont
unis et forment la nation canadienne... Le
dualisme canadien n'a pas encore une longue
histoire, mais il a déjà assez vécu et grandi
pour prouver sa vitalité, et pour compter sur

un grand avenir. Et quelles sont les raisons de
ces belles espérances? Je les trouve : 1° dans la
double autorité politique et religieuse, réguliè-
rement constituée dans notre pays; 2° dans les
libertés nécessaires appuyées sur l'ordre;
3° dans la famille, fondée sur la religion et
sur la morale; 4° dans la paix entre la religion
et l'État assurant la stabilité de l'édifice
social. »

Un tel hommage honore l'Angleterre. Il la
fortifie plus encore. Personne ne peut dire
quelles ont été les paroles échangées entre le
ministre du Royaume-Uni et le Pape : mais on
pourrait parier, sans risquer de perdre, que le
Souverain Pontife a félicité l'Angleterre protestante, pour plus d'un acte de respect et de
justice envers les catholiques, et que l'homme
d'État britannique n'a pas manqué de faire
allusion à cette paix future, où il sait bien que
le Pape, avec ou sans Congrès, aura son mot à
dire; où il sait également, de science très complète, que le Pape favorisera toutes les revendications du Droit violé.

Et nous, cependant, que faisons-nous? Ceux
qui nous mènent ont-ils le sentiment que les

grandes occasions pas plus que les petites, ne reviennent? Ne voient-ils pas que chacune de celles qui passent est comme un mot de reproche, plus ou moins retentissant, que l'histoire notera? Attendons-nous l'exemple d'Honolulu, ou celui des îles Aléoutiennes? Parce qu'on a été sot, en une certaine occasion, s'ensuit-il qu'on ait le devoir d'être bête dans la suite?

Or la cause est jugée. La rupture des rela_ tions diplomatiques avec le Saint-Siège a été une faute, et que la séparation n'entraînait nullement comme une conséquence, et n'excusait pas davantage. Tous ceux qu'on appelle des chefs, dans notre République, le reconnaissent et le disent. Pour entendre la note contraire, il faut chercher dans les groupes, parmi ceux dont on se demandera toujours et partout pourquoi ils sont ici plutôt que là, et ce qu'ils comprennent, quand, par hasard, les mots qu'on leur adresse, dépassant l'intérêt d'un moment et d'un homme, font devenir tout mats et dépolis des yeux tout à l'heure si luisants. Plusieurs peut-être de leurs devanciers avaient eu une illusion singulière : ils

avaient pu s'imaginer qu'une partie de l'Europe
admirerait ce geste de rupture, et l'imiterait.
Le rêve d'être un ancêtre fut mauvais conseiller.
Ils se sont trompés, là encore. Ils connaissent
mal la galerie européennue. A peine l'ambassadeur de France avait-il quitté le palais romain,
que des nations, jusque-là sans relations offi-
cielles avec le Saint-Siège, préparaient un concordat, cherchaient s'il n'y aurait point, pour
elles, quelque bien à saisir dans une succes-
sion en déshérence; se demandaient tout au
moins si l'heure n'était pas venue de prendre
ou de reprendre place dans ce merveilleux
centre d'informations, de conversations et
d'action politique, que fut toujours la cour
pontificale. Au lieu de nous valoir des sympathies, l'attitude de la France fut jugée avec
une sévérité qui, pour être discrète, n'en est
pas moins formelle. On alla même, dans l'ap-
préciation, beaucoup plus loin qu'on n'avait
le droit d'aller : jusqu'à la calomnie. On fut
naïf parfois et plus souvent méchant. Et
aujourd'hui, dans la terrible crise où les amitiés étrangères sont devenues si précieuses,
qui pourrait dire que nous n'avons pas de

nouvelles raisons de regretter ce qui nous fit paraître tout autres que nous n'étions?

Les temps sont venus de réparer l'erreur. Nos voisins nous donnent un exemple, et qui est de belle allure. Ayons autant d'esprit qu'ils viennent d'en montrer, une intelligence aussi claire et brave de ce qu'est aujourd'hui et de ce que sera demain.

LE « DROIT AU BONHEUR »

16 Avril 1916.

Nos hommes se battent si bien qu'ils ont déjà rétabli, par le monde, le prestige militaire de la France.

D'où vient ce courage que, bien souvent, l'éducation n'avait point préparé, et que plus d'une cause, évidente ou secrète, diminuait sûrement et menaçait de tarir? Comment expliquer cette transformation rapide des civils en soldats, des petites ambitions en grands dévouements, des souffre peu en souffre tout? La physionomie même de nos amis et de nos proches a changé et combien plus leur âme, qui a modelé ce visage à peine reconnaissable,

et l'a fait en moins de temps que n'eût mis un
sculpteur à dresser son ébauche? C'est un
problème dont la solution n'est pas simple, et
qu'on ne résoudra point par des mots seulement : il y faut des raisons. Dans la *Revue
bleue*, M. Paul Gaultier donne celle-ci :

« Qu'on y prenne garde! Voilà des employés,
des patrons, des ouvriers, des paysans, des
rentiers qui, avant la guerre, ne se souciaient
que de leurs petits intérêts, aimaient leur bien-
être, jalousaient souvent leurs voisins et
n'étaient guère, en général, portés à sacrifier
la moindre de leurs aises à l'intérêt public. On
les mobilise, on les habille, on les arme, puis
on les envoie au combat et, brusquement, ils
se muent en véritables héros, uniquement
soucieux de la grandeur de la France, jour et
nuit affrontant la mort et, pire que la mort,
la faim, le froid, l'insomnie, l'ennui, pour
sauvegarder le patrimoine national hérité de
leurs aïeux et qu'ils transmettront à leurs
enfants, sans peut-être plus jamais en jouir.
Voilà des âmes rudes et, pour la plupart,
égoïstes, qui sont parvenues, tout d'un coup,
aux plus hauts sommets du sacrifice et de

l'abnégation. Voilà des âmes simples d'intelligence et très souvent bornées, qui donnent
leur vie, non seulement sans compter, mais
d'un cœur allègre, pour les plus sublimes
notions qu'ait élaborées l'humanité. Comment
un tel miracle, — car cela en est un, si l'on
prend le mot miracle au sens d'événement
imprévu, — s'est-il opéré? Tout simplement
parce que, sous le coup de la menace allemande,
à la mentalité rationnelle s'est substituée tout
de suite, sous l'influence de sentiments communs et la plupart ataviques, une mentalité
essentiellement mystique. Il n'y a pas d'autre
explication. »

La question est ici bien posée : elle est
incomplètement résolue, ou du moins la solution vient trop vite, et les étapes disparaissent.

Pourquoi ils sont braves? Les hommes le
sont, quand la race est normale, et que ni
l'intelligence, ni le cœur, n'ont subi de corruption profonde. Le courage est une vertu naturelle. Une certaine rudesse et difficulté de
vie l'entretient. C'est ainsi que l'ouvrier
manuel, et plus peut-être que tout autre le
cultivateur, habitué à l'effort répété, endurci à

la morsure du chaud et du froid, moins
ménager de sa peine que du travail des bêtes,
souvent heurté, tailladé et piqué, sera plus vite
chez lui, dans la tranchée, qu'un huissier de
ministère. Il n'aura pas tant besoin qu'un plus
riche que lui, de raisonner sa hardiesse ou son
endurance, et l'habitude de ne point compter
sur le beau temps lui fera cette mine son-
geuse, qui accueille la misère comme la plus
vieille parente qu'on ait jamais connue. Supposez ce courage naturel pénétré par la foi.
C'est comme une paire d'ailes qui pousse à la
raison. Le domaine s'élargit. On sait mieux
d'où l'on vient, où l'on va, et pourquoi.
Toutes les obligations morales prennent l'autorité d'un commandement divin. Celui qui
souffre a moins de peine à comprendre la
souffrance et peut s'élever plus haut encore;
celui qui est commandé voit moins celui qui
commande et mieux l'autorité toujours divine
en soi et déléguée aux hommes; celui qui est
victorieux se sent plus pitoyable envers le
vaincu, car sa fraternité a des motifs nouveaux.
Et remarquez que les plus simples cœurs peuvent se prêter pleinement à cette grandeur-là.

C'est une hiérarchie invisible, où la surprise
est de tous les jours. Observez aussi qu'il n'y
a point seulement à y prendre place ceux qui
pratiquent en vérité leur religion. Un mouvement spontané de la volonté, un exemple, un
mot, un danger, un souvenir, peuvent y conduire jusqu'aux sommets, surtout dans un
vieux pays comme le nôtre, tout pétri par la
foi et le mérite des ancêtres, ceux-là mêmes qui
se croyaient démunis, plus ou moins, de l'idéal
secret qu'ils portaient en eux-mêmes. Combien
vivent, sans le savoir, de l'*ave maria* des
grand'mères inconnues! L'héroïsme de nos
troupes ne peut être bien compris sans cette
explication. Il a trop de sublime pour que
l'homme y soit seul. Paul Gaultier ne s'y est
pas trompé.

Pouvez-vous penser sans effroi que ce beau
courage, qui nous sauve aujourd'hui, a été
mis en péril dans les années qui ont précédé la
guerre? On l'attaquait dans toutes ses sources,
les humaines et les divines. Ce n'est pas seulement l'idée de patrie qui était diminuée ou
niée par quelques-uns : partout la doctrine du
moindre effort était insinuée. Le sacrifice et le

dévouement semblaient relégués parmi les con-
stitutions des anciens royaumes, et l'égoïsme,
sous des noms divers, assemblait de faciles
adorateurs. Rappelez-vous, en 1914, en 1913
et au delà, toute cette littérature, écrite ou
parlée, bêlant le « droit au bonheur »? On
mettait en romans cette misère mortelle; on la
mettait en musique; on l'affichait sur les
murailles. Les orateurs de carrefour, toujours
en quête des mots qui font voter, reprenaient
le thème du droit à la jouissance et le vulgari-
saient. Quel réveil! A peine ose-t-on aujour-
d'hui écrire de pareils mots. Où est-il, le droit
au bonheur? Est-ce les vivants qui le connaissent? Est-ce les maris qui se battent? Est-ce
les femmes qui attendent dans l'angoisse, ou
celles qui n'attendent plus? Et ne seraient-ce
pas les morts? Qui peut se vanter de l'avoir?
Qui en aurait l'audace? Que serions-nous
devenus, si cette formule d'égoïsme menteur
avait prévalu, et, au lieu de faire, comme elle
l'a fait, des victimes individuelles et des
défaillances isolées, avait eu le temps d'affaiblir et de pourrir la race?

Ah! quel mortel sophisme! Nous le voyons

18

en ce moment. Nous voyons le danger auquel
nous échappons. Mais il faut s'en souvenir à
jamais, et que la leçon suffise! Elle est de
taille.

LA DEVISE D'UN MARIN

23 *Avril 1916.*

Plusieurs livres, très différents par l'allure
et le style, ont déjà raconté les épisodes mari-
times de la Grande Guerre, comme la bataille
des îles Falkland et celle du Dogger Bank, ou
les croisières des bateaux de l'Entente, qui
enveloppent de leurs sillages presque toutes
les côtes de l'Europe, font la police des mers
et guettent les flottes, peu soucieuses de sortir,
de l'Allemagne et de l'Autriche. Je viens de
recevoir le plus récemment édité, les *Vagabonds de la Gloire*, par René Milan. Mon intention n'est nullement d'en rendre compte. Ce
n'est pas mon rôle ici. Je n'ai lu, d'ailleurs,

qu'un petit nombre de pages, assez cependant
pour voir clair dans deux sentiments de l'auteur : l'amour de la langue française et
l'amour de la France. Tous deux sont de belle
qualité.

Ce grand sujet de la guerre maritime en
1914, 1915, 1916, donnera naissance, comme
l'autre, comme celui de la guerre continentale,
à toute une littérature. Les officiers de la flotte
anglaise, — peut-être ce mince midship, tout
rasé, silencieux, dont le sourire était infiniment rare et infiniment jeune, et que je revois
toujours sur la passerelle de son destroyer; —
les ravitailleurs d'Arkhangel; les bombardeurs
périodiques des dunes belges transformées en
abris militaires, et des plages autrefois mondaines de Zeebrugge et d'Ostende; les ordon-
nateurs et convoyeurs des prodigieux trans-
ports de troupes entre l'Algérie, le Maroc et la
France; les marins de l'expédition des Dardanelles; les sauvages commandants des submersi-
bles allemands pourront écrire des mémoires
qui renouvelleront tous les thèmes de l'histoire
navale et des « voyages extraordinaires ».
Mais ils ne seront pas les seuls. Chaque nuit,

des flottilles qui ressemblent à la meute d'un
gentilhomme pauvre de mes amis, laquelle se
compose essentiellement de deux briquets
pour le lièvre, trois bassets pour le lapin, un
chien d'équipage pour le chevreuil et un fox-
terrier, le tout chassant d'accord, n'importe
quoi, sortent des ports de la Manche, le soir,
la nuit, au petit jour, et, naviguant tous feux
éteints, exécutent des randonnées dont l'âme
des vieux corsaires eût été réjouie. Contre-tor-
pilleurs, torpilleurs, chalutiers armés, entourant
quelquefois un de ces monitors anglais qui
lèvent assez haut, comme une pendule ren-
versée tendant son balancier, l'unique tourelle
juchée sur un trépied, s'éparpillent à l'est, à
l'ouest, contournent les bancs de sable, évitent
les champs de mines, s'arrêtent pour attendre
une patrouille allemande, repartent, rencontrent des torpilleurs ennemis, des poseurs de
mines, de faux navires marchands qui, tout
à coup, démasquent leurs batteries. La mer
du Nord et la Manche sont, presque chaque
nuit, le théâtre de duels terribles et à peu près
ignorés. Les communiqués ne peuvent pas
tout dire, les matelots ont défense d'écrire, et

la brume ne dit rien. Mais nous aurons, plus
tard, l'historien de ces combats dans l'ombre,
où le courage de nos marins et l'habileté de
nos officiers font l'admiration de ces connais-
seurs que sont les Anglais.

Je reviens aux *Vagabonds de la Gloire*. L'auteur a « vagabondé », surtout depuis le début
de la guerre, dans la Méditerranée. Il est le
poète des randonnées adriatiques et des croisières ioniennes. Je ne citerai qu'un fragment,
à cause de la leçon qu'il enferme, et que l'auteur a mise là, sans s'en douter.

Le croiseur parcourt l'Adriatique. Un navire est signalé au large. On va le reconnaître. S'il est neutre, ordre lui est transmis : Arrêtez-vous, sur-le-champ! S'il n'obéit
pas, un premier coup de canon à blanc rend
plus clair l'avis déjà donné. Comment se fait
la visite? C'est très joliment raconté, mais
avec trop de détails pour que je puisse trans-
crire tout le récit. « En un clin-d'œil, une
de nos baleinières descend à l'eau, son équipage saisit les avirons; l'officier de corvée,
armé du sabre et du revolver, muni d'un
grand registre, saute dans l'embarcation qui

s'éloigne du bord... La baleinière accoste le
vapeur, sur la muraille duquel se balance une
échelle de corde, parfois une simple corde à
nœuds. Pourquoi sont-elles toujours trop
courtes?... A bras tendu, empêtré d'un sabre
et d'un registre, sanglé dans une redingote qui
n'est point taillée pour la voltige, l'officier
s'efforce de saisir l'échelle... Pour quelques
secondes, il exécute du trapèze volant; une
lame s'amuse à le lécher jusqu'aux genoux,
aux hanches, à la poitrine; d'un vigoureux
rétablissement, il gagne quelques échelons, se
hisse aux cordes glissantes, enjambe le bastin-
gage, et pose enfin les pieds sur le pont. »
D'abord, accompagné du capitaine, du commissaire et du matelot d'escorte, l'officier gagne la
chambre de navigation, où sont les papiers du
bord. Les papiers sont en règle. Alors vient
l'interrogatoire : D'où venez-vous? Où allez-
vous? Où vous êtes-vous arrêté? « Pour venir
en aide à son commandant, le commissaire du
navire se multiplie, remplit un verre de
liqueur, débouche une bouteille de champagne,
glisse la coupe fumante entre deux questions
incisives. La main française repousse courtoi-

sement ces offres d'Artaxercès. Le commissaire,
à son tour, passe au banc des accusés. Il
déploie et explique les listes de marchandises...
Chaque ligne contient un piège... D'un calepin,
tenu à jour sur les navires de guerre, l'officier
extrait les listes d'expéditeurs, de destinataires
favorables à nos ennemis, et vérifie que leurs
noms ne figurent pas sur les papiers du bord... »
Puis, tous les passagers s'alignent sur le pont,
chacun tenant à la main ses pièces d'identité.
Ils sont là, graves, irrités, amusés, inquiets,
indifférents, selon le tempérament, les risques
possibles de l'aventure, et la qualité du passeport. Des compatriotes, des Anglais, des Anglaises, des Russes qui voudraient bien causer
avec l'officier ; des Levantins, des Chiliennes,
des Hollandais, des Arabes, qui répondent
tantôt en leur langue, tantôt en français des
Échelles : il faut tout interroger. Parmi eux.
l'officier découvre un ennemi, un Allemand
voyageant sous un faux nom. Une visite domi-
ciliaire, une inspection rapide des valises, dans
la cabine, confirment les soupçons. « Désormais, il faut *conclure l'affaire avec décision,
avec élégance, à la française.* Investi de pouvoirs

discrétionnaires sur un bâtiment neutre, l'officier visiteur est tenu à des courtoisies qui
satisfassent les plus chatouilleux. Son attitude,
le ton de sa voix, la qualité de ses paroles
affirment, en un milieu souvent hostile, toujours ombrageux, la volonté souveraine de la
patrie. L'état-major du navire, son équipage,
ses passagers, forment un aréopage de juges
sarcastiques, de témoins libres qui dauberaient,
aux quatre coins du monde, sur la moindre
maladresse. Enfin nous avons la coquetterie
de ne point imiter les goujateries de nos adversaires. L'officier visiteur s'arrête en face de
l'Allemand, l'interpelle par son nom, pose un
doigt léger sur sa manche ou son épaule, et dit,
sans élever la voix : « Je vous fais prisonnier.
» Suivez mon matelot, qui va prendre vos ba-
» gages et vous conduire dans la baleinière... »
On n'ajoute rien. Ce qui est dit est dit. Tout au
plus, si la scène devient pénible, l'officier se
tourne vers le capitaine... Cela suffit... »

Les nuances sont toutes justes dans ce morceau; je ne dis pas seulement celles du style,
mais celles de l'action. Cette surveillance de
soi-même, de son geste, de sa voix, de ses

mots, cette volonté de mettre de la courtoisie
dans la police de guerre, ce constant souci de
ne pas faire tort à la patrie, et de se montrer
digne d'elle, et d'agir, en toute chose, à la française, c'est une règle de conduite générale.

Il n'est pas besoin de la rappeler à ceux qui
se battent pour la France. Qu'ils commandent
ou qu'ils obéissent, ils sentent que tout ce
qu'ils font aide ou dessert le pays tout entier.
La jalousie d'un chef ou son imprudence, la
négligence d'un soldat ou son insubordination,
seraient des coups directs portés à la patrie en
guerre.

Mais les civils, eux aussi, chaque jour et en
mille occasions, peuvent être cause de force ou
de faiblesse. Ils n'y pensent pas tous, ou pas
assez. L'image devrait leur être toujours présente « des juges sarcastiques, des témoins
libres qui dauberaient, aux quatre coins du
monde, sur la moindre maladresse ». S'ils
écrivent, ont-ils toujours pesé leurs mots?
S'ils parlent, les ont-ils comptés? S'ils sont
des hommes politiques, ont-ils aperçu, au
moment de voter, l'image de cette joie mauvaise que le vote peut éveiller au delà des

frontières, ont-ils songé que le renom de la
France est ainsi magnifique et jalousé, que
toute injustice par nous commise dans nos
discussions de famille et nos lois intérieures,
nous fait plus d'ennemis à l'étranger qu'elle ne
fait de victimes en France? S'ils n'ont d'autre
pouvoir que celui d'élire, se sont-ils toujours
souvenus de l'exercer « avec élégance, à la française »? Quand nous fondons une entreprise
industrielle ou commerciale, choisissons-nous
l'industrie ou le commerce qui peut le mieux
refouler la concurrence étrangère et avancer la
conquête française?

Dans la France de demain, ce sera, je
l'espère, la coutume de tous de regarder aux
neutres et à l'ennemi, d'avoir l'œil à la fenêtre,
et d'agir, en chaque occasion grave, comme
l'officier visiteur, qui ne veut pas qu'à cause de
lui on médise du pays.

LE MINIMUM DE SALAIRE

30 Avril 1916.

Nous sommes entrés, depuis longtemps déjà,
dans la voie des lois dites sociales, lois
d'exception, en somme, dont la plupart seraient
sans objet dans une société où l'organisation
du travail serait complète et le devoir suffisamment enseigné. Je tâcherai quelque jour
d'exposer cette vérité pleine de conséquences.
Aujourd'hui, je veux seulement indiquer l'économie de la plus récente de ces lois ; de la plus
discutée, de la plus timide si l'on considère
les limites volontairement étroites qu'elle s'est
taillées dans un vaste domaine ; de la plus en-
treprenante, quand on songe qu'elle fait inter-

venir l'État dans le contrat même du travail :
je veux dire celle du 10 juillet 1915 sur le minimum de salaire.

C'est un essai. On attend les résultats. On
sait bien que l'expérience est le souverain juge
de ces tentatives de réformes qui touchent à
tant d'intérêts, à tant de coutumes, à tant
de sentiments, et parfois, quelle que soit l'intention, peuvent les froisser tous ensemble.
La matière que prétend ici réglementer l'appareil toujours pesant et mécanique de la loi,
c'est la vie elle-même, et c'est la souffrance.
Tous ceux qui vivent, par profession ou par
amour, dans la familiarité du monde où le
pain quotidien n'est pas assuré, connaissent
l'extrême sensibilité de la misère, l'impuissance des formules et du remède uniforme.
C'est donc bien un essai. Que donnera-t-il?
Qu'a-t-il donné?

Le mal, lui, n'est pas douteux. Il y a longtemps que les sociologues ont dénoncé l'abais-
sement des salaires des ouvriers et ouvrières
travaillant à domicile : la première proposition de loi du comte de Mun, tendant à établir un minimum de salaire, est du 2 avril 1909.

19

L'idée est plus ancienne. On a voulu lutter contre les causes multiples de l'avilissement des salaires qui sont principalement, pour cette sorte d'industrie chez soi, l'extrême concurrence, et les intermédiaires, commissionnaires, sous-entrepreneurs. Et la loi, choisissant son milieu d'expérience, a commencé d'établir un minimum de salaire pour les ouvrières « exécutant à domicile des travaux rentrant dans l'industrie du vêtement », tailleuses, jupières, chapelières, cordonnières, lingères, brodeuses, dentellières, plumassières, gantières, soit un ensemble d'environ 850 000 personnes.

Elle est, d'ailleurs, un curieux exemple de loi souple, et un simple règlement d'administration publique pourra étendre ses dispositions à d'autres industries.

La détermination du salaire minimum est confiée à des *Comités de salaire* et à des *Comités professionnels d'expertise*, délégations des conseils de prud'hommes, présidées par un juge de paix. La mission de ces comités est des plus difficiles. Ils doivent rechercher quels sont les salaires payés, dans la région, aux

ouvrières de chacune des spécialités de l'industrie du vêtement, travaillant en atelier, puis,
ayant établi ce « salaire au temps », indiquer
le temps nécessaire pour l'exécution de chaque
pièce industrielle, par exemple d'une chemise,
d'une paire de gants, d'une forme de chapeau,
d'un col brodé. L'ouvrière à domicile gagnera
donc le même salaire que l'ouvrière en atelier,
ou pourra le gagner, le salaire aux pièces
ayant été converti, par cette méthode, en salaire
au temps. Le minimum, dans la confection à
la machine, est de 3 francs par jour ; telle
jupe demande 6 heures de façon : elle sera
donc payée 1 fr. 80.

Les précautions les plus minutieuses sont
prises, afin que les tarifs soient publiés et
affichés, et que l'inspecteur du travail ait les
moyens de contrôle suffisants. Si l'ouvrière ne
reçoit pas, en fait, le salaire ainsi réglementé,
elle peut réclamer devant le conseil des pru-
d'hommes. Le plus souvent, elle ne le fera pas,
par timidité, par ignorance ou simplement par
cette raison que formulait devant moi une
femme dont la vie se passe au milieu des
ouvrières et à leur service : « Elles sont plus

mères qu'ouvrières. » Beaucoup de choses
tiennent dans ces mots-là, qui sont, au fond,
un bel éloge de l'ouvrière française. Il se peut
donc que la loi ne soit pas respectée, et que
l'intéressé n'invoque pas son droit. Mais les
législateurs y ont pourvu. Je suis trop heureux de pouvoir rendre justice à quelques
hommes compétents, qui se sont inspirés de
l'idée grande de l'honneur du métier, et qui
ont armé le syndicat professionnel, celui de la
couture, celui du gant, celui de la plume, et
les autres, du pouvoir de redresser l'erreur
et de rétablir le principe. Remarquez-le,
notez-le comme un signe précurseur : le syndicat n'agit pas comme mandataire de l'ouvrière lésée; il a un droit propre, un droit qui
n'est point fondé sur l'intérêt privé, mais, ce
qui est d'une autre dignité, sur le bon ordre
de la corporation et sur l'intérêt supérieur,
dont il est le représentant, chargé, comme l'a
dit très joliment M. Lerolle, « de faire régner
l'honnêteté dans le travail ».

Voilà donc, exposée dans ses traits les plus
généraux, la loi sur le minimum de salaire.
Qu'on me permette, à présent, un certain nom-

bre de réflexions. Elles montreront, à ceux qui
n'auraient pas étudié notre législation du travail, la complexité des problèmes à résoudre,
et parmi quelles extrêmes difficultés les philo-
sophes sociaux essayent de faire progresser
leur œuvre.

L'État intervient dans la fixation des salaires.
De quel droit? Il n'est point partie au contrat,
il n'est ni ouvrier, ni patron. Il s'impose à deux
libertés, et il les limite. Ce pouvoir, il ne le
tient ni de la nature du contrat, ni de la volonté
des parties, dont l'une au moins a intérêt à le
récuser. Aussi beaucoup de personnes ne le
considèrent-elles point comme légitime. Il
s'en trouve même parmi les partisans les plus
ardents de la loi de 1915. Leur langage, à la
Chambre, au Sénat, dans les rapports, montre
bien le doute qu'ils gardent sur le principe
même, et l'auteur d'une étude approfondie sur
la législation anglaise, relative aux comités de
salaire, M. Barthélemy Raynaud, pour juger
de telles mesures, inventait-il cette formule :
« Ce sont des législations *in extremis.* » Le mot
est assez juste. L'État agit ici comme gardien
de la justice générale. Son droit, que tant

d'abus nous portent à contester, n'en est pas moins certain. Mais on doit ajouter aussitôt que l'État qui le possède ne peut pas l'appliquer. La vraie manière d'exercer un pouvoir si intime dans le monde immense des intérêts, c'est de l'abandonner aux règlements privés des collèges du travail, comme disait Léon XIII. En avons-nous?

Voyez, en second lieu, comment les questions qu'on croit résolues ne le sont pas, ou plutôt comment les premières difficultés, quand nous les avons vaincues, nous laissent devant d'autres, souvent plus grandes : successions de collines, rudes à monter, dont chacune est l'écran qui cache la suivante. Jusqu'à présent, soixante-dix-neuf comités de salaires ont déterminé les salaires minima au temps. Ils n'ont pas tous suivi la même méthode. Les uns ont tenu compte des différences profondes qui existent entre une profession et une autre du même groupe d'industrie, certains travaux exigeant un long apprentissage, ou plus de finesse de main, ou plus de force, ou l'acquisition première d'outils ou de machines. Les tarifs établis par eux sont donc nuancés, et, tout de suite, vous reconnaîtrez là l'esprit de métier, l'esprit professionnel. Au contraire, la plupart des conseils de prud'hommes socialistes ont répondu par une affirmation unique : il faut payer telle somme à l'ouvrière de l'industrie du vêtement, quoi qu'elle fasse, que ce soit de la broderie, de la chaussure ou des gants. Et c'est là une indication curieuse de l'orientation du socialisme, organisation politique et non pas organisation de métier, groupement qui se soucie peu de la qualité du travail, et compte seulement les ouvriers. Rien ne serait moins juste et rien ne serait plus dangereux, pour l'avenir du travail français, que cette égalité brutale. L'ouvrière qui voit que son art ne lui est point compté; celle qui a payé des années d'apprentissage afin d'apprendre un métier difficile et joli, où il faut du goût, de l'esprit, de la finesse de main; celle qui avait acheté, de ses économies premières, les outils de la profession, ou les avait pris à crédit, que feront-elles, si elles constatent que les juges du salaire minimum ne font aucune différence entre elles et la simple manœuvre, et faussent, à leur détriment, la justice? Elles seront tentées de

regretter ce qu'elles ont fait; elles se diront à
tort, mais elles se diront qu'elles auraient
gagné autant avec un effort moindre; elles
élèveront leurs filles, dans le dédain du métier
maternel, et, finalement, la France risque de
perdre, peu à peu, quelques-unes de ses élites
ouvrières. Il faut espérer que la commission
centrale, qui siège au ministère du travail,
réformera ces sentences mal venues et si peu
professionnelles. On peut supposer d'autres
erreurs du comité de salaire, et, par exemple,
qu'il exagère le minimum dans telle industrie.
Peut-être le patron avait-il déjà grande peine
à maintenir son usine ouverte : il sera obligé
de la fermer, et, une fois de plus, la concurrence étrangère aura place libre.

Cette loi pénétrante, qui sera bienfaisante
ou dangereuse, selon la conscience et l'habileté
des agents chargés de l'appliquer, à quelles
mains l'a-t-on confiée? Je l'ai dit : aux conseils
de prud'hommes. Ils ne sont pas sans compé-
tence. Mais ils n'ont pas été nommés pour
faire de telles enquêtes. Il peut arriver qu'aucun de ceux, patrons ou ouvriers, qui siégeront
dans les comités de salaire, n'appartienne à la

catégorie des industries du « vêtement à domicile », et que l'atelier décide le taux du travail isolé. Je vois aussi le juge de paix, j'aperçois le préfet. Solutions hybrides et provisoires. Et ce sera là ma conclusion. De telles lois supposent, pour être équitables, et simplement pour être quelque temps vivantes, une organisation du travail que nous n'avons pas, et qu'il faut faire. Pour délibérer sur les intérêts professionnels, il est nécessaire d'avoir des syndicats professionnels, non politiques, mixtes au moins par la pointe, afin que les chances d'entente soient augmentées et les chances de rivalité diminuées. Je connais plusieurs syndicats du vêtement recommandables et d'origine catholique : syndicat des ouvrières à domicile, 38, rue Vercingétorix; syndicat des ouvrières de l'habillement, 5, rue de l'Abbaye; syndicat des ouvrières de la couture, 5, rue des Petits-Champs. Mais combien d'ouvrières, dans cette seule industrie, ont négligé ce puissant moyen de protection? Combien dans les autres? Il est urgent, il est digne de l'intelligente et tendre charité chrétienne, de multiplier les corporations ouvrières, les organisations, non de lutte,

19.

mais d'arrangements, et de laisser les patrons
et les ouvriers délibérer sur les intérêts de la
profession. Eux seuls ils les connaissent bien, et
ils ne se connaissent pas assez, le plus souvent,
au grand dommage des uns et des autres. Il
importe aussi de ne pas constituer des groupements sans autre puissance que celle de la
passion et sans responsabilité. Le système
actuel est détestable, qui limite étroitement la
propriété et le droit d'administration des syndicats. Ils doivent être riches et libres de leur
fortune.

Ah! que ce monde immense du travail a
besoin d'être aimé, servi et libéré des doctrines
de mort!

LA CONNAISSANCE
DE SOI-MÊME ET D'AUTRUI

2 Mai 1916.

Un des grands effets de la guerre aura été de
faire connaître à beaucoup d'hommes ce qu'ils
étaient eux-mêmes et ce qu'étaient leurs semblables. Avant qu'elle n'éclatât, modifiant d'un
coup toutes les conditions de l'existence, je
me souviens d'avoir déploré, plus d'une fois,
que les Français fussent juxtaposés par groupes,
et qu'il y eût, entre ces familles artificielles,
si peu de pénétration. On était paysan, ouvrier
de la métallurgie ou de la laine, mineur ou
soyeux, tanneur ou teinturier, employé de
commerce ou de grande société, propriétaire

rural, fonctionnaire, avocat, et le reste : mais
que les relations étaient courtes et permettaient
mal de juger ceux d'à côté, ceux du clan plus
ou moins proche, des êtres fraternels pourtant
et des amis possibles!

A peine, quelquefois, pouvait-on regarder
par-dessus la haie d'épines noires. Individua-
lisme, esprit de jalousie dont vit la Révolution
et dont meurent les pays, défiance, défaut
d'une large organisation du travail qui montre
à chacun sa place et son honneur dans la
puissance commune, et aussi, il faut bien le
dire, activité trépidante, manque de loisir,
rigueur de ces grandes villes contemporaines
qui parquent les riches, les demi-riches et les
pauvres dans des quartiers différents, et, sépa-
rant les habitations, éloignent jusqu'à les supprimer les occasions de rencontre : voilà les
causes.

On s'ignorait les uns les autres. En ce temps-
là, — ne trouvez-vous pas qu'on parle volontiers des années qui ont précédé la guerre
comme d'une époque ancienne? — les seuls
juges à peu près sûrs des âmes françaises,
c'étaient les vieux missionnaires habitués à

prêcher et confesser, tantôt dans une province et tantôt dans une autre, pleins d'histoires, riches de mots populaires, observateurs qui pouvaient beaucoup voir et souvent comparer. C'étaient encore les directeurs de patronages, dans les grandes villes, et quelques industriels, que leur état obligeait aux voyages, et que le goût de la philosophie sociale, ou simplement l'amour passionné de la patrie, inclinait à l'étude des milieux. Ceux-là savaient le nombre et la gravité des maux dont nous souffrions, mais aussi les ressources prodigieuses de ce peuple, et les signes déjà nés du renouveau.

La littérature dépeignait surtout nos misères. Les dilettantes essayaient d'en rire. Les réalistes nous en accablaient. Ils grossissaient nos défauts, ils généralisaient les vices, ils en inventaient. L'affreuse humanité de leurs romans, sortie d'une imagination sale et d'une observation superficielle, était reçue à l'étranger avec beaucoup d'honneur, comme une image fidèle de la France, et diminuait chez nous, même parmi les meilleurs, la confiance dans nos destinées.

Vous rappelez-vous le refrain qui nous revenait d'Allemagne, poussé par le vent d'est :
« Peuple en décadence, nation corrompue,
nation finie »? La protestation qu'il soulevait
n'empêchait pas de l'entendre. Aucun grand
mouvement national ne permettait plus de
répondre victorieusement, et de parler de
l'unité du pays, de la volonté du pays, de
l'honneur vivant du pays. Et cependant la
vérité était là.

Après deux ans de guerre, lisez les livres,
les notes, les lettres des jeunes écrivains qui se
battent; tout ce qu'ils écrivent porte le signe
de cette vertu première : la sympathie de
l'homme pour l'homme. Les journaux qui
interrogent les auteurs et leur demandent ce
que sera la littérature, après la paix, ne peuvent
recevoir d'autre réponse que celle des préférences individuelles. Nous manquons décidé-
ment de renseignements sur l'avenir, même
dans la presse d'informations. Cependant, il
semble très probable que nous ne reverrons
plus, si ce n'est par exception, de ces œuvres
romanesques, écrites sans fraternité, et qui
faisaient de nos contemporains, gens du peuple,

gens du monde, des brutes passionnées, différentes d'éducation, d'orthographe et de prononciation, mais non point de bassesse. Toute cette littérature de mépris a vieilli d'un siècle en vingt mois. L'œuvre d'Émile Zola et de plusieurs autres, à qui certains reprochaient seulement d'être ordurière, apparaît aujourd'hui telle qu'elle est avant tout : inexacte. La guerre est un terrible critique de lettres. Elle a jugé d'un coup ces mortelles inventions, et démontré aux gens de France que l'estime réciproque, sans laquelle il n'y a point de patrie, est bel et bien fondée autant que nécessaire.

Lisez les carnets de soldats, je le répète, et lisez les lettres. Les hommes qui souffrent avec d'autres hommes les comprennent enfin ; ils aiment d'eux quelque chose ; ils admirent un mot, un trait, le courage d'une minute, la patience des longs jours : et tout est renouvelé. Quelle maîtresse d'amour que l'épreuve commune ! Comme ils en sont grandis, ceux qu'on voyait à peine et qu'on n'entendait point ! Un ami que j'ai, sous le feu de l'ennemi, m'écrit, datant sa lettre du dimanche des Rameaux, une

petite lettre au crayon, sur un bout de papier :
« J'ai vu des messes dites dans les bois et dans
les tranchées. Mais que celle-ci était belle,
dans cet ancien cabaret bombardé, tandis que
les obus tombaient tout près, sans cesse! Un
mauvais piano remplaçait l'orgue ; on chantait;
on a distribué des rameaux deux fois sacrés.
Et à ces crucifiés on a lu le récit de la Passion. »

Vous reconnaissez l'accent de la forte tendresse. Ces hommes-là, que de services ils se
sont rendus les uns aux autres, l'officier aux
soldats, les soldats entre eux! Qui pourra dire
la charité dépensée en un seul jour d'un bout
du front à l'autre, les consolations, les confidences, les encouragements, les assistances, les
privations subies, les dangers acceptés ou
même recherchés pour que le camarade,
étranger peut-être la veille, et tout nouveau
dans la section, échappe au mauvais sort?
Tous ceux-là que leur âge ou leur volonté a
inscrits dans cette rude école se sont libérés en
partie de l'égoïsme ancien. Ils veulent demeurer
unis, même après la guerre, et ils ont déjà
décidé qu'ils formeraient des associations de
vétérans. L'un d'eux me disait, au moment de

quitter sa femme et ses enfants, et avec la simplicité de la douleur véritable : « Heureusement qu'on va retrouver sa famille de là-bas. »

Jamais le sentiment de l'unité française n'a pénétré tant d'hommes, ni si profondément.

Je pense aussi à plusieurs de ceux qui ne se croyaient capables de rien de grand, et qui s'aperçoivent à présent qu'ils se trompaient. Ils étaient dévoyés; ils ne se sentaient pas le courage de reprendre la voie droite; peut-être ne l'avaient-ils pas : la guerre les a contraints de l'avoir. Ils étaient d'une extrême timidité, et voici qu'ils ont pris de l'audace. Ils paraissaient tellement déshabitués de l'effort qu'on se demandait, en les voyant partir, combien ils supporteraient d'étapes : ils ont dû marcher pour se défendre, obéir pour vivre, et ils sont redevenus des hommes. Il y a chez nous, comme dans les champs, un sous-sol, et l'herbe de la surface ne dit pas toujours ce qu'il vaut.

Je me rappelle un brave garçon, si timide, gauche et emprunté, que ses amis souriaient malgré la gravité de l'heure, en le voyant

habillé en soldat. Il n'avait pas, et sans doute
il n'aurait jamais l'allure recommandée par la
théorie, « cette allure fine et dégagée qui con-
vient au soldat d'infanterie ». Je l'ai revu. Il
est demeuré timide, en apparence. Mais il a
fait toute la campagne, depuis le 2 août 1914;
il a deux fois parcouru le front, de Nieuport à
Verdun; a participé à deux grandes batailles;
a été deux fois cité à l'ordre du jour, et une
fois blessé. Comme la blessure était assez
sérieuse, et que l'homme, ouvrier métallur-
giste, aurait pu obtenir aisément d'être envoyé
à l'arrière, le capitaine lui demanda :

— Pourquoi ne voulez-vous pas? Vous
n'osez pas écrire une lettre? C'est ça, je parie?

— Non, mon capitaine.

— Vous avez une raison alors, une vraie?

— Oui, mon capitaine.

— Laquelle?

— Mon capitaine, j'ai vu arriver le Boche;
je veux le voir repartir.

La France a repris conscience d'elle-même :
et c'est un grand événement.

LES SOMMETS

9 Mai 1916.

J'accorde que nous jugeons souvent mal de
la sainteté, qui est une perfection d'ensemble.
Le mot nous vient aux lèvres, comme le plus
bel éloge que nous puissions prononcer, dès
qu'une action nous est racontée, très supérieure
au courage moyen ou à la moyenne probité.
Je conviens que nous avons la canonisation
facile en temps de guerre.

Cependant, il n'est pas douteux que nous
n'ayons des saints dans nos armées, plus peut-
être qu'aucune époque n'en a connu, et que
chaque jour ne voie un certain nombre de
traits, la plupart sans gloire, à peine devinés,

sans récompense humaine, et qui relèvent assurément, par la beauté de l'effort et par l'intention, de l'ordre de la sainteté. Il en est de
même de certaines paroles.

Je citerai trois lettres, ou plutôt trois fragments d'assez longues lettres. La première a
été adressée à un ami qui me l'a communiquée,
par un combattant, et autant que je puis le
savoir, elle arrive du front de Verdun.

« Je viens à vous, car j'ai grand besoin de
votre soutien. Moralement et physiquement, je
vais bien. Les violents bombardements que
nous subissons me fatiguent beaucoup cependant, et c'est les nerfs qui sont atteints.

» C'est de cela que je veux vous parler... Je
ne suis plus courageux comme les premiers
temps; je me prends à trembler, et la crainte
de la souffrance et de la mort m'envahit sans
que je puisse m'en défaire. Je pense à ma
chère femme et à mes enfants, et cela avive
encore ma tristesse. Je me dis qu'il faut
réparer le mal fait autrefois, et j'offre tout à
Dieu, en lui disant : « Que votre volonté soit
» faite ! » Mais c'est là un raisonnement, plutôt
qu'un élan du cœur, qui redoute au fond les

douleurs à subir. J'entends un petit oiseau chanter; il ne redoute pas les obus, et cependant il pourrait être aussi bien touché que nous. Voilà comment je voudrais être, sans inquiétude, sans ce serrement de cœur et cette angoisse qui m'étreignent quand la mort passe tout près.

» Est-ce donc impossible?... Que je suis petit, et que je m'en rends bien compte! »

Quel beau scrupule, dans ce courage qui s'interroge, et ne se trouve pas assez parfait! Quelle sûre analyse! Et comme on devine bien, à une certaine aisance de la phrase, que celui qui écrit est coutumier de ces méditations! Un soldat cependant, perdu dans la foule, de même que le second, un menuisier d'art de Paris, et dont la lettre est parente de la précédente, parente riche, si vous observez la netteté et l'éclat même des formules. Et rien de tout cela, ni fond ni forme, ne rappelle les clichés des lectures quotidiennes.

« Je reconnais l'utilité du sacrifice... Les circonstances actuelles se prêtent merveilleusement à l'élévation des âmes. Ma mère a eu la confirmation officielle de la mort de mon frère.

Sa résignation et son langage donnent l'exemple d'un parfait amour de Dieu. Ces larmes sans amertume sont, je crois, capables de gagner le ciel à ceux qu'on pleure. *Certainement l'élite se forme, et prend racine dans le sang des morts... Peu importe la durée de la vie, pourvu que cette vie soit un acte d'amour...* »

La troisième lettre est celle d'un jeune prêtre que je nommerai. Il a été tué, d'une balle de shrapnell, le 3 avril, à trois kilomètres de Reims. Avant la guerre, l'abbé Gabriel Choimet était répétiteur à l'école Saint-Stanilas, de Nantes. Réformé, il demanda à partir comme aumônier. Il avait 27 ans. Les soldats qui l'ont relevé, dans la tranchée, ont trouvé sur lui cette lettre testamentaire, adressée à ses deux sœurs, religieuses bénédictines. Elle est si belle, que ceux-là mêmes en seront émus, auxquels peuvent échapper quelques-unes des raisons d'un si calme sacrifice et du désir même de mourir, si vivre devait être moins parfait que mourir. Nous devons publier de tels documents, parce qu'ils sont, à la calomnie, une réponse qui la domine infiniment, et que le

pays tout entier est honoré, où vivent de telles
âmes.

« Dieu, — les âmes, — la France.

» Ma bien chère petite Edith, ma bien chère
petite Alice, si vous recevez cette lettre, c'est
que le bon Dieu aura accepté le sacrifice que,
depuis longtemps déjà, je lui ai fait de ma vie.
Avec moi, mes bien chères petites, il faudra,
non pas pleurer, mais remercier Dieu, qui aura
exaucé ma prière.

» Elle a toujours été en effet : mon Dieu,
faites en moi votre sainte volonté. Si, fidèle à
votre grâce, je puis vivre uni à vous malgré les
distractions, les tentations, les épreuves, devenir même, à cause d'elles, meilleur et plus
saint... j'accepte avec amour de vivre, quelles
que soient les croix à porter. Mais si, cédant à
ma faiblesse, *je dois vieillir en devenant moins
prêtre*, en comprenant moins la croix, si je
dois me rechercher et travailler pour moi, au
lieu de travailler pour les âmes et en définitive
pour Dieu, prenez-moi de suite près de vous,
pour que, du moins, vous retiriez de ma mort
ce que je n'aurais pas eu le courage de vous
donner par ma vie : un peu de bien fait aux

âmes, un peu d'amour et de gloire pour vous...

» Il faudra vous dire, mes chères petites sœurs,... et vous ferez savoir tout cela à papa, Fernand, Violette et Madeleine, que, maintenant plus que jamais, j'aime chacun de vous; que je veille davantage sur vos âmes; que je vous suis dans chacune de vos journées, partageant vos joies et vos peines...

» Vous prierez aussi pour que ma mort obtienne de Dieu ce que je lui demande en lui offrant ma vie. Mon Dieu, je vous offre mon pauvre sang, afin que votre règne arrive, et que votre volonté soit faite; établissez votre règne dans toutes les âmes! »

Il n'est guère possible à une créature de monter plus haut, ni de se montrer plus fraternelle, ou d'une plus large fraternité.

Comment expliquer, humainement, que la haine la plus tenace réponde à cet amour-là?

Ce qu'il faut retenir, et ce qui m'a fait rassembler ces fragments de lettres, venues de trois points différents du front de bataille, c'est que la France, dans ses prêtres et l'élite de son peuple, sans distinction de rangs, est une nation toujours pénétrée de surnaturel, et que nul ne peut la comprendre, ni espérer pour elle assez fortement, s'il n'a d'abord appris cette vérité, qu'on enseigne peu dans les histoires.

HISTOIRE
DE DEUX FLEURS BLEUES

14 Mai 1916.

Vous souvenez-vous de ce temps où quelques-uns de nos peintres, appliqués et charmants, organisaient des expositions de tableaux et d'aquarelles dont chacune et chacun représentaient l'intérieur d'un salon, d'une chambre, d'un boudoir, d'une galerie, quelquefois d'une chapelle?

Aujourd'hui, les peintres d'intérieur auraient d'étranges modèles à peindre, et, s'ils entreprenaient de le faire, je crois qu'il leur faudrait changer les couleurs de leur palette, et ouvrir grands leurs yeux habitués à l'obscur.

Les hommes habitent des cavernes : même ceux qui, au temps de la paix, pouvaient avoir quelque luxe autour d'eux. Je reçois, de la région de Verdun, où la pensée de tout le peuple de France ne cesse de voyager, — chacun avec sa peine, cherchant celui qu'il aime, et tous remerciant des soldats aussi braves, — trois lettres qui se font suite l'une à l'autre et racontent une semaine. La première décrit justement un de ces « intérieurs » du dernier style, qui n'ont point encore de peintre, mais qui ont des poètes. Le jeune officier qui me l'envoie exprime si bien les deux puissances opposées et mêlées, le goût ardent de la vie et la pensée de la mort, que je la pourrais dire la lettre de la jeunesse elle-même.

« Il fait un temps admirable, un ciel immuablement bleu. C'est le printemps tardif de ces régions pauvres, déshéritées de la nature, et le soleil se hâte de prendre le dessus sur l'hiver qui s'attarde encore et semble s'accrocher au terrain boueux et raviné par les pluies. On aurait un plaisir infini à prendre des bains de lézard, à s'étendre, dans un farniente somnolent, sur ce gazon épais des prairies qui des-

cendent des collines, et forment des vallées
charmantes où coule un ruisseau clair entre
des peupliers et des bouleaux. Il ferait bon se
laisser vivre, respirer lentement l'air pur et
bleu, et rêver le songe intérieur et secret que
chacun garde en soi. La vie serait belle et
douce par ce matin de printemps. On aurait
volontiers sur les lèvres des mots d'amour. On
serait si bien isolé, si calme, et ce serait déli-
cieux de se laisser paresseusement envahir par
la chaleur du jour et la clarté du ciel.

» Et nous voici, quelque vingt hommes,
dans une cave si basse de plafond que je ne
puis y circuler que courbé en deux. De nombreux éclatements d'obus tout autour, des
bruits de moteurs d'avions, des appels sinistres
de téléphone sont le concert qui sonne à grand
fracas à nos oreilles. Sur une table boiteuse le
colonel écrit, une lampe entre nous deux.
Deux fauteuils auxquels il manque à l'un les
deux bras, à l'autre un pied. Quelques chaises
d'où la paille pend en traînée de misère. Quatre
paillasses par terre et un petit berceau dans
lequel une chatte abrite sa toute jeune progé-
niture. En face du colonel, votre serviteur vous

écrit. A côté de lui, un aspirant d'artillerie, charmant agent de liaison, lit un roman. Personne ne parle. Les pipes envoient dans l'air leurs spirales de fumée bleue. Existence de cryptogames que celle que nous menons.

» Au-dessus de nous, les restes d'un village : lieu de désolation, lugubre amoncellement de pierres blanches et de tuiles, qui semblent se plaindre, et crier vengeance contre les démolisseurs de ce qui abrita la famille et la paix.

» Notre vie est donc loin d'être paisible, mais c'est notre vie, et la seule façon que nous ayons de trouver la vie chère. On y tient encore plus, à sa pauvre vie, quand il fait, comme aujourd'hui, si bon vivre. Il y a des jours où cela me serait plus égal de mourir qu'aujourd'hui. Je ne choisirai pas...

» J'ai été interrompu. Mon colonel et moi, nous sommes sortis pour voir; nous sommes allés sur la hauteur. Le spectacle est impressionnant. De là-haut, l'horizon est extrêmement étendu : et tout cela, plaines, forêts, collines, noyé dans un nuage immense de fumée grise et de fumée jaune, produit par l'éclatement des obus. Le bombardement ne cessera qu'à la

20.

chute du jour. C'est long. Je vous envoie deux petites fleurs cueillies entre deux trous de marmites, presque une relique. »

Ne trouvez-vous pas jolies ces phrases écrites au son du canon, et droites, et claires, et qui disent la vérité avec un air de tranquillité, quand la terre tremble et que la mort court dessus et dessous?

Le surlendemain, lettre brève, nerveuse. Le bombardement n'a pas cessé. Il augmente de violence. On attend une attaque allemande. « Vous pouvez comprendre toute l'angoisse de ces heures d'attente, dans l'inconnu, dans le fracas des marmites, dans l'isolement où l'on se sent. Voilà trois semaines que je ne me suis déshabillé. Et je rêve de ma chambre claire. J'ai tant sommeil!... Cependant j'ai la conviction que la grande lutte touche à sa fin. Il me semble, et je ne suis pas seul à penser ainsi, que ces violents bombardements suivis d'attaques molles de l'infanterie ennemie, et le plus souvent suivis de rien du tout, indiquent que le Boche n'en veut plus, peut-être même n'en peut plus. Quelle puissance d'artillerie! Mais nous tirons plus qu'eux, certainement. Je

n'ai jamais rien vu de pareil... Ah! je retrouve,
dans ma poche, fanées, flétries, les fameuses
fleurs que je vous avais annoncées. Je tâcherai
d'en trouver d'autres; mais elles sont rares, et
difficiles à cueillir. »

Quatre jours se passent, sans nouvelles.
Puis un télégramme venu, je ne sais d'où, et
qui n'a qu'un seul mot : « Vivant! » Je com-
prends tout, et je remercie, et je pense
aussitôt à ceux dont on ne pourra plus dire :
« Ils vivent! » Je devine des heures terribles.
J'imagine un combat sur cette pente, je vois les
hommes, les gestes, les fumées, les morts
comme des taupinières sur le pré ravagé. Les
détails arrivent enfin : « Nous venons de vivre
des journées horribles, dont personne ne peut
se faire une idée. Les Allemands ont concentré
sur nos positions, un kilomètre de long, cinq
cents mètres de large, le feu incessant de quatre-
vingts batteries. Le régiment a été admirable.
Les tranchées n'ont jamais été évacuées, jamais,
vous entendez? Elles étaient nivelées. Alors,
comme la nuit allait finir, nous sommes sortis,
les officiers en tête, nous disant : « Il vaut
mieux être tués dehors. » Et ça marmitait dur.

J'y vois assez bien la nuit. Je renseignais les
autres sur ce que je pouvais voir. Nous ras-
semblons tout ce que nous pouvons, et c'est la
montée lente, par un boyau, vers la crête
noire, trouée comme une écumoire, qu'il s'agit
de disputer à l'ennemi qui n'a pas encore pris
pied sur le sommet. Nous disposons les hommes
dans le boyau, puis les officiers sortent les
premiers. Les hommes, un peu hésitants
d'abord, sautent sur le parapet, derrière nous.
Il est trois heures du matin. C'est le petit
jour. Les Boches nous ont vus. Des balles de
mitrailleuses commencent tout de suite à nous
siffler aux oreilles. On fait cinquante mètres,
puis on se couche; puis un second bond nous
porte cinquante mètres plus loin. C'est le
sommet... Les Allemands, qui sont sur la
pente, nous envoient leurs tirs de barrage, des
210, des 88, des 105 fusants, formant une haie
de fer derrière nous et à gauche, pendant
qu'en face de nous et à droite les mitrailleuses
ferment le carré d'où nous ne croyions pas
sortir. Les hommes calmes, splendides... Des
renforts sont arrivés... »

En post-scriptum ces deux lignes :

« J'ai pu cueillir les fleurs promises. Les voici. » Il y avait, dans l'enveloppe, deux tiges terminées par un épi bleu, toutes frêles, encore moites.

ENFANTS DE LA MINE

21 Mai 1916.

Mercredi dernier, j'attendais, à la gare du Nord, le train qui arrive, vers 9 h. 20 du soir, de la région minière aujourd'hui bombardée. Un ami m'avait dit : « Venez, vous verrez descendre des wagons nos petits réfugiés de Béthune, vous causerez avec eux. Il y en a trente d'annoncés. » Le train n'eut pas de retard. Il était fort long, et, comme je suivais le trottoir en remontant le flot des voyageurs, je commençais à croire que les petits avaient manqué la correspondance, — je vous dirai tout à l'heure laquelle, — lorsque, tout à la queue du train, en dehors du hall vitré, j'en-

tendis sonner des voix fraîches : « Par ici!...
Madame!... Oui maman! » Les enfants étaient
déjà rangés quatre par quatre, petits garçons,
petites filles, et la colonne venait au pas menu.
Deux femmes de mineurs les accompagnaient,
deux mères, bien sûr, car elles faisaient effort
pour ne point pleurer, et leur regard disait :
« Nous ne pouvons plus rien pour eux; il faut
les abandonner, les nôtres, ceux des voisins, et
c'est pour les sauver! » Eux, ils ne pleuraient
pas; ils avaient des mines lasses, et des yeux
qui ne regardaient rien, sauf deux ou trois
gamins, fiérots, fils de porion peut-être, et qui
relevaient le menton à l'entrée dans Paris.
Peu de chapeaux, point de bonnets, beaucoup
de cheveux blonds. On est parti comme on
était, hâtivement, avec un vêtement propre,
mais pas toujours le meilleur, et sans bagage.
Je vois bien, çà et là, une voyageuse de six
ans dont le bras s'arrondit et retient un paquet
gros comme ceux qu'on envoie aux soldats,
bien serré dans l'enveloppe de toile : un
kilogramme, au plus. Mais la plupart des bras
pendent le long des robes ou des vestes. On
n'a rien emporté. On est une pauvre créature,

séparée de la famille, de la maison et du paysage, sans provisions, sans la moindre connaissance des personnes et des choses qui vont venir, et, pour dire vrai, entièrement abandonnée à la charité du grand Paris.

Elle est là, cette charité qui sait souffrir aussi bien que donner. Plusieurs dames de la *Ligue fraternelle des enfants de France* accueillent les réfugiés, et commencent à prendre les renseignements pour la répartition de la colonne en plusieurs groupes, dont l'un s'en ira, demain ou après-demain, vers la campagne de Bordeaux, l'autre en Ardèche, l'autre vers l'extrême Midi. Les familles, — presque toutes paysannes, — qui logeront les enfants de la mine sont déjà choisies et prévenues. Nous suivons cette misère. Je demande à ma voisine :

— Ils sont bien plus de trente !

— Oui, monsieur : cinquante-trois. C'est que les Allemands ont beaucoup bombardé, ces jours-ci : ils tirent sur les puits de mines, sur les machines, sur les magasins, un peu partout, et les enfants, les mères, les quelques vieux mineurs demeurés au pays, risquent d'être tués, quand ils sortent des caves. L'hôpital d'Hazebrouck est peut-être plus triste à visiter qu'un autre : les blessés sont de tous les âges, et n'ont fait à l'ennemi d'autre tort que de vouloir travailler, ou courir dans la rue. Nous avons déjà placé plus de quatre cents enfants.

— D'où viennent ceux-ci?

— D'Aix-Noulette, de Bully-Grenay, qui est à 1 500 mètres des tranchées allemandes, de Fleurbaix, qui en est seulement à 150 mètres; de Hersin-Coupigny, de Mazingarbe. Toute la région est occupée militairement par les Anglais, et c'est eux qui transportent nos petits réfugiés des villages du front jusqu'au point central où est le rendez-vous. Ils ont du cœur. Pour nos enfants, ils s'exposent volontiers. Voyez cette jeune femme frêle, et qui a tant de pitié et de courage dans les yeux? Elle a voyagé avec ces petits, depuis ce matin, elle a tout préparé, elle recommencera bientôt son voyage de sauvetage. C'est la femme d'un de nos consuls, madame R. Ch.... Elle trouve partout, dans la région minière, des dévouements qui l'aident. Le sous-préfet de Béthune, qui est

21

un homme brave et vraiment au combat per-
pétuel, a prévenu les maires que tel jour, à
telle heure, les enfants qui doivent quitter le
village se trouveront à tel endroit. On pla-
carde une affiche dans une salle de la mairie,
ou dans la cave qui sert de mairie. Et les
mères viennent pour faire inscrire leurs
enfants. Quand la journée a été rude, la liste
s'allonge. Dès qu'il y a un peu d'accalmie,
elles accourent : « Effacez mes petits! Ça ne
tombe plus, et donc ça ne compte plus! » Mais,
le lendemain, les obus tombent de nouveau et
des noms effacés sont remis au bas de la page.
La date fixée est arrivée. La nuit, à l'heure
dite, — le transport serait trop dangereux
dans le jour, — une grande voiture d'ambu-
lance, conduite par un chauffeur anglais, vient
prendre les émigrants. On s'embrasse, on se
quitte, on pleure. Le rendez-vous général est
à Béthune, mais je ne veux pas dire en quel
point de la ville, parce que les Allemands
seraient capables de tirer sur ce « rassemblement ». Là, les petits se reposent, ils dorment,
ils mangent, puis, au matin, précédés d'un
sergent de ville, surveillés, encouragés, sou-

tenus s'il le faut par cette mère adoptive que je
vous ai nommée, ils se rendent à la gare. Et
voilà la première partie du grand voyage.

Nous sortons du hall de la gare. Nous
entrons dans la salle des bagages. Là, ces
petits, qui ont toujours vu quelque chose
remuer autour d'eux, se trouvent au repos,
tous ensemble, et, se regardant les uns les
autres, s'attendrissent et se souviennent. Quelques-uns, les plus faibles, les plus tendres,
quelques-unes surtout, ont de grosses larmes
dans les yeux. Et je vois des dames qui se
penchent et qui parlent tout bas avec eux,
tandis que le gendarme de service, correct et
un peu ému, lui aussi, vient annoncer, en portant la main au képi, que les omnibus,
envoyés par la préfecture de police, vont
entrer dans la cour.

Le jeudi matin, j'ai voulu compléter ma
visite de la veille, et j'ai été au siège social de
la *Ligue fraternelle des enfants de France*,
50, rue Saint-André-des-Arts. J'ai revu les
enfants, — et ils ne pleuraient plus, — j'ai
revu les « dames », — et elles interrogeaient
chacun des petits voyageurs, formaient les

groupes, prenaient note des adresses, recom-
mandaient d'écrire souvent au pays de la mine,
et préparaient le départ du lendemain.

Il m'a paru que l'ordre était parfait; qu'une
bonté véritable avait là son domaine; que
l'œuvre, fondée naguère par madame Lucie
Faure-Goyau, selon la formule que nous nom-
merions aujourd'hui d'union sacrée, se mon-
trait respectueuse de la foi et de la volonté des
parents; et que les femmes de mineurs, les
deux mères, venues jusqu'à Paris « pour
voir », ayant bien écouté, bien regardé cette
présidente, ces secrétaires penchées sur les
carnets, ces travailleuses volontaires qui distri-
buaient les vêtements neufs, et la dame voyageuse qu'elles avaient connue la veille et
l'avant-veille et qui revenait encore ce matin-
là, n'avaient point tort de me dire, d'un air
tout pénétré :

— Monsieur, j'ai confiance, à présent pour
les petits.

DES ENFANTS!

6 Juin 1916.

Le mariage doit redevenir fécond chez nous, sous peine d'extinction de la race. Tous les Français qui ont quelque lecture en sont avertis. Nous sommes la seule grande nation en décroissance, la seule qui aille vers la mort. Et nous y allons volontairement, ou, pour m'exprimer d'une manière parfaitement exacte, nous y sommes menés. Il y a des hommes dont ce fut l'affreuse industrie de supprimer la France dans la paix, comme l'ennemi essaye en ce moment de la supprimer par la guerre. Ces hommes ont tué beaucoup plus d'enfants que les balles et les obus allemands n'en ont

21.

tué, et n'en tueront. Ce sont tous ceux qui ont
osé soutenir que le père et la mère avaient le
droit, sans renoncer momentanément à la vie
conjugale, de limiter la famille; tous ceux qui
ont accepté d'être complices, et le nombre en
est grand, dans le crime d'avortement, depuis
l'écrivain qui fausse la conscience, jusqu'au
juge qui absout; et, sans avoir la même responsabilité, tous ceux-là n'en sont point
exempts, qui ont participé à la campagne,
depuis si longtemps poursuivie, contre l'union
légitime et indissoluble de l'homme et de la
femme.

Qu'est-ce que cette entreprise contre la race?
Le premier mot qui vient à l'esprit est celui
de folie. Mais non : des intelligences respon-
sables l'ont inventée, des volontés libres la
poursuivent avec méthode. On affirme aux
hommes et aux femmes qu'ils n'ont aucun
ordre à recevoir, ni de Dieu, ni de la nature.
C'est la répétition du *non serviam* prononcé au
commencement des temps. Mais le *non serviam*
primitif fut individuel : les anges qui le pro-
noncèrent ne devaient pas se reproduire. Chez
l'homme, il vise ceux qui ne sont pas encore

et qui pourraient être ; il prétend arrêter la
création ; il veut le néant : plus de serviteurs,
il n'y aura plus d'hommes, la vie est abolie
sur la terre ! De telles doctrines découvrent
l'abîme : la puissance mauvaise en révolte
contre le bonheur possible, et qui travaille, en
empêchant de naître, à l'imperfection du nombre des élus.

Assurément ceux qui mènent contre l'humanité, et secrètement contre le ciel, cette guerre
monstrueuse, ont des puissances alliées : la
richesse et surtout la richesse facile et neuve ;
la peur de perdre certaine place où la stérilité
est de commande ; la débauche, l'alcool et
d'autres. Mais ces forces sont secondaires. La
plus redoutable est celle qui pervertit l'esprit
et supprime le remords : c'est l'enseignement
de ce qu'on nomme la morale libre, l'affirmation que l'homme et la femme sont maîtres de
leur corps, maîtres de se soustraire aux lois
naturelles, et, sans se sacrifier eux-mêmes,
d'arrêter la propagation de la vie ; c'est cette
persuasion, jetée à travers la foule, que deux
êtres mariés ont le droit de dire : « Autant
qu'il est en nous, le monde sera détruit. » Et

21..

cette formule n'a rien d'exagéré, elle est la traduction rigoureuse de la vérité, car si tous les ménages pensaient et faisaient de même, le monde ne durerait plus que quelques années.

Je rappellerai ce point essentiel tout à l'heure. Voyons d'abord les destructions principales entraînées par la limitation de la famille.

Le nombre diminue. A cause de cela, les familles sont moins heureuses. Les familles nombreuses sont celles où l'enfant a les meilleures chances d'être bien élevé, d'avoir une jeunesse gaie et disciplinée, d'apprendre la vie à l'école vivante, et d'être sociable dès ses premiers pas. L'enfant unique a souvent envié la maison où l'on n'est pas seul. Il y a dans le nombre, dans le mouvement et l'abondance de la vie, une douceur qui compense le tracas inévitable. Les parents ont une rude et longue tâche, mais elle n'est pas sans compensation. Assez vite, d'ailleurs, elle se trouve plus ou moins partagée. Sauf un moment, lorsque les enfants sont tous en bas âge, les parents sont aidés dans le soin des plus petits par la fille aînée, et le premier apprenti ajoute sa petite

journée au gain du père. Si l'on prend une
famille de cultivateurs, il n'y a aucun doute : la
famille nombreuse, c'est la richesse, le moyen
de ne pas dépendre des valets de ferme, et de
vivre au large dans une terre bien « faite ». J'ai
tant d'exemples dans la mémoire ! Il fallait voir
naguère les quatre grands gars de mes voisins,
les Fouillet, quand ils enjuguaient quatre paires
de bœufs, après la sieste de midi, et qu'ils par-
taient par les chemins divergents, regardés ten-
drement et fièrement par la mère, qui s'accoudait
à la demi-porte de la maison, et qui ne savait
auquel envoyer son petit signe de tête amical,
car ils la regardaient tous sans trop en avoir
l'air. Et elle sentait leur cœur qui ne s'éloi-
gnait point avec eux.

Dans ces familles, la vieillesse n'est point
abandonnée, pas autant. Une famille nombreuse,
c'est une assurance de retraite, et qui n'est pas
seulement en argent, et c'est une dignité. Celui
et celle qui laisseront après eux des enfants
n'ont pas trompé la communauté où ils vivent;
ils en ont assuré l'avenir; ils ont diminué la
charge de leurs concitoyens en multipliant le
nombre des vivants. Après eux et par eux, le

monde sera plus riche d'énergie, d'intelligence, et mieux défendu. Le père, en effet, s'il n'a pas eu l'occasion de se battre personnellement pour son pays, a fait des soldats : deux, trois, quatre fils le représentent dans l'armée aux jours du danger, et il est présent dans le sang de leurs veines et dans le courage qui se transmet aussi et s'éduque. Si les pères et mères avaient fait leur devoir, l'Allemagne, en 1914, n'eût pas osé déclarer la guerre. Nous aurions été à égalité de nombre, et, pour le reste, les Allemands sentent bien que l'infériorité n'est pas de notre côté. En tout cas, nous leur en avons administré la preuve. De sorte que l'immoralité est la cause première de la présente guerre : elle a empêché de naître ceux qui eussent défendu avec nos fils le pays attaqué, et maintenant, elle est responsable encore de la mort des enfants qui lui avaient échappé une première fois. Deux fois homicide, comme vous le voyez.

Le chef de famille est donc quelqu'un de grand, d'honorable et de précieux pour l'État. Seul même, il est précieux, seul il est vraiment intéressé à la prospérité publique, aux bonnes lois, aux bonnes finances, aux projets qui ne seront mis en œuvre qu'avec le temps. Seul, il est partie intégrante de l'édifice, pierre agrafée à celles qui sont au-dessous et à celles qui sont au-dessus.

Le danger de la dépopulation a fini par apparaître si grand et imminent que tous les hommes capables de réfléchir se sont mis à en chercher les causes. On les a découvertes, et d'abord les moindres, les petites. Il a fallu cinquante ans d'économie politique, et de rapports, et de discours, et de livres, pour que la cause principale, qui est la stérilité volontaire, fût généralement avouée, et cela vient de ce que la morale est une puissance royale, qu'on ne peut appeler sans reconnaître son autorité, qui ne se plie point à nos caprices et à nos erreurs, et qui est, pour tout dire, parmi nous, l'ombre vivante de Dieu. On la nomme à présent, on tâche de dissimuler cette cause parmi les autres et de l'accabler sous leur nombre, mais enfin, on ne peut plus l'ignorer. Nous en sommes là.

Un savant des plus connus de notre France, M. Armand Gautier, membre de l'Académie

des sciences et de l'Académie de médecine,
vient d'écrire une brochure, également belle
par la forme et par la raison, sous ce titre :
Pour la fécondité des familles françaises. Je lui
emprunte ce passage :

« Certes, la morale naturelle gît au fond du
cœur de tout honnête homme, qu'il soit ou ne
soit pas religieux. Mais n'est-il pas certain que
les religions, chez tous les peuples civilisés,
ont toujours été une école populaire de dévouement et de haute moralité?... Voyez notre
Bretagne, notre Lorraine, notre Vendée, les
Flandres, l'Italie, la Pologne, le Canada...,
partout où se sont conservées les traditions
religieuses la famille est féconde. Le socialiste
italien et libre penseur Nitti n'a pu s'empêcher
de dire : *En tous pays, la religion pousse à la
fécondité.*

» Vous qui voulez ardemment que la Patrie
française puisse grandir, défendre ses foyers
et son influence bienfaisante dans le monde,
respectez donc l'esprit religieux. »

D'autres moyens sont proposés pour ramener
à la vie la race menacée. On veut récompenser
la paternité et aider les parents. M. Armand

Gautier propose, par exemple, que, dans les
élections, le père de famille ait autant de voix
qu'il a d'enfants vivants. Ailleurs, il propose
de décider que tout père de quatre enfants
sera déchargé du service militaire, ce qui
n'affaiblirait momentanément l'armée que pour
l'augmenter bientôt sans aucune proportion
avec le sacrifice consenti. Il demande, avec
raison, que la loi élargisse la liberté de tester,
et supprime la nécessité du partage en nature.
La Chambre de commerce de Nancy, — ne
remarquez-vous pas les initiatives nombreuses,
presque toujours sensées et pratiques, que
prennent en France les Chambres de commerce? Elles semblent appelées à jouer un
rôle important dans le relèvement de la France;
— donc, la Chambre de commerce de Nancy
a rédigé une série de vœux, précédés de consi-
dérants bien bâtis et enchaînés, où sont
exposés les divers aspects du problème de la
population. Elle aussi, elle propose qu'il soit
attribué aux chefs de famille un nombre de
suffrages en rapport avec le nombre de leurs
enfants : que des exemptions particulières
d'impôts soient reconnues aux familles nom-

breuses; que des subsides, sous différentes formes, leur soient accordés; que les entreprises de travaux permettant aux villes de faire disparaître les quartiers insalubres soient activées et encouragées par l'État; que les pouvoirs publics prennent des mesures pour rendre efficace la répression de l'avortement, la propagande malthusienne, etc. Certains économistes parlent d'offrir une prime en espèces pour chaque nouveau-né.

Tous ces moyens, et d'autres encore, peuvent être employés. Je n'y contredis point. Ils auront une certaine efficacité, et, contre un mal si terrible, il n'est pas de remède qui ne doive être essayé, qu'il soit inscrit dans le Codex ou qu'il appartienne à la catégorie des remèdes empiriques.

Un homme d'esprit écrivait dernièrement : « Si la communauté veut des enfants, il faut les payer. » Paradoxe où il y a, comme toujours, une part de vérité. Mais le grand moyen de reconstituer la famille est ailleurs. Nous sommes ici dans le domaine de la création et de la conscience. Nous n'y commanderons pas uniquement par des moyens humains. Il sera

toujours vrai, quoi qu'on fasse et qu'on propose, qu'un enfant ça ne s'achète pas : ça se
donne. Vous avez affaire à deux libertés : l'une
peut être tentée plus ou moins par vos offres,
l'autre, non. Il se peut qu'aucune de vos inventions ne combatte, même de loin, l'objection
ou la peur qui s'élève dans l'esprit des époux.
La femme pourra craindre pour sa beauté, sa
santé, sa vie; pour un voyage, pour moins
peut-être. L'homme aura peur de la longueur
du temps que demande l'éducation. Il faudra
toujours faire intervenir d'autres puissances,
d'autres sanctions et d'autres attraits. Malgré
toutes les promesses législatives il restera toujours qu'une famille nombreuse sera une
charge en même temps qu'un honneur, et une
responsabilité en même temps qu'une douceur.
De plus, ce ne sont pas les cadeaux en argent,
les exemptions d'impôts qui empêcheront les
esprits de se pervertir, et, quand ceux-ci auront
été totalement vidés de la loi naturelle, déshabitués de toute pensée supérieure à l'humaine,
ils se refuseront par orgueil, et même par un
certain besoin de nuire et de se révolter contre
l'ordre, à se soumettre aux directions de la loi.

On ne repeuplera la France qu'en rétablissant tout d'abord les notions faussées de la conscience, en développant par l'enseignement, et pour tous, les vérités naturelles, et, si l'on veut assurer complètement cette renaissance et qu'elle soit à la fois rapide et pleine, il faudra, de toute nécessité, développer en France l'enseignement de vérités encore plus hautes. Le salut est là.

Dernièrement, je recevais communication de la lettre écrite par une jeune fille de la campagne beauceronne à une de ses parentes. Elle disait :

« Je serai heureuse de peupler le ciel en élevant une nombreuse famille. Je ne veux pas être une mère inutile. Je me vois au milieu de tous mes petits anges, leur donnant à manger, raccommodant, nettoyant. J'aime beaucoup la vie de la ferme. J'aurais beaucoup de peine s'il fallait un jour quitter nos grandes plaines de Beauce. »

Oui, la Beauce, une Beauceronne!

Élevez les enfants comme fut élevée cette petite. Aidez les familles où il y a beaucoup d'enfants; accordez-leur des exemptions d'im-

pôts, des primes, des honneurs ; c'est un devoir
auquel la France a manqué ; on y revient, tant
mieux ! Mais, avant tout, faites des consciences,
et instruisez-les. Qu'elles connaissent la loi
morale impérative. Notre race a été féconde,
tant qu'elle fut ainsi guidée. Elle le rede-
viendra. Et il y aura des femmes, et des
hommes, et plus que vous ne croyez, pour
comprendre ces mots, familiers à tout peuple
chrétien : « Multiplier les saints, ajouter des
témoins à la gloire de Dieu ».

C'est là une pensée sublime qui, plus sûrement que toutes les récompenses humaines,
peut refaire les familles nombreuses. Le passé
en témoigne, et même le présent.

TABLE

CHOSES DE LA MAISON 1
UN DEVOIR MATERNEL. 6
LES DEUX CAMPS. 15
L'OFFICIER 26
LA TRANCHÉE NÉCESSAIRE 33
LA FRANCE DU LEVANT 41
L'ENFANT DE PATRONAGE. 50
DISCOURS AUX PUBLICISTES CHRÉTIENS . . . 60
L'ESPRIT DE FERMETÉ. 67
LES PERMISSIONNAIRES. 78
SENTENCE PONTIFICALE. 85
L'IDÉE DE DURÉE. 95
THÉOPHILE BOUCHAUD VENDÉEN. 103
FAMILLES FRANÇAISES 112
LA MORALE DU « FRONT ». 120
« TENIR » AUX CHAMPS 131
L'ORDRE. 140
LA TOUSSAINT EN ALSACE 148
FAITS D'ARMES AU CAMEROUN 155
LE BIEN DES AUTRES 165
LE RÔLE MATERNEL DES INSTITUTRICES . . . 172
LOUIS GEANDREAU. 180
ARRAS. 193
TERRITORIAUX 200
RÉPONSES DU LEVANT. 208

LES RUSSES. 214

LE « CUISTOT ». 225

LE PETIT SACRIFICE. 233

LE SIÈGE D'OUM-ÈS-SOUIGH. 239

ENNEMIS PUBLICS. 248

L'UNE D'ELLES 258

LES CLAIRVOYANTS 266

PETITS ET GROS 273

JEAN DU ROSEL 279

FRAGMENTS DU POÈME HÉROÏQUE 285

RÉFLÉCHIR 292

L'EXEMPLE 300

LE « DROIT AU BONHEUR » 308

LA DEVISE DU MARIN. 314

LE MINIMUM DE SALAIRE 324

LA CONNAISSANCE DE SOI-MÊME ET D'AUTRUI. 335

LES SOMMETS. 343

HISTOIRE DE DEUX FLEURS BLEUES. 350

ENFANTS DE LA MINE 358

DES ENFANTS ! 365

287-16. — Coulommiers. Imp. PAUL BRODARD. — 7-16.

DERNIÈRES PUBLICATIONS

Format in-18 à **3 fr. 50** le volume

	Vol.
RENÉ BAZIN	
Récits du Temps de la Guerre	1
JOHAN BOJER	
Les Nuits Claires	1
GUY CHANTEPLEURE	
La Ville assiégée	1
GASTON CHÉRAU	
Le Remous	1
LOUISE COMPAIN	
L'Amour de Claire	1
PIERRE DE COULEVAIN	
Le Roman Merveilleux	1
ANATOLE FRANCE	
La Révolte des Anges	1
GYP	
La Dame de St-Leu	1
LOUIS LEFEBVRE	
La Femme au Masque	1
JULES LEMAITRE	
La Vieillesse d'Hélène	1
A. DE LÉVIS-MIREPOIX	
Le Nouvel Apôtre	1
PIERRE LOTI	
Turquie agonisante	1
JEANNE MARAIS	
Un Huitième Péché	1
ROGER MARX	
Maîtres d'hier et d'aujourd'hui	1
PIERRE MILLE	
Le Monarque	1

	Vol.
ÉMILE NOLLY	
Le Conquérant	1
JACQUES NORMAND	
La Maison s'éclaire	1
FRANCISQUE PARN	
Sicoutrou, pêcheur	1
ERNEST RENAN	
Fragments intimes et romanesques	
J.-H. ROSNY Jⁿᵉ	
La Carapace	1
CHARLES SAMARAN	
Jacques Casanova	1
MARQUIS DE SÉGUR	
Vieux dossiers, petits papiers	1
A.-I. THEIX	
Les Inquiets	1
MARCELLE TINAYRE	
La Veillée des Armes	1
LÉON DE TINSEAU	
La Deuxième page	1
CÉCILE DE TORMAY	
Au Pays des Pierres	1
PIERRE DE TRÉVIÈRES	
Le Roman d'un chasseur d'Afrique	1
CLAUDE VARÈZE	
La Route sans Clochers	1
COLETTE YVER	
Le Mystère des Béatitudes	1